大中原文化读本

非遗中原：
谁的记忆，
绵长又轻轻

《大中原文化读本》丛书编委会 编

文心出版社
·郑州·

图书在版编目（CIP）数据

非遗中原：谁的记忆，绵长又轻轻 /《大中原文化读本》丛书编委会编. —郑州：文心出版社，2018.3（2019.1重印）
（大中原文化读本）
ISBN 978-7-5510-1260-7

Ⅰ.①非… Ⅱ.①大… Ⅲ.①散文集-中国-当代 Ⅳ.①I267

中国版本图书馆CIP数据核字（2016）第091237号

---

## 《大中原文化读本》丛书编委会人员名单
（按姓氏音序排列）

| | | | | | | | |
|---|---|---|---|---|---|---|---|
| 白军峰 | 陈传龙 | 陈 洋 | 陈光福 | 陈晓磊 | 成 城 | 崔运民 | 董素芝 |
| 段海峰 | 郭良正 | 郭艳先 | 韩晓民 | 郝淑华 | 侯发山 | 胡 泊 | 贾国勇 |
| 李 涛 | 李 颖 | 李俊科 | 栗志涛 | 刘树生 | 刘永成 | 逯玉克 | 骆淑景 |
| 马维兵 | 石广田 | 睢建民 | 孙 兴 | 王 剑 | 王 涛 | 王剑冰 | 王永记 |
| 武冠宇 | 姚国禄 | 易怀顺 | 张超我 | 张充波 | 张俊杰 | 张树民 | 张相荣 |
| 赵长春 | 郑长春 | 庄 学 | | | | | |

---

选题策划：齐占辉
责任编辑：齐占辉
责任校对：徐花玲
装帧设计：青禾设计　李莱昂
出 版 社：文心出版社
　　　　　（郑州市经五路66号）
发行单位：全国新华书店
承印单位：北京博海升彩色印刷有限公司
开　　本：710×1000　1/16
字　　数：300千字
印　　张：12
版　　次：2018年3月第1版
印　　次：2019年1月第2次印刷
书　　号：ISBN 978-7-5510-1260-7
定　　价：42.00元

王剑冰/序

王剑冰，河南省作家协会副主席，河南省文艺评论家协会副主席，河南省散文学会会长，中外散文诗协会副主席，曾任《散文选刊》副主编、主编。

# 透射历史辉煌 展现中原文明

河南人爱说"中"，为什么？有人说，"中"就是因为中国姓"中"，中国的中就在中原，中原在中国之中，中原在黄河之中，中原人干事儿没有说不中的。有地方说"对"，有地方说"是"，有地方说"行"，有地方说"要得"，都没有"中"听着来劲儿、瓷实、肯定。"中"是民族味儿，"中"是中原风。

中原无论是过去还是现在在中国都是常住人口最多的地方，说明什么？说明中原是最宜居之地，人们喜欢往这里集中。得中原者得天下，中原一占住其他事情就好办了。你没见一条大河流经九省区，波澜曲折，唯到中原变得漫漶壮阔，山峡中憋屈的风，一遇广阔就尽情尽性。中原给了一切生物以一切的可能。没有哪一个地方被那么多的游子称为"老家"，出了中原你随便问，总能遇到河南人。中原人爱唱戏，声腔沉郁豪放、婉转悠扬，能拉魂曳魄、惊天泣神。中原人待客都喜用大杯大碗，从来按头等大事对待。中原人爱吃面，能吃出七十二花样，耍出十八般武艺。中原人有愚公般的实在，也有老子样的智慧。在中原，你随便走一地，都会同历史、文化、文明相通连。无数人物、无数遗迹、无数传说使得中原自显博大，沉厚深浑。

我所居住的地方，不远有座版筑土城，上面长满荒草和野木，冬天的时候铺满皑皑白雪，从高处看像一条银色长龙，逶迤折向很远。春天又开满了野花，说不清的芬芳随处荡漾。这就是郑州的商代都城遗址。渐渐地，我越来越知晓郑州的一些细节的东西。在城墙的一个角落，有标志是"李诫故里"，李诫是谁？一查资料方知此人了得。我还寻找过李商隐在郑州古城墙附近的居所，以及他常登临并赋诗的夕阳楼。那首诗后来被刻石而名扬天下："花明柳暗绕天愁，上尽重城更上楼。欲问孤鸿向何处，不知身世自悠悠。"我站在一片古城废墟上，面对西下的落日一阵感慨。我去找寻过陈胜故里，年代久远，只有一点可以追寻的痕迹，那是在阳城也就是现在的告成的老墙围子里。我当时一阵惊喜，那个辍耕之垄上怅叹久矣、怀有鸿鹄之志搅乱历史风云的猛士，竟然是郑州登封人。还有黄帝、子产、列子、韩非、杜甫、郑虔、白居易、申不害、郑国、高拱、许衡、李商隐……也都是郑州人。这是一个怎样的队列啊，这些风云人物，竟都在一个地方聚齐了，他们之中有中国历史上最伟大的政治家、军事家和文学家，由他们串起来的故事，可以说就是半部中国史。

我出郑州，刚过了圃田的高架桥，就看到一个"列子故里"的牌子，牌子虽然不起眼儿，但让我猛一激灵。列子何等人物？那个讲说了《愚公移山》《杞人忧天》《郑人买履》等故事的"寓言大王"原来就在这里！而他的主要创作来源，大都是取自中原的生活与传说。我经过光山，才知道司马光是在光山出生，司马光的"光"就是取自"光山"。我一直没有到过获嘉，到那里才知道有个同盟台，武王伐纣时曾在那里会盟然后展开的牧野大战。去偃师，本来是去看二里头遗址的，在一个学校的角落发现一堆土，荒草蓬茸，颓然不堪，里面掩埋的竟然是吕不韦。

因为地处中国之中，中国八大文明古都，中原就占了四个。《诗经》三百篇，一半以上内容都与中原有关。中原地下文物堪称第一。这么说吧，你到中原游走，无论顺哪个方向都不会让你失望。咱们就从郑州往东西两线说说，往东，中间经过官渡，那是历史上有名的官渡大战的地方，然后是中牟，中国的美男子潘安的老家，再说开封话就多了，再往东有朱仙镇，有老子故里，有花木兰故里，有芒砀山（汉高祖刘邦斩蛇起义的地方）。再有商丘，里面的历史也能让你流连忘返。那么拐回头再往西去，又会有邙山历代陵园，其中就有宋陵，有杜甫故里、二里头文化遗址，洛阳更不用说，洛阳往西到三门峡，还有老子走过的函谷关。这只是差不多顺两条直线说一说，如果论片说就更多，还有南面北面呢，可以说哪条线都串联着无数辉煌的珠玉。

到底中原有多少好？我这里不细说了，那么看看这八卷书吧，看完再告诉我你的感觉，你一定说我没有妄言。我感觉，文心社出这套书是大手笔，数百位热心文友参与撰稿写作，以随性、自由的笔法，以极具个人成长印记的独特感受，来写中原传统文化，构成宏大的一套可供参考、学习、欣赏的"大中原文化读本"。这套书按照编者的说法，是把被史学专家、文化学者把玩的中原文化，以文艺范儿的通俗化理念，搞出来美食、民俗、戏曲、寻根、问宗、故都、古镇、非遗八个分册，每个分册选取中原文化的一个独具特色的亮点，是想展现中原生活风俗，体现中原人文精神，传承华夏文明，突出正义与精神，追求向上向善的力量。这就有意思了，也算是文心出版社精心打造的文化盛宴。

中原正在发生着变化，而且是很大的变化，这或许同你的印象或概念不大一样了，这些不一样，在这些书中也有反映，总之这些文字会给你带来回味和惊喜。这也是在多个方面给你引出了一个参观线路，就像一个增乐趣、长知识的导游图，在导游图上你可以随意找出想看到的那些细部特征。实可为旅途伴侣，枕边挚爱。这样，中原人会对家乡有更多的了解、自豪和自信，外地人也会对中原有更多的感慨。如此，当是我们为之满足的，快乐的。

王剑冰于郑州形散庐

丛书编委会 / 序

# 邀您共赴
# 这场中原文化的饕餮盛宴

无论是为新书推广，还是为最确切地表达我们内心最真实的激动，我们都为这套"大中原文化读本"书系想象了很多的广告语。无奈，我们这些河南人都过于朴实，也不好意思说些太过花哨与夺人眼球实际上却早已失去了事情原本面庞的"豪华"字眼儿。最终，我们只是就这样掩去自己太过激动的内心，带着满怀的诚挚与真情，道一声：四百多名河南老乡，邀您共赴一场关于中原地区传统文化的饕餮盛宴，您约不约？

写这篇编委序时，恰是2016年的立夏。此刻，"大中原文化读本"全套八本书的内容已全部定稿，责任编辑也为它们申请了书号，它们正大光明的、合法的"身份证"也即日将由国家新闻出版总署发放到位，我们的内心又该如何不激动呢？回想一下这套书的成书历程，我们又该如何不感慨良多呢？从2014年年底，到2016年的立夏日，这个中的曲折、努力、激动、欢喜、欣慰……又怎是一个"好事多磨"能解释得了呢？

从一开始，"大中原文化读本"的策划方向，即是为河南省、中原地区优秀传统文化立传立言，发动所有能够以文字代言、表达真实内心的河南老乡，无论是作家还是文友，无论是"术业有专攻"的专家、学者，还是名不见经传的普通乡民，用文字来一场关于中原传统文化的"集体回忆"。让为生计而远离中原故土家园的河南老乡们，有这样的一套书以解乡愁；让对河南人有误解的外乡人，通过这样的一套书来深刻认识中原地区优秀、灿烂的文明，以及河南人至情至善的人格内核。

因着这样的大志向，2015年年初，征稿伊始，"大中原文化读本"便引起了河南文化界的极大关注。有知名作家把自己正在整理、打算出版的整部书稿都直接发给我们，让我们随便选用，从始至终连稿费多少都未曾问过。普通文友也是热情高涨，有文友大笑着说"作为一个土生土长的河南人，中原文化的盛事又怎么能少了我呢"，继而一篇接一篇地把稿子投给我们。征稿六个月，我们共收到来稿七千多篇，至于其中有多少河南老乡甚至省外作家、文友参与进来，我们无法做出精准的统计。虽然，因为图书版面有限，编委会从这海量的来稿里优中选优，敲定了八本书的全部内容，最终仅选用了四百多篇，但是，我们依然可以任性地说：这套书至少是河南老乡共同创作的，我们实现了"河南老乡集体回忆"的初衷。

截稿之后的2015年下半年，我们开始既紧张又欢欣的选稿阶段。之所以紧张，是因为投了稿子的作者们急切地想要知道自己的作品是否被录用而每每催问；是因为关注"大中原文化读本"的老乡们一直在催问什么时候见书；是因为我们自己怕漏过每一篇佳作，怕一丝一毫的不负责任就无法做到把中原文化的最美面貌呈现出来，毕竟，正像翘首以盼的读者所说的那样："这套书势必会成为河南文化的一张名片，甚至是脸面。"我们又怎敢掉以轻心？

之所以欢欣，是因为我们这些人虽然冠以"文化人"的名号，到底是不敢妄言什么都懂什么都明了的，而恰恰是在边读边选稿件的过程中，对中原文化知识进行了恶补。能学习到新的文化知识，让人如何不欢欣？另外，还是因为在选稿读文时，我们往往会发出"当年我也经历过"的感叹，那似曾相识，那有着共同的中原文化背景的乡愁情结，在文字间得到了共鸣，获得了纾解。能亲切到彼此像共同成长、一起生活的伙伴一般，让人如何不欢欣？

《美食中原》——我们流着口水，回忆着母亲做的咸菜疙瘩和蒸卤面的香甜在看；《民俗中原》——我们回忆着很多习俗尚且还在时日子艰难却家庭温馨、乡邻和睦的童年往事在看；《戏曲中原》——我们伸长了耳朵，听着马金凤威武的"辕门外，三声炮"，听着唐喜成嘹亮的"风萧萧马声嘶鸣"，听着任宏恩让人忍俊不禁的"月光下，我把她仔细相看"，于乡情乡音乡戏的沉醉中在看；《故都中原》——我们忍着被文字撩拨得几乎要夺门而出，来一场说走就走的故都之旅的冲动在看；《寻根中原》——我们带着对自己的祖上的追根问底，带着对老宅旧屋的浓得化不开的乡愁在看；《问宗中原》——我们沐浴着深山佛寺的清净之味、函谷关道家的自由之风在看；《古镇中原》——我们是看几篇文章就被文字吸引了，带着非要去那些散布在中原地区的文化名镇、传统村落里走走看看的回归感在看；《非遗中原》——我们带着对很多先辈留给我们的民间文化精粹几乎今已不见了踪影的遗憾，以及部分得到了重视、发掘且被继续传承的欣慰在看……

而当您来赴这场关于中原文化的饕餮盛宴，把这"八大件"的套餐拿在手中的时候，您又会如何看呢？

辛苦不再赘言。感谢所有曾给予"大中原文化读本"支持与帮助的人们。感谢上苍，让我们有这样一个共同赴"宴"的机会，约不约？等您，不见不散。

《大中原文化读本》丛书编委会

目 录 | 非遗中原：
谁的记忆，
绵长又轻轻

## 民间习俗·民间文学

伏羲礼赞 / 2
古老的约定，春天的欢会 / 6
诗话浚县正月庙会 / 12
浚县社火 / 16
赫赫始祖，吾华肇始 / 22
关林翠柏与关公信俗 / 26
书香味浓说马街 / 30
民间焰火之最——"确山铁花" / 34
牡丹之美 / 36
河图洛书的传说 / 40
"盘古圣地"泌阳行 / 44
回望"梁祝" / 48
董永故里在武陟 / 52
走近邵原 / 54
木兰故里行 / 56
"杞人忧天"传说 / 58

## 民间戏剧·民间曲艺

豫剧 / 62
冰心先生与河南曲剧 / 66
越调，我怎么爱你 / 68
父亲的怀梆时间 / 71
"道"尽心中那片"情" / 74
最后一个淮调演员 / 77
锣卷戏 / 80
千年大弦奏古音 / 82
罗山皮影艺人的心愿 / 84
乡村里的鬼戏 / 88
嘈嘈切切总关情 / 93

## 民间音乐·民间舞蹈

超化吹歌 / 98
开封梵乐：僧俗共赏一世界 / 101
遂平大铜器 / 105
黄河号子：咆哮大河的民间配乐 / 108
响器声声 / 112
深山窝里飞出的西坪民歌 / 115
走进商城民歌 / 118
开封盘鼓威名扬 / 122
狮舞九天 / 124
非同一般麒麟舞 / 127
苏家作"龙凤灯" / 130
官会的响锣，艺术的舞蹈 / 132
孟州火龙舞 / 134
沁阳高抬火轿抬来红火 / 136
山阳大地耍老虎 / 138
"中原奇舞"跑帷子 / 142

## 民间技艺·其他

开封有个"灯笼张" / 146
大宋钧瓷 / 150
蝶舞的汴绣 / 152
方城民间"好时候" / 154
灵宝剪纸：指法的灵动 / 157
寻踪滑县木版年画 / 161
洛阳宫灯传奇 / 164
泥土精灵"泥咕咕" / 166
图腾时代的"活化石"——泥泥狗 / 170
朱仙镇木版年画 / 174
青禾的江湖 / 177

民 间 习 俗 · 民 间 文 学

　　中原大地上流传着丰富多彩的民间习俗，有的有数千年之久。朴素的中原人以朴素的情怀承袭着这些习俗，同时，又以朴素的情怀"谱写"着脍炙人口的民间传说。这些来自民间的习俗与传说反过来又滋养着中原人的性格——朴素、浪漫、执着、沉稳与不弃。

非遗中原：谁的记忆，绵长又轻轻

# 伏羲礼赞

董素芝 | 文

"古老的东方有一条龙，它的名字就叫中国；古老的东方有一群人，他们全都是龙的传人；巨龙脚底下我成长，长成以后是龙的传人；黑眼睛黑头发黄皮肤，永永远远是龙的传人……"

再次聆听《龙的传人》这首歌，我们的心情依然是那么激昂澎湃；遥望远古，慎终追远，回溯中华民族的文明之源，我们依然是那么思绪万千：中华民族本是一个英雄种族的后裔。在华夏文明的滥觞时代，许多部落，各自打着鱼、蛇、鹿、狗、虎、牛、马的旗子，纷纷宾服于伏羲的麾下。于是，古中原最大的部族联盟首领伏羲，便综合各部落族徽的特点，创造出了伟大的图腾——龙。随后，伏羲自号"龙师"，以龙纪官，在古宛丘（今河南淮阳）建了龙都，又和曾"炼石补天"的女娲结交出比"亚当夏娃"更早的龙情。以后，所有中国的帝王都成了"真龙天子"，中国的子民百姓都成了龙的传人，古老的东方有了这么一条生生不息的巨龙。在世界的各个角落，一面龙旗，足以把羲皇子孙汇集

【作者简介】

董素芝，河南淮阳人。中国作协会员，中国散文家学会会员，周口市散文协会副主席，现供职于淮阳县委宣传部。出版有散文集《渐行渐远的思念》《阳光来了》和伏羲文化专著《伟哉羲皇》。

在一起，因为"龙是中华民族发祥和肇端的象征"。

追溯远古，探寻文明源头，犹如穿行在幽深的历史隧道里。在隧道的尽头，有一束微弱的光芒，那就是伏羲开启人类文明的第一道曙光。在远古洪荒时代，伏羲率其部族定都宛丘，他结网罟，养牺牲，教民渔猎，开华夏畜牧之先河；定姓氏，以别血缘；制嫁娶之礼，以除群婚之弊；造琴瑟，以开礼乐之大化；以龙纪官，分理海内。特别是他仰观象于天，俯观法于地，中观万物于人，画八卦，分阴阳，开启了人类的智慧。伏羲"一画开天分阴阳，推演万物定乾坤"，在以陈为中心的黄淮平原上，拉开了华夏文明的序幕。伏羲因此成为一个划时代的人物，被后世推崇为"三皇之首""人文始祖"，成为中华民族尊崇敬重的人祖、龙祖、中华共祖。

翻开中国历史，在"三皇五帝到于今"的中国帝王谱中，对"三皇"的记载总是从"太昊伏羲氏都宛丘""炎帝神农氏都陈"写起的。"宛丘"和"陈"就是今天的淮阳。淮阳是伏羲定都、创业和长眠之地，已为大量的史籍文献和现代考古所证实：太昊伏羲氏的都城宛丘，就在距淮阳县城东南八里处，大连乡大朱村西南角的百亩高台——平粮台古城遗址。宛丘在西周时曾是陈国的大型歌舞祭祀地，我国最早的诗歌总集《诗经·陈风·宛丘》篇对此作了记载："子之汤兮，宛丘之上兮……坎其击鼓，宛丘之下……坎其击缶，宛丘之道……"在淮阳城北二里的龙湖里，有"上古伏羲氏得白龟

于蔡水，凿池以养之"的白龟池，六十多年前伏羲画卦的参照物——白龟的子孙仍在此生息。与白龟池相连的是伏羲氏的揲蓍画卦之地——画卦台。在淮阳城西北三里，有太昊伏羲氏的陵墓，以及后人为纪念伏羲功绩而建造的宫殿式陵庙。伏羲陵南枕"白龟献瑞"的蔡河，北依"圣神之域"的蓍草园，园里生长着茂密的"灵物"蓍草。正是白龟、蓍草这两个淮阳境内特有的精灵，激发了伏羲的灵感；伏羲画出了八卦，在淮阳这块古老的土地上，发出了中华文明的第一道曙光。

在淮阳民间，人祖伏羲创世、画八卦，女娲炼石补天，伏羲女娲兄妹为婚、抟土造人等传说故事，妇孺皆知，代代相传，经久而不衰。这些以伏羲为主题的神话传说与宛丘、太昊陵、画卦台、白龟池、蓍草园等远古文化遗存，共同印证了淮阳是中华民族的重要发祥地之一、淮阳拥有源远流长的历史文化的历史事实。

为永记伏羲氏的功德，在太昊伏羲氏的长眠之地，春秋时已有陵，汉代在陵前建祠，三国魏陈思王曹植写有著名的《太昊宓牺氏赞》。唐太宗李世民为伏羲陵颁诏"禁民刍牧"，设守陵户。从宋代开始，陈州伏羲陵被皇家列为全国祭祀伏羲专祀地，宋太祖赵匡胤亲颁《修陵奉祀诏》，祀以太牢，大事建筑，至今陵墓前还留有宋代"太昊伏羲氏之陵"的石碑。金袭宋制，陈州伏羲陵为全国祭祀伏羲专祀地，进一步将祭祀活动推向高潮。元代，全国通祀"三皇"。明太祖洪武元年（公元1368年），朱元璋驻跸幸陈，亲临太昊陵祭祀。洪武四年（公元1371年），朱元璋下诏悉数废止各地三皇庙，河

民——间——习——俗·民——间——文——学

南陈州的太昊陵被确定为祭祀伏羲的唯一合法场所，并御制祀文，派遣大臣前来致祭。此制为后代帝王所效仿，祭祀规格非常之高，明至清末，帝王遣官致祭者达52次，并形成了规模宏大的"人祖庙会"。

每年农历二月二至三月三，适值垂柳拂丝、鲜花吐蕊之际，朝祖进香的善男信女、三教九流从四面八方云集淮阳，南船北马，络绎不绝。西至平汉路，东至鲁皖苏，南至两湖，北至冀中，车如流，人如海。每天从早至晚，笙笛锣鼓，不绝于耳；香烛纸炮，烟雾蔽日，每天达十多万至数十万人之多。还有不少旅居美、法、英、日、韩及东南亚的一些国家的华人和我国港、澳、台地区的爱国人士前来谒祖朝觐、寻根问祖，以示不忘"龙根"。从1993年开始，古城淮阳每年农历二月初二，由地方政府主持举办的大型"中国龙都朝祖会""中国羲皇故都朝祖会"，使淮阳成为海内外龙的传人寻根问祖的圣地，将中华文明圣火代代相传。

如今，这座被称为"中国帝王陵庙中大规模宫殿式古建筑群之孤例"的太昊伏羲陵庙，在淮阳人民的修缮与保护下，显得更加气势恢宏、华彩夺目。陵庙南北750米的中轴线上，有外城、内城、紫禁城三道"皇城"，夹道而峙的古柏苍松、斑驳陆离的方砖古石，一木一石都印记着这里悠久而非凡的历史。整修一新的统天殿、显仁殿，象征天圆地方的太昊伏羲陵墓，甚至周遭的每块石碑上都饱含着羲皇子孙对中华始祖的深情，也显示出太昊陵的磅礴气势。千里迢迢，认祖寻根，感受上古遗风，领略华夏民族深厚的文化内涵，寻找中华民族共同的源头和精神支撑点，在黄河上下、大江南北，早已成为华夏民族的文化意识而深深沉淀于传统和历史的骨髓之中。

1997年6月27日，时任国务院副总理的朱镕基视察淮阳，在太昊陵的统天殿前，朱镕基总理深情地说："三皇之首在这里，我们民族的根在这里。"并欣然题词"羲皇故都"。

伟哉，羲皇！

在新的世纪里，中华民族如日中天。羲皇子孙、龙的传人将以龙的姿态，弘扬那种战胜艰难、存活种族、发展壮大、永向未来的龙的精神，全面建设小康社会，实现民族的伟大复兴，让古老东方的巨龙带着明天的辉煌翱翔于九州蓝天。作为龙图腾的发祥地——龙都淮阳，以及生活在伏羲长眠之地的羲皇子孙，也正以龙的精神不断开拓创新，创造更加美好的明天。

（河南省淮阳县"太昊伏羲祭典"入选《第一批国家级非物质文化遗产名录》，编号Ⅸ—37）

【小贴士】

太昊陵，即"三皇之首"太昊伏羲氏的陵庙，位于河南省淮阳县羲皇故都风景名胜区，毗邻风景秀丽的万亩龙湖。国家AAAA级旅游景区，全国重点文物保护单位，中国十八大名陵之一。门票价格60元，庙会期间20元。

"太昊伏羲祭典"和有"天下第一庙会"之誉的淮阳二月古庙会，因其会期之长、范围之广、人数之多曾被国家列为第一批国家级非物质文化遗产。每年农历二月二至三月三，太昊陵举办朝祖进香祭典。祭典活动举行期间，也举行庙会，历时月余，不过最热闹的还是二月初十至二月二十的十天，二月十四至二月十六日这三天，可说是祭典的最高峰，逛会的人数每天可达二十余万。

附近景点：龙湖国家湿地公园、平粮台遗址等。

交通：从郑州出发，京港澳高速→（漯河南）转宁洛高速（淮阳商丘方向）→商周高速（淮阳出口离开），淮阳县城方向到县城北关（润德商场）转盘向北即到景区。景区在县城北关约1.5公里处。

# 古老的约定，春天的欢会

王剑 | 文

【作者简介】
王剑，河南淮阳人。大学教授，陈楚文化研究所所长，老子文化研究院副院长，中国作协河南分会会员，河南省写作学会副会长，周口市作协副主席，周口市文学评论学会会长，周口市民间文艺家协会副会长。

淮阳，因在淮水之北而得名。现在，这里是河南东部的一个普通的中原县城，然而，如果我们沿着它的地名变迁的线索，去探寻其悠远的历史，就会发现，在这块丰饶的土地上，埋藏着我们伟大民族生生不息的根脉！

淮阳古称"陈州"，西周时，周武王分封诸侯，把舜帝的后裔妫满封在这里，建立了陈国。再往上溯，在上古时期，这里被称为"宛丘"。既名为丘，必有一块高地。古文明遗址，多在高丘之上，纵观四野，可问天地。"天下有名丘五，其三在河南。"这座宛丘在中国上古史中更是赫赫有名，它是中华民族的始祖——号称"三皇之首""百王之先"的太昊伏羲氏的旧都。《左传·昭公十七年》载："陈，太昊之虚也。""虚"即是"墟"，意为土山丘。宛丘是第一位帝王建立的第一个国都。

在今天的淮阳县城东南，我们还可以登上宛丘踏幽寻古，不过现今它的名字是"平粮台"。1980年，河南省文物研究所对平粮台遗址发掘，证实这里是一处龙山文化时期的古城遗址。现已发现了四周的夯土城墙、门卫房、陶制排水管道、高台建筑及灰坑、墓葬等，出土了大批文物。这座古城距今已有四千六百余年，是我国发掘出的最古老的城堡之一。

在伏羲时代，宛丘是一座高四五十米的土丘，在茫茫无垠的大平原上，凸立着这样一座高地，确是稀少的地形，太昊伏羲在这里带领他的子民繁衍生息、渔猎稼穑、驱车作战。

民间习俗·民间文学

宛丘是先民们繁衍生息的地方，也是他们歌舞祭祀、游乐欢会的场所。翻开《诗经·陈风》，有一首让我们至今读来仍觉心旌摇荡的诗，诗的名字就叫《宛丘》：

子之汤兮，宛丘之上兮。
洵有情兮，而无望兮。
坎其击鼓，宛丘之下。
无冬无夏，值其鹭羽。
坎其击缶，宛丘之道。
无冬无夏，值其鹭翿。

这是有点狂热的歌舞场面。那个姑娘高高地站在宛丘之上，插着鹭羽，敲着皮鼓，在忘情地舞蹈。她或许是一个多情的女子，却被无情所负，于是沉醉在这忘情的歌舞之中。你看那鹭羽飘飘拂拂，在宛丘之上，在宛丘之下，在通往宛丘的四方大道上，她指挥着舞蹈大军，无冬无夏，昼夜狂歌。

汉代人常穿凿附会，他们解释这首诗，说陈地人巫风盛行，那个舞蹈着的女子，是一位巫女。而陈地巫风，是陈国的国母大姬留下的。这位大姬原是周武王的大女儿，武王把她嫁给了舜帝的后代妫满，让他们在这里建立陈国。然而"大姬好巫觋祷祈鬼神歌舞之乐"，于是陈地人"击鼓于宛丘之上，婆娑于枌树之下，有大姬歌舞遗风"。

歌舞，本源于祭祀。《宛丘》诗中的这种场面主要是祭祀神灵、祈祷幸福，但也包含了娱乐、情感交流的内容。陈地巫风炽盛，每到祭日，陈地的少男少女们相约而来，相会在宛丘之上。他们击鼓敲盆，舞蹈歌唱，互表衷肠，在男欢女娱中选择称心如意的伴侣。这时的宛丘，成了他们欢会的人间乐园。将这种民风归因于武王之女大姬，显然是汉代人的偏狭，其实这种民风渊源更早、流绪更长，我们可以在先民们对人祖伏羲、女娲的崇拜中找到它的源头，在今天淮阳太昊陵庙会中找到它的遗绪。

太昊陵位于淮阳县城北1.5公里，国家级重点文物保护单位，因是第一个帝王、"三

7

皇之首"太昊伏羲氏的陵庙，故称"天下第一陵"。陵庙南北长750米，占地875亩，为一处宫殿式建筑群，分外城、内城、紫禁城三道"皇城"。几十座建筑贯穿在南北走向的中轴线上，如果把南北大门层层打开，可从南面第一道门——午朝门直望紫禁城中太昊伏羲氏的高大陵墓，号称"十门相照"，实在是巍峨壮观。

太昊伏羲陵始建于何时，如今已无可考。据载，春秋时，孔子周游列国来到陈国，陈国国君曾与他一起瞻仰过太昊墓。汉代曾在陵前建祠。唐、宋时帝王都曾下诏扩建陵园，祭祀太昊伏羲。现存太昊伏羲陵为明代建筑，据说是朱元璋派大将徐达修建，后经明、清两代多次增建修葺。

太昊伏羲是中国古代传说中的创世大神，在中华民族先祖的世系中，太昊伏羲为"三皇之首"，是炎帝和黄帝之前的民族先祖。历代典籍对伏羲的文化贡献所载甚多，归结起来主要有：画八卦，开启文化之源；正姓氏，制嫁娶；确立了天文历法；结网罟，教民渔猎；养六畜以充庖厨；造琴瑟，作音乐；以龙纪官，分理海内，统一了中华各族。曹植在拜谒陈地太昊伏羲陵时作《太昊宓牺氏赞》云："木德风姓，八卦创焉；龙瑞名官，经地象天。庖厨祭祀，罟网鱼畋；瑟以象时，神德道元。"对太昊伏羲的创世王业作了崇高的评价和礼赞。

在淮阳一带，伏羲被尊为"人祖爷"。在神话传说中，他和女娲，是人类的第一对夫妻，是中国的亚当和夏娃。淮阳民间有一个伏羲女娲滚石成婚的故事：那是在远古洪荒时期，一次大洪水给人类造成巨大的灾难，伏羲、女娲兄妹伏在白龟背上逃过洪水大难。洪水过后，只剩下伏羲女娲兄妹俩，兄妹俩都非常发愁。因为已没有别的人，就是说他们俩成了"人根"，怎么才能让人类繁衍不息呢？男女结婚才是人类繁衍的根本，可兄妹结婚又是一大禁忌，怎么办？他们想出了办法，听天意，以石磨为断。兄妹二人向天祷告："苍天在上，今有伏羲女娲兄妹向您询问，俺从山顶把两扇石磨往下滚，如果二磨相合，俺兄妹结为夫妻；如果各自东西，俺仍为兄妹，请苍天一断。"祷告毕，二人各执一扇石磨，奋力朝山下推去。只听一声惊天动地的巨响，两扇石磨同时飞奔下山，穿过茂密的树林，飞过陡峭的山崖，越过百丈深渊，一会儿一道并行，像一对深情款款的鸳鸯；一会儿一扇前飞，另一扇子紧追，像一对追逐戏耍的恋人；追上了，又一起前行，轻轻碰击一下，又分开……从山顶到山腰，从山腰到山下，两扇石磨始终没有远离。当滚到山脚下的时候，忽然闪过一道金光，两扇石磨在一声惊天动地的大响之后，牢牢地合在了一起。伏羲女娲按照天意结为夫妻，从此又开始了繁衍人类的伟大历程，于是，伏羲、女娲被称为"人祖爷""人祖奶奶"。

"滚石成婚"故事的实质是再现了群婚时代的结束。神话传说与典籍记载相互参证，证明伏羲时代是我国婚姻制度的肇始。《路史》注引谯周《古史考》载："上古男女无别，太昊始制嫁娶，以俪皮为礼；正姓氏，通媒妁，以重人伦之本，而民始不渎。"所谓"以俪皮为礼"，是说用两张鹿皮，作为男女双方订婚的礼物，这是伏羲所确定的婚姻礼制。为了"明血缘""别婚姻"，太昊伏羲明确厘定各族族姓，同姓同族不得通婚，"男女同姓，其生不蕃"。至此，人们开始从群婚过渡到对偶婚，从族内婚过渡到族外婚，彻底走出了蒙昧时代。

伏羲"制嫁娶之礼"后，在本氏族内部近亲婚配被禁止，男女要找配偶，必须到外氏族去找，并规定每年的仲春为男女集体选择配偶的日子，这样青年男女就有了大型的聚会。《周礼·媒氏》说："仲春之月，令会男女，于是时也，奔者不禁。"鼓励男女奔到聚会地谈情说爱，唱歌跳舞。这就是太昊陵古庙会的起源。

淮阳太昊陵古庙会俗称"二月会"，也叫"人祖古会"，其渊源之久、声势之大、会期之长，堪为"天下第一"。每年自农历二月二日始，至三月三日止，会期一个月。庙会期间，河南、河北、安徽、山东、湖北等数省的善男信女们南船北马，云集淮阳，人山人海，潮水般地涌进太昊陵朝祖进香，高峰时，每天可达数十万人。

这是一个古老的约定，这是一次春天的约会。今天，我们或许可以在西南少数民族地区看到青年男女山歌对唱、欢会求偶的场景。而在北方，在数千年礼教浸染的中原腹地，竟也保留着这样淳朴的古风遗韵。

庙会，其渊源在于原始信仰，它的主题是围绕神庙而进行的群体性的祭祀活动。人祖伏羲和女娲是民间的始祖神、生殖神，所以在太昊陵庙会上，我们可以看到许多与生殖崇拜相关的古朴习俗。

我们还是从歌舞说起吧。

"二月会"上，我们可以看到一群群身穿黑衣、肩担花篮、手敲竹板、边舞边唱的妇女，她们时而慷慨激昂，时而低吟浅唱。这舞蹈叫"担经挑"，舞者多是年长的妇女，她们高举黄绫青龙旗，浩浩荡荡从四面八方来到太昊陵，先祭拜人祖爷，然后到统天殿、显仁殿、伏羲墓前表演担经挑。舞队每组四人，三人担着花篮跳舞，一人打竹板数唱为舞者伴奏。舞姿变化有三：一曰"剪子股"；二曰"铁锁链"；三曰"蛇蜕皮"。舞时，六只花篮旋转飞舞，黑纱交相飘动，围观者叫好不绝。这种原始巫舞，是对伏羲女娲兄妹为婚繁衍人类的追念和祭祀。伴奏者吟唱的歌词也是赞颂伏羲女娲的："上天神留下他兄妹二人，无奈何昆仑山滚石成亲，日月长生下了儿女多对，普天下咱都是人祖子孙……"

非遗中原：谁的记忆，绵长又轻轻

担经挑传女不传男，据说这是远古流传下来的规矩。担经挑史诗一样地在淮阳流行了几十年。我们可以从中想见《诗经·陈风·宛丘》里的乐舞遗韵。

传说伏羲时代，伏羲用"会"的形式，把各个部落的青年男女召集到一起，在会场中央放一块带有"窑孔"的大石头，人们称它是"神媒石"。神媒石有两个作用：一是求偶；二是求子。男女之间如果互相有意，就用手摸一摸窑孔，说明二人情投意合；夫妻无子，可用手指在窑孔中左转三圈儿，即可求得子息。

这块石头现今犹存。太昊伏羲陵大殿为统天殿，供奉着人祖伏羲。而在统天殿后面，则是供奉女娲的显仁殿。显仁殿东侧基石的青石板上，有一石窑，就是这块"神媒石"，不过现在叫"子孙窑"。庙会上，人们都争先恐后要摸一摸子孙窑，认为可以生儿育女、人丁兴旺。甚至连那些未出嫁的姑娘们也成群结队，羞羞答答去摸一摸，为的是图个吉利。婚后未孕的妇女们，则专为求子而来。她们先在显仁殿送子娘娘那里买一个泥娃娃，用红线拴好，再到子孙窑前摸一摸，然后将泥娃娃小心翼翼地藏在衣服下面，为孩子取一个名字，叫"拴住"，或"留住"，带回家去。

子孙窑形似女性生殖器，摸子孙窑之遗俗显然是女性生殖器崇拜之风的延续。神奇的子孙窑已被那些希望成人之父母、成人之祖辈的虔诚者摸穿了不知多少块。现在的这块是1990年换上的，二十多年过去了，青石上的子孙窑又成了幽深的黑洞。

子孙窑前求得儿子，等孩子长到12岁，要来太昊陵前向人祖爷还愿。所以在太昊陵又有"还旗杆""抢旗杆"的风俗。所谓旗杆，是用一个木杆，穿过不封顶的木盒，这旗杆是男性的象征。中国自古称男子为"顶梁柱"，认为男孩支撑门户，是其门户的旗帜。

　　进香拜祖的人山人海中，一个个披红挂绿的男孩特别醒目，家人簇拥着，又放鞭炮，又吹唢呐，喜气洋洋地向人祖爷答谢恩赐，报告祖宗已吉祥得子，祷告人祖爷保佑孩子长大成人、有出息。而另一些希望得子者，不等旗杆烧掉，便去争抢吉祥。抢到手者兴高采烈地扬旗而去，这叫"抢旗杆"。此时，被抢的"还旗杆"者也十分高兴。

　　子孙窑生殖崇拜的习俗，承载着先祖的信息，是古老文化活的遗存，如今的人们仍然将它作为祈子、祈福、保平安的圣物，寄托自己对美好生活的向往。

　　太昊陵庙会的文化现象中带有许多原始文化的色彩，有许多待解的谜。最值得民俗学者、神话学者、人类学者和艺术家们探究的，还是庙会上盛卖的泥玩具——泥泥狗。

　　"泥泥狗"，是太昊陵泥玩具的总称，当地老百姓叫它"灵儿狗"，说它是给人祖爷守陵的，把它奉为祭祀伏羲的神物。自古以来，"二月会"期间，一街两厢摆满了琳琅满目的泥泥狗。南来北往的游人香客，到太昊陵祭拜过人祖爷后，都要买一些泥泥狗带回去，不仅沾沾泥泥狗的灵气福气，还期望驱邪避灾呢。

　　淮阳泥泥狗为泥质，黑底，上绘红、黄、绿、粉、白五色点线图案，有孔，能吹出"呜呜"声。造型古朴、简约、怪诞，有奇形怪状的动物造型二百多种。这些稀奇古怪、神秘虚幻的动物，有着神奇的名称：人面猴、人面鱼、猴头燕、草帽老虎、多头怪、四不像、独角兽、猫拉猴、九头鸟、双头鸟……好像一部活生生的《山海经》展现在面前。这二百多种造型，并不是出于淮阳民间艺人的审美趣味，而是崇神、祭祀的需要。在民间艺人的心目中，这是老祖辈传下来的，这种画法也是不能更改的。

　　泥泥狗反映出原始初民对生殖、祖先、图腾和神祇的崇拜。泥泥狗的纹饰符号，大致分为类绳纹、马蹄纹、花朵纹、三角纹、太阳纹等，大部分都属于女性生殖器官的变异形态，显然是女性生殖崇拜的一种象征。泥泥狗种类很多，其中最有代表性的人面猴，又称"人祖猴"，是泥泥狗中唯一的一种似人非人、似猿非猿的图腾形象，造型就像一尊神像，庄严、肃穆、神圣。在这些呈现着原始印记的怪异之物超自然的、夸张的形体上，释放着远古的野味和神秘。

　　中国古代神话传说中的许多神兽都是原始社会部落的图腾，形形色色的泥泥狗与《山海经》中描绘的奇禽异兽都反映了史前人类的图腾意识。所以学者们称淮阳泥泥狗为保存至今的"真图腾""活化石"。

　　看着这些古拙奇异的泥泥狗，我们很自然会想到伏羲、女娲抟土造人的传说。伏羲、女娲兄妹成婚后，天下人烟稀少，他们嫌自己生育太慢，就用泥捏制泥人，待这些泥人晒干后，就变成了能走动、会说话的人。千百年来，泥泥狗的制作方式和这个古老的传说，在淮阳民间代代相传。一把泥土抟出了你和我，我们生于泥土，长于泥土，又归于泥土。这泥土里留下了先民们生活与劳作的密码，也承载着子孙后代对祖先的尊崇与追念。

　　淮阳太昊陵庙会的遗风古韵，我们在远古洪荒的神话传说中听到过，在《诗经》中听到过，年年岁岁，岁岁年年，一切都在变，而这远古的遗韵，这关于春天的古老故事，仍在悠悠传扬……

　　（河南省淮阳县"太昊伏羲祭典"入选《第一批国家级非物质文化遗产名录》，编号Ⅸ—37）

非遗中原：谁的记忆，绵长又轻轻

# 诗话浚县正月庙会

朱中月｜文

正月的浚县梦一样奇，浚县的正月展现着真实的梦；浚县的正月诗一样美，正月的浚县抒写着优美的诗。

农历新年一过，成千上万的游人和香客就像被磁石吸引一般，从四面八方向浚县聚来。他们有的为瞻河朔第一胜景，有的为拜千年大石佛，有的为品深厚源远的民俗文化，有的为朝灵镇东岱的碧霞元君……商贾小贩和艺术团体也纷至沓来。浚县正月庙会便在大伾山和浮丘山以及两山之间的伾浮路和怀禹路这方天然舞台上启幕开锣了。

浚县的正月庙会，穿越历史，从一千六百年前走来，经历了多少沧桑，融合了多少文化，演绎了多少故事，没人能说得清。她拥有着可溯千余年的会史，长达一个月的会期，辐射五省八十多个市县的会场，这盛大而神奇的华北第一古庙会，怎不令人着迷？怎不令人神往？她是朝圣的山会，是贸易的商会，是展示民风的风情会，更是演绎民俗的文化会。让我们走进庙会，去感受、去品味她的魅力吧！

## 喜庆社火狂欢节

社火表演是浚县正月庙会最精彩的节目，也是浚县人表情达意、欢庆喜悦的直白。社火团队正月初九登大伾朝纯阳吕祖，正月十六上浮丘拜碧霞元君。正月十六日可以说是浚县的狂欢节，震天的锣鼓在元宵节夜就敲响了这天社火表演的前奏。凌晨4点各表演队就在北大街集合化装，早7点就开始表演。这自县城北关至浮丘山广场十里长街的大舞台，多达六十余个团队万余名演员的表演阵容，长达十多个小时表演时间，还有多达二三十万的观众，怎能不令人叹为观止！这些不是演员的演员，涂着油彩，穿着戏装，拿着道具，很投入地随乐起舞；这些不

【作者简介】

朱中月，河南浚县人。河南省作协会员，浚县作协主席。出版有《活着的历史之树》《浚县泥咕咕》《浚县大平调》《流经浚县的大运河》等著作二十多种。事迹被载入《纵横中原》《中原经济区》等书。

是乐师的乐师，抡着锤，捧着镲，掂着号，很专注地伴舞奏乐。一个个社火团队都被如海如潮的观众包裹着，最后又被这海潮涌上浮丘山。浮丘山广场是社火拜山的场所，震天的万响鞭开场后，狮子、长龙、高跷、花船、秧歌、盘鼓腰鼓、抬阁背阁、武术等轮番上场，尽情表演。社火表演队你方演罢我登场，并都拿出看家本领，高跷过天桥、狮子登山、油锤开石、头断钢板，观众时而惊呼，时而喝彩。这真是一幅喜庆的社火朝山长卷：

　　人海舞潮锣鼓响，社火香客拜山忙。
　　背阁抬阁秧歌俏，高跷盘鼓舞狮狂。
　　哇哩哇哩哇哇哩，咚锵咚锵咚咚锵。
　　十里长街尽歌舞，尽现和谐新黎阳。

## 小吃胜过琼林宴

浚县的风味小吃以取材自然、品种繁多、色好味鲜而著称。庙会上小吃商贩或搭棚留客，或摆摊便卖，或游走吆喝，不一而足。浚县豆腐皮、吴二锅花生米、铺牛肉、黏火烧、子儿馍、豆沫、壮馍、饸饹、凉粉等各种小吃尽显其美，香飘庙会。游人或安坐品酒吃子儿馍，或小憩吃饸饹喝豆沫，或站着吃凉粉，或走着嚼火烧，均可尽品其味，尽感其美。芦席搭的棚里，三五个人，二斤铺牛肉，一包炸虾，几听啤酒，或一瓶白酒，边小饮边看灶里柴火轻舔锅底儿，观师傅专注娴熟地制作，听锅里子儿馍滋滋作响。等师傅切好端上，用筷子夹一块，轻咬一口品之，外焦里嫩，不腻不淡，香气宜人，顿觉"此味只有天上有，人间能得几回品"！这品小吃的场景分明是一幅五彩图：

　　伾浮路上风飘香，名点小吃各琳琅。
　　王桥腐皮二锅米，寺庄铺肉义兴蒋。
　　巧妇轻翻凉粉锅，壮汉狠压饸饹床。
　　芦棚烟绕神仙聚，子馍炸虾酒二两。

## 泥成精灵亦放光

"泥咕咕"是浚县泥玩的俗称，是浚县正月庙会上特有的艺术品。庙会上有美术家创作的"阳春白雪"，也有普通百姓捏制的

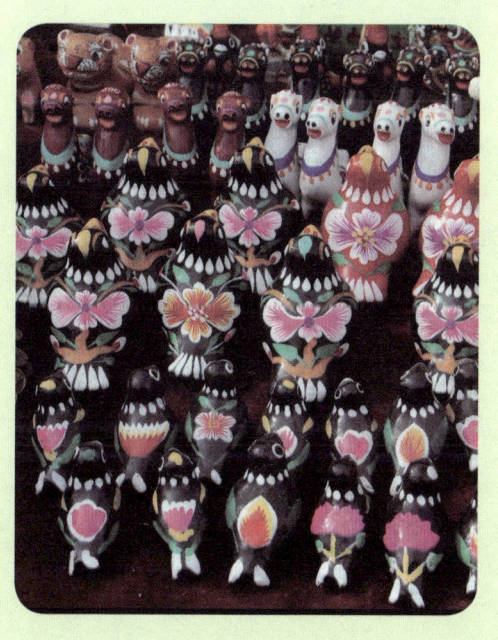

非遗中原：谁的记忆，绵长又轻轻

"下里巴人"，但外地游客最感兴趣的还是原生态的"下里巴人"。

一个个泥咕咕摊上，都摆放着各式各样的泥玩，泥塑人物形象逼真，西游神仙、瓦岗英雄、兽头人身的生肖，英俊威武；泥捏鸟兽栩栩如生，孔雀、燕子、咕咕、狮子、猴子，灵气十足。

这些泥玩大都以黑色作底，用红、黄、蓝等重彩点画，色彩绚丽，对比鲜明。它们大的盈尺，小的不足寸，但不论大小，其身上的泥哨都能吹响，能发出"咕咕——咕咕——"的声音，因此被称"泥咕咕"。摊位前卖者吹着揽生意，买者吹着拣如意，庙会上到处一片斑鸠调，和山林里咕咕鸟的叫声应和着。购买者有的为了陈列收藏，有的为了求个吉祥，有的为了馈赠亲友，有的为了打发孩子。这些泥变的精灵，怎不令人青睐、令人喜爱、令人赞美：

14

民　间　习　俗·民　间　文　学

泥塑玩具古朴气，重彩粗描亦大方。
猛狮摆首呈王气，俏猴骑马显张狂。
生肖着装模样俊，咕咕响哨音韵长。
泥巴怎地成精灵，巧手揉捏泥发光。

## 祈福纳祥和谐生

庙会上，人流中，随处可见朝山会团，会首打着会旗领先，会众提包携袋跟随，年轻人腰里系着吉祥带，老年人胸前拴着红头绳，人人脸上都带着喜气，个个心里都揣着虔诚。不管是佛寺还是道观，会旗见门就进；不管面前的是佛是神，香客们都顶礼膜拜。凡是能祈福的场所，凡是能纳祥的地方，香客们都毕恭毕敬，乐此不疲。香客们还用红头绳打成吉祥结把美好的心愿系在山上的大树小树上，表示与仙山美景结缘，人又称这吉祥结为"结缘花"。放眼望去漫山红遍，喜庆吉祥无限。朝圣拜山之后，香客便自由活动，或购物或品小吃，最后他们用所购之物表达心声，一根红绳带走吉庆，一捧泥玩捎去欢乐，一捆甘蔗饱含甘甜，一个笊斗装满幸福，一块案板寓意平安。这不正是一幅美妙的纳祥图：

会旗高挑香客从，慷慨布施心虔诚。
善心祈民永安好，良怀愿国更昌荣。
吉祥带飘蒸人喜，结缘花开映山红。
笊斗竹篮泥咕咕，归车满载笑春风。

## 精美工艺珍奇品

浚县正月庙会像天上的街市，到处陈列的都是世上难得的珍奇。

你看，铁货摊上铁锅铜勺炝锅铲手工铁艺样样全，编织市前大笊斗小笊斗竹篮竹筐件件好，木器架上肉墩案板擀面杖捣蒜锤个个美，石雕场里狮子栏板门匾碑亭款款精，还有那木制的刀枪剑戟，桃木梳子竹篾箧，布老虎皮叽叽，游走吹着招卖的琉璃喇叭和一吹气胡子可长可短的俏皮哨，别处见不到的别处买不到的，在这里任你挑任你选。品种繁多，琳琅满目的精美工艺品令人应接不暇，看着啧啧称赞，掂着爱不释手，拣得眼花缭乱，买了才不留遗憾。以诗记之：

刀枪剑戟皆木制，梳子篦子老妪喜。
铁锅铜勺煎饼鏊，柳篮竹筐簸粮箕。
琉璃喇叭俏皮哨，布虎布马皮叽叽。
木器石刻琳琅品，庙会街市尽珍奇。

历经千年的浚县正月庙会，正是因为有着永远让人感悟不透的真谛，才更具追溯和探访的价值；正是因为它有着永远令人品味不尽的魅力，才更有传承和发展的意义。

浚县正月庙会是浚县诗一般的历史，浚县正月庙会是浚县一首永恒的民俗诗。

（河南省浚县"正月古庙会"入选《第四批国家级非物质文化遗产名录》，编号Ⅹ—84）

15

# 浚县社火

王永记 | 文

高跷、花船、秧歌、舞狮，轮番上阵；鼓乐、舞龙、背阁、竹马、武术，令人眼花缭乱。

原本用来"娱神"的社火表演，却给民众带来了无尽的欢乐。

在河南浚县人看来，"不出正月，都是新年"，有着一千六百多年历史的华北第一古庙会，延续了传统的社火表演，被誉为"中国民众的狂欢节"。

河南浚县的社火表演与庙会相生相伴。每年农历正月初一至二月初二，当地都有"逛庙会，看社火"的传统习俗，而社火表演一直是庙会上的重头戏，异彩纷呈的演出给民众带来了无尽的欢乐，在感受传统文化魅力的同时，体会浓浓的年味，确实是一大快事。

作为一项国家级非物质文化遗产，浚县社火表演确实难得一见。

浚县庙会的起源得益于它得天独厚的地域优势。并不起眼儿的两座小山，却是华北佛、道、儒三教汇聚之地。唐时，佛教在中原兴盛，浚县开凿大佛，引来无数香客，古庙会在唐宋时期已初具规模；明朝时期，又先后修建了碧霞宫、文庙、文治阁、阳明书院等多处寺庙宫观楼阁，宗教上的三教合一，为分散的庙会聚拢合流奠定了基础。浚县古庙会在明朝时期达到高潮，一年12个月要有一百多场庙会，有庙会就会有社火表演，浚县的社火也在这个时期达到了高潮。

浚县正月古庙会是中国原生态文化的缩影，因此被称为中原民俗文化的"活化石"，德国民俗学者称其为"中国民众的狂欢节"。客流高峰时每天上山的香客多达五十万人，而在一个月的庙会期间，香客更是多达三百万人以上。

庙在前，会在后；神在前，人在后。庙会最初是"娱神"的，进而

【作者简介】

王永记，河南洛阳人。现供职于中国新闻社河南分社。先后在《人民日报》《光明日报》及《侨报》《大公报》《明报》《澳洲新报》等国内外媒体发表作品百余万字。

才"娱人"。人,生而孤独,于是便设想了神的存在。孤独的人要与沉默的神交流,选定了固定的时间和固定的场所。固定的场所成了"庙",固定的时间成了"会"。

## 起源于庙会

"说起浚县的社火表演,不得不说浚县古庙会,是浚县古庙会给民间社火提供了孕育、发展、壮大的土壤。"当地民俗学者马金章称。

关于浚县民间社火的来历,不管是地方志还是历史文献上都无籍可考,更无从了解它确切的起源时间,但据《礼记·杂记下·第二十一》记载:春秋时,子贡与老师孔子观看为酬谢农神而举行的蜡祭活动时,子贡看到盛大的祭祀场面,激动地说"一国之人皆狂"。"从这句话可以推断出,当时已经有民间社火表演,才会出现'一国之人皆狂'的盛大场面,由此也可以推断出,社火表演来源于古代的祭祀活动。"马金章说。

对于"庙会"二字,马金章这样解释:"庙在前,会在后,这说明因庙生会,浚县古庙会正是如此。"浚县是黄河古道流经之地,经常泛滥,大禹治水后水患平息,当地民众为祭祀治理水患有功的神灵和英雄,修建了与大禹、二郎神、弥勒佛有关的庙宇。此后,每逢过节,当地民众就举行大的祭祀活动,这便是浚县古庙会的雏形。民众在庙会上举行大型的"娱神"活动,企盼来年风调雨顺,祈求神灵庇佑,民间社火也由此产生。

中国民俗学者孟宪明称:"庙会是对孤独的反抗,是对绝望的诉求。所以,庙会不得不用长鞭、用高香、用大戏、用浩歌呼喊和舞蹈,扮演着虔诚。"

在当地,许多社火表演仍保留着农耕时代的习俗。小河镇与新镇之间的九流渡庙

17

会，坊间又称"添仓会"，在这个庙会上，至今还保留着一种名为"刀耕舞"的社火表演，参与表演的人员身披兽皮、树叶，模仿原始社会劳动人民的劳动场景，藉此祈祷神灵保佑。由此可见，社火表演来源于远古时代的祭祀活动，这表明社火在原始社会就已经产生了萌芽。

一个月会期，社火表演是高潮。正月初九和正月十六是社火表演日。表演前社火班子提前进县城，先到土地庙烧香、火神庙上供，之后到达指定地点排队。社火队为了争排头位置，有的前一天下午就到达指定地点，有些不惜露宿房檐下也要排个好位置。"为争排头位置，社火队有时还会打起来。"当地文化部门的官员称，"浚县社火最盛的一年，有150多家社火班子。"

到了正月初九和正月十六，早晨7时，社火队高擎彩旗，擂动着战鼓，燃起长鞭，吹响长长的尖子号，源源不断地涌向浮丘山顶的会场，齐聚于碧霞宫门前酬神唱戏的戏台下，几十上百个社火班子，开始轮番表演。表演队伍身着戏装，画了脸谱，戴了面具，歌舞鼓吹，在欢闹中取乐，在耍逗中献艺。而整个县城倾城阖户，数十万民众黑压压簇拥着，从县城十字街的文治阁一直漫溢到两山之上，场面恢宏，气势壮观。

## 从"娱神"到"娱人"

在浚县古庙会上，社火表演有火神会、老君会等，都以在正月期间表演为主，而正月又以正月初九和正月十六为主要表演日。正月初九上东山朝拜玉皇大帝，在吕祖祠门外平台上表演；正月十六上浮丘山朝拜碧霞元君。而庙会上的主要活动就是社火表演。

"从规模上说，浚县只要是大点的行政村都有一到两支社火表演队，庙会期间，

民—间—习—俗·民—间—文—学

全县上百支社火表演队都会出来表演，'娱神'是一方面，另一方面也可以让老百姓看一看哪支社火表演队更有实力。"马金章说，特别是正月十六的社火大赛，上百支社火队在南山碧霞元君庙前一争高下，场面蔚为壮观。浚县的社火表演队主要表演形式有秧歌、高跷、武术、舞狮、舞龙、旱船、背阁、抬阁等数十种表演形式，近年来，周边省市的表演队也到此切磋技艺，以"演"会友。"民国时，南关的武术表演很有代表性，整个队伍前边有四位大会首，高高的个子，穿长衫，戴礼帽，鼻梁上还架副眼镜，每人托一个画眉笼，迈着四方步，一派绅士模样。他们身后是打旗的、敲锣鼓和铜器的，紧随其后的是舞狮表演，之后有两排手持刀枪剑戟的武术队员，队员们头扎黑色武士巾，下穿皂色灯笼裤，脚蹬黑色行者靴。每到一个地方，一声呼啸，狮子闪转腾挪，

打旗的及其他人围好场子，武术队员们或单人表演，或两人对打，无不令人眼花缭乱。"马金章回忆。

每个表演队都有绝技，东街的秧歌、北街的背阁、北关的小竹马，以及分散在四乡村落里的抬老四、打花棍、舞龙、跑旱船等，大多是祖祖辈辈口传身教，延续至今，每一代都有继承和发展，西街村年过七旬的李顺波就是其中一位。李顺波的爷爷、父亲都是社火表演的"大腕儿"，有些社火小曲儿唱词，就是他祖辈传下来的。李顺波十几岁就跟父辈学小调，至今出口能唱，而在西街村，李顺波也是高跷队的"高人"。

高跷是社火表演的主要形式，据说高跷有"一接腿，二接腿"之说。说是在唐朝，李世民为了让老百姓高兴，命天下出社火表演，演员站地上表演，后边的观众看不到。李世民就让演员制成高跷踩上去，叫"一接

19

非遗中原：谁的记忆，绵长又轻轻

腿"。看的人多，后面的观众还是看不见，李世民命人把高跷再接高些，就成了"二接腿"。

过去一出腊月，浚县的高跷艺人就开始"踩"了，踩上浮丘山直到吕祖祠，走的是山路，这是练习。踩到碧霞宫戏楼，两米多高的戏楼，高手敢踩着跷往下蹦。

因为大家都练，民间出了一批高手。李顺波说，一个高跷队，踩跷表演的有二十多人，人人都有固定角色。李顺波从17岁开始出会（年龄太小不让出），扮的是韩湘子；到60岁时出会，扮的还是韩湘子。这是个手提花篮的红衣小生。为啥演韩湘子？因为"戏份重"，高手才能演。

李顺波痴迷社火，除表演外，还担负着组织者的工作。经他手，把古代的角抵戏保留了下来；也是经他手，把外地社火"偷"到了浚县。

1996年春节，李顺波到陕西渭南串亲戚，看到人家的社火里头有古战船表演，入了迷，一看看了四个小时。表演结束后，他又坐车追到潼关，怎么制作、怎么表演都偷学到手了，回来用在了西街的社火表演中。

浚县社火表演的每一个节目，都有一段来历。20世纪50年代，有一年正月十四，有邻居找到李顺波："咱们出个逗人的玩意儿吧。""啥？""二鬼打架。""十六就上山了，来得及吗？""我连夜做。"十五一大早，邻居把连夜做好的两个鬼头送来，两人找来柳木杆做成架子，用布做成衣裳。到正月十六出会时，李顺波亲自表演"二鬼打架"，大受群众欢迎。如今，"二鬼打架"仍是西街社火的保留节目。

此外，浚县社火表演中的跑旱船，也有来历。隋炀帝大运河开凿时期，浚县东有黄河、西有大运河，水上交通便利，船来帆往，水道在宋代被称为"御河"，后来黄河改道，船只没有了，浚县民众为了纪念昔日船只如云的景象，就在社火表演中加入了划旱船。

## 百姓自己的狂欢节

在浚县社火表演中，北街的背阁与抬阁是浚县社火表演的一大特点，两三米高的表演，千米之外都能看到。抬阁是搭成一个玲珑戏台子，人扮演偶像，在虚幻背景中，安置真实的人，凝固成一个特写镜头。一群人抬着一出戏，走在红火热闹的社火队里，锣鼓、唢呐如风荡漾，抬阁上扮好的人，眉眼都隐在脸谱彩妆里，俯视着如河的人流。

背阁是将彩妆儿童架在精壮大汉的肩膀上，足有两米多高，彩妆儿童也是高高俯视如河的人流，飘飘欲仙，俨然大人心目中的许仙、白娘子、穆桂英、杨宗保、罗成、秦琼，成为联结历史与现实、梦幻与真实的形象纽带，通过他们扮演的角色，人们与历史对话，为未来祈福。

老艺人孙书林称，背阁又名"背装"，起于清朝末年，已有上百年的历史。背阁队分为若干表演小组，每个表演小组分为上、中、下三层。上层表演者称"上装"，由男女儿童扮演；下层表演者称为"下装"，由熟练掌握各种表演技巧的成年男子扮演；中间部分称为"中节"，用各种造型艺术和机关巧妙将"上装"和"下装"连为一个整体。背阁表演的主角是"上装"儿童，一般只有3到8岁，造型均源于民间传说和历史典故。

每次出会，幼童都要保持直立姿势长达数小时，背阁时有些孩子立在花上、刀尖上，玄机何在？

原来，"下装"男子先穿上防护棉背心，然后绑上特制的铁支架。"上装"女童骑坐在一个马鞍形支架上，再穿上带假脚的很长的宽彩裤，裤子一穿上，坐着的小姑娘马上变成直挺挺的站立姿势。然后三四个人共同用一根长长的木竿，将小姑娘送上男子肩头的器具上，机关扣合紧密后，"上装""下装"就摆出种种姿态摇摆行走了。"下装"按照一定舞步边走边扭，"上装"也摇摇摆摆，配合默契，惊险之中体现出活泼，欢快之中略具诙谐。至于"上装"站在刀尖或花朵上，那是"下装"男子身上的机关掌控的。

在当地，每家的小孩都盼着自家孩子被选中出会，据说出会的小孩会变得更平安健康聪明。能上背阁的小孩年龄在3到8岁之间，他们的父亲、叔伯、祖父乃至曾祖父都参加过表演，他们自己小时演"上装"，长大后可能会做个背阁手，背着村里的孩子表演……

整个出阁演出，其实是很辛苦的，特别是背阁，"下装"要身负一百多斤重的行头，站立、表演七八个小时，表演期间，只有中场休息时才能吃点东西。但老艺人称："累并快乐着。"据了解，浚县每年的社火表演人员多达两万余人。李顺波表示，演社火没报酬，就管顿饭。

从"娱神"到"娱人"，从李顺波一个社火艺人，到北街村一村社火艺人，再到浚县一城社火艺人，是民众的参与传承，才造就了浚县社火的火爆热闹，才使庙会从"娱神"之会变成了民众自己的狂欢节。

（河南省浚县"民间社火"入选《第一批国家级非物质文化遗产扩展项目名录》，编号Ⅹ-54）

【小贴士】

浚县庙会又称"浚县正月古庙会"，活动贯穿于每年的整个农历正月，一直到二月都熙熙不散，有"华北第一古庙会"之称。

浚县大伾山风景区包括大伾山、浮丘山这两座秀丽青石山峰。景区内现有佛道建筑9处，亭台楼阁、寺庙宫观遍布两山。北魏的天宁寺，因保存有八丈石佛七丈楼而闻名遐迩。大石佛高22.29米，已1600余年，全国最早，北方最大。唐代的石刻瑰宝千佛洞是中原石刻艺术的精典之作。道教的圣地碧霞宫始建于明代。特别是一年一度的正月古庙会，长达月余。另有吕祖祠、阳明书院、文庙等景点。附近有淇县、滑县、汤阴等古县。

附近景点：中国大运河浚县段；浚县古城，古城墙、文庙；黎阳城遗址；全国传统古村落西街村；省级古村落白寺村等。

交通：从郑州出发，沿京港澳高速向北行105公里，到卫辉收费站下；沿101省道—215省道行54公里即到大伾山风景区。

非遗中原：谁的记忆，绵长又轻轻

# 赫赫始祖，吾华肇造

王剑冰 | 文

一

春天里，到处开着鲜花，芬芳在清明的空气里飘散。

新郑黄帝故里，人头攒动，香烟缭绕，一个小女孩儿问奶奶，俺们给谁烧香？奶奶说，给祖先。女孩儿说，谁是俺们的祖先？奶奶说，黄帝。女孩儿重复着奶奶的话，黄帝，他们都是给黄帝烧香的吗？奶奶说，是啊，都是在给黄帝烧香。

从烧香的地方往前走，那里正在举行拜祖大典。来自全国、全世界的华人代表聚集在这里，礼炮轰鸣，乐曲悠升，颂歌高唱，施拜行礼，天地动容。

天边出现了一道彩虹，小女孩儿喊起来，奶奶，彩虹！大家因着喊声抬头看去，中原大地的上空，真的出现了一道七彩的虹练，像一条祥龙。台湾来的连战也兴奋不已，说，祥瑞之兆啊！

"三月三，拜轩辕。"春秋时期的历史典籍中就有三月三朝拜黄帝的记载，唐代以后渐成规制。每年三月初三在新郑公拜轩辕黄帝，是中华民族的传统大典。

儿时以为中华始祖叫的是"皇帝"，皇上的皇，后来知道是黄色的黄，猛一惊奇，这名字更好啊。黄帝站在黄土之上称王，从此黄皮肤的黄种人世代繁衍，延绵不断。中国出现文字之前，黄帝就在人们口中代代相传。有说公元前2697年是黄帝的出生日，也有说那年黄帝20岁，做了有熊国的国君。有熊就是新郑。道家把这一年作为道历元年。

《史记》中记载，黄帝一生下来，就显得异常神灵。生下没多久，

【作者简介】

王剑冰，河北人。河南省作协副主席，河南省文艺评论家协会副主席，河南省散文学会会长，中外散文诗协会副主席。曾任《散文选刊》副主编、主编。已出版散文集《苍茫》《蓝色的回响》《有缘伴你》《绝版的周庄》等散文和长篇小说《卡格博雪峰》等多部。

便能说话。15岁已经无所不通。司马迁距离黄帝时期还有着很长的距离，他从传说及想象的路上走来。黄帝被称为"轩辕"，古书上说是因为他在战争中发明了一种战法。战时将士站在战车上，休战将居中，士阵列，中间有一个出口。也有说黄帝居轩辕之丘，故得姓"轩辕"；还有说黄帝着轩冕之服，故谓"轩辕"。不管哪一种传说，我都信，都属于我们民族的特征。

我们的始祖还被传在泰山之巅，指挥大军作战，目的是统一河山，制止纷乱。泰山之巍之稳，是那般有象征意义。传说黄帝还是上古名医，作于春秋战国时期的《黄帝内经》，也要托黄帝之名，只有黄帝才能达其高度和流传的广度。去洛阳总能听到河图洛书，表明天下安宁、大祥征兆的河图洛书的出现那么神奇，黄帝与天老游于河洛，先是三天大雾，后，又七日大雨，接着就有黄龙捧图自河而出。

二

黄帝成为氏族首领之后，有熊氏的势力得到迅速发展，原始农业进入到高度繁荣阶段。《史记·五帝本纪》说轩辕黄帝的功绩之一是"艺五种"。"五种"就是黍、稷、菽、麦、稻。黄帝还掌握了平原农业的许多特点，《路史·疏仡纪·黄帝》说："岁时熟而亡凶，天地休通，五行期化，故风雨时节，而日月精明，星辰不失其行。"黄帝已经认识到挖掘土地的潜力，广耕耘，勤播

非遗中原：谁的记忆，绵长又轻轻

种。黄帝在管理土地的制度上也有创新。黄帝之前，田地耕作混乱，黄帝以步丈亩，将全国土地重新划分，划成"井"字，中间一块为公亩，归政府所有，四周八块为私田，由八家合种，并穿土凿井。这就是延续很长一段时间的"井田制"。此外，黄帝还开辟园圃，种植果木菜蔬，饲养兽禽。

这个时节走来一个女子。河边生长着翠绿的野桑，女子看到一棵棵树上都有白色的果实，摘下来发现里面有一条晶莹小虫在吐丝。这就是最早发现桑蚕的嫘祖。自从嫘祖发现桑蚕并且学会了缫丝织锦，人类才有了自己的衣服。嫘祖是黄帝的元妃，黄帝把嫘祖的才能推而广之。

黄帝的背后，还有一个女人嫫母。史上一提美女就会举出一堆的名字，而丑女的代指就是嫫母。那么有名的黄帝，身边怎么会有一个有名的丑女？这也许正是黄帝的伟大之处。为制止抢婚习俗而引发的纷争，黄帝决定娶贤淑温柔而相貌丑陋的嫫母作为第四位妻子。黄帝说："重美貌不重德者，非真美也；重德轻色者，才是真贤。"黄帝不是作秀，娶了嫫母就喜欢嫫母，信任嫫母，把管理后宫的事情交给她，并授以方相氏官位，利用她的相貌来驱邪。

黄帝不止得益于两位女性，他还智慧地支使着有不同智慧的能人，如让羲和与常仪负责观测太阳月亮，臾区观测行星，伶伦

创制律吕，大挠创立甲子，隶首发明算数，容成制作乐律和律历。黄帝还让伶伦和垂制造乐器，让仓颉造字，史皇作图，雍父造杵臼，夷牟和挥作弓矢，共鼓和货狄造舟。有了舟车可以远行，建造房屋以利居住，将华夏分为九州以便管理。这说明黄帝时期已经开始进入从蒙昧走向文明的征程。可以想见，明媚的阳光下，广袤的井田边，一派"三山五岭银锄落，笑语欢歌采桑忙"的男耕女织景象。黄帝族经过夏、周两代与其他各族的冲突与融合，到战国时期基本形成了统一的华夏族。人民生活得以富足，国家疆域得以巩固。

## 三

微雨中，我踏上陕西黄帝陵的台阶，和我随行的是一群年轻的中学生，他们来自全国各地，是一帮文字的精英。第一次拜谒高高的黄帝陵，原以为陵墓只是一个象征，当看到漫山遍野的古树和一块块历代碑刻，才知晓那是天地认可的地方。桥山顶口立着"文武百官到此下马"的下马石，古代祭陵者，均须在此下马。历代皇帝也有到此祭拜的记载，宋、元、明、清还有保护黄帝陵的指示或通令。

据说全国共有黄帝陵七处，分布于甘肃、河南、山东、河北等地。河南灵宝和陕西黄陵、河北涿鹿每年都有祭祖活动，甘肃天水有轩辕文化节。从古至今，所有华夏子孙都把黄帝当作华夏文明的始祖来敬仰。

队列展开，恭立肃正，一个女学生朗朗颂道：

赫赫始祖，吾华肇造。
胄衍祀绵，岳峨河浩。
聪明睿智，光被遐荒。
建此伟业，雄立东方。

我忽然感觉这颂词接续了新郑黄帝故里的声音：

华夏各族，中原家乡。
和平天下，国运兴昌。
和睦百姓，社稷安康。
同根同源，龙族荣光。

拜祖也好，祭祖也好，都是一个意思，都有一个共同的祈愿。

每年的拜祖和祭祖大典，越来越多的中华子孙归来，印尼的、新加坡的、马来西亚的，更远的来自欧洲、非洲、拉丁美洲的，他们举着旗帜，拉着横幅，给各方人士递着他们的联络方式，表达着他们的赤诚。他们感觉着，来了就是回到家了，拜了黄帝就是找到了真正的根源。

这是一个节日，把大家聚在了一起，认识的不认识的，老的少的，有着各种各样口音的，相拥相抱，泪眼蒙眬。他们互赠礼物，互传文字，举办各种各样的研讨会、还乡会、茶话会，在会上朗诵自己的感怀，诉说自己的思念。他们来到黄河边、洛河边、渭河边，登上嵩山、泰山、华山，他们激动啊，由黄帝创立的华夏之国，已经屹立于世界之巅。颂歌飘绕，钟磬萦响。他们拉起手来，就像五大洲的中国人拉起手来，像一条根系，将炎黄子孙的血脉紧紧相连。

大风起兮云飞扬，吾土吾心吾欢畅。
四海之内皆和谐，吾思吾梦吾向往。
…………

（河南省新郑市"黄帝祭典"入选《第一批国家级非物质文化遗产扩展项目名录》，编号X—32）

# 关林翠柏与关公信俗

孙钦良 | 文

关林翠柏，洛阳一景；透过红墙，可见柏影。

关林古柏不仅多，而且奇，所以"关林翠柏"是"洛阳八小景"之一。想那古来君子，总有松柏之志，活着不惧风刀霜剑，死后可以松柏为伴。关公一生，义薄云天，在像他这样的英雄的墓地广植松柏，是再合适不过了。

## 现在还有人来关林结拜兄弟吗

中国处处有关庙，这个地方除让人来祭奠关公外，大约还有以下几大功能：一是在这里搞结拜兄弟活动；二是在这里唱戏；三是在这里搞庙会；四是在这里求子祈福。当然，到今天著名的关庙又添一项功能——旅游。

在关林采访时，我曾提出一个问题：现在还有人来关林结拜兄弟吗？回答：有，但不多。说是有一次，工作人员路过"结义柏"时，看到三个男青年有些异样，他们在"结义柏"前上了香，磕了头，从酒瓶里倒出三碗酒，喝了，然后把碗摔在地上，站起来就走了——工作人员不便上去询问，但一看就知道，这是在"结拜"了，三个二十多岁的男人，从此成为兄弟了。

工作人员介绍：，对于前来结拜的人，我们不干涉也不提倡。如果干涉，就是干涉民间信俗了；但如果提倡了，结拜的人就更多了，这会影响其他游客参观。

我见那"结义柏"长在二殿和三殿之间，高大，苍劲，一大把年纪了。奇的是树身笔直笔直，本可越过房顶，来个高耸入云，枝压群芳，

【作者简介】
孙钦良，《洛阳日报》记者。

却偏偏在一人多高的地方，分成三枝，枝枝相伴，生生相依，就好像刘、关、张三兄弟义结金兰，不离不弃。

镇上老人说：当初三位好汉结为异姓兄弟，不求同年同月同日生，只求同年同月同日死，立志扶汉室，结拜在桃园。英雄义举之后，后人纷纷效仿，宋朝之后各地关帝庙增多，人们结拜不再四处寻桃园，而是到关帝庙中给关老爷磕头。

而洛阳风俗有所不同。由于关林各个殿宇中，没有刘、关、张三人在一起的塑像，所以洛阳人结拜时，一般不进殿内，也不在关公像前，而是在"结义柏"前举行仪式。

"结义柏"是有来历的：说是关公既死，首级飞传洛阳，曹操以王侯之礼葬之于城南，张飞、刘备悲愤不已，两年之内相继离世，三人魂魄都来洛阳，又是一番英雄会。

洛阳时有黑袍怪，法力了得，掠夺财物，抢夺民女，百姓无奈。刘、关、张知情后，说此怪祸害洛阳，不能坐视不管。就统领四方诸神，于正月十三下了战书，要和黑袍怪决一死战。

黑袍怪害怕了，躲了起来，三兄弟找来找去，终于在偃师万安山山腰看到一条刚刚蜕下的黑蛇皮。关公大喜，磨刀霍霍，准备战斗了。正好端午节到来了，洛阳百姓家家吃肉，户户喝雄黄酒，那魔怪闻到香味，趁夜色出来抢食，先把龙门一财主家的一坛雄黄酒喝光，又到邙山一农户家中，一口吞掉一头大肥猪。

没承想这猪不是猪，是关公用大石头点化的，足有两千斤重。黑袍怪吃后腹中沉重，疼痛难忍，再也飞不起来。关公举刀，把它砍死，点化成一道山岭，名曰"黑蛇岭"，后来人们把音念转了，称"河石岭"。

从此，洛阳平安，百姓安宁，群众感恩，遂在关帝冢前植一柏。此柏长大以后，三枝相生，互相依存，是为"结义柏"。

## 关公信俗融合地方风俗

提起关林古柏，洛阳有句俗语："关林里的柏树数不清。"这里的柏树确实很多，远望郁郁葱葱，近看遮天蔽日。

我问关林镇的老人，到底有多少柏树，有谁进去查过没有，老人们笑道："一棵一棵去查，能把人累死！好几百亩地呢！"

我却较真儿，心想关林占地不过180亩，即使每亩都栽满树，要查也能查得过来，何况许多殿宇廊房，又占去不少地皮，不能植树呢！于是就把这个要求向关林管理处提出来。一位负责人一听很高兴，说："亏你这么认真！我来告诉你吧：1994年的时候我们做过统计，当时有800多棵，后来又补种了100多棵，有意识促成999棵，这是因为关公是帝王级，给了他这个吉祥数，但对外的宣传资料上，说的还是千余株。"

听说关林有"松柏合一"之树，我到处寻找，还真找到了——在近千棵柏树中，有一棵生得奇特，叫作"柏上松"：一棵巨柏的枝干上，活脱脱又长出一棵松树，而且长得枝繁叶茂，直插云霄。这是咋回事儿呢？

附近老百姓说：农历五月十三是关公诞辰，每逢这一天，来烧香的人便成群结队，除了人之外，鸟儿也赶来朝拜，这是因为关公是"三界伏魔大帝"，鸟儿是来求关帝保佑的。

这一年五月十三凌晨，住在华山上的黄鹂鸟要来朝拜，它没有好的礼物，就衔了一颗松子，艰难地飞到关林。但它一看，供桌上摆满了供食，若是把这颗不起眼儿的松子放在那儿，关公根本不会发现。怎么办？黄鹂鸟就把松子放到巨柏的树洞里，祈愿道：松树松树快快长，常青不老献关公。来年，松树出洞，摇动枝条，天长日久，成为"柏上松"。

其实，说五月十三是关公生日，这只是民间的误传。我查了许多资料，发现这一天只是关羽之子关平的生日，而关公的真正生日是农历六月二十四。但民间为啥把五月十三当作关公生日呢？为什么关帝庙会一般也在五月十三，洛阳关帝庙会也于每月十三始会呢？

对此专家解释说：关公信俗在形成过程中融合了不同地方的风俗，不会有什么统一版本。譬如五月十三这天，有的说是关公生日，有的说是关公"单刀赴会日"，有的说是"关公磨刀日"。

磨刀需要雨水，老百姓之所以把这天定为"关公磨刀日"，是因为此时最缺雨水，百姓为了祈雨，就让关公磨刀。关公何许人也？是"协天大帝"呀！所以老天爷也得给他面子——一见他磨刀，就赶紧下雨，所以民间有"大旱不过五月十三"之说。

又传说关公曾在五月十三降伏一条恶龙，百姓感念其恩，遂把此日称作"关帝救生之日"，简称"关帝生儿"，久而久之，念转、误读，就把这一天当作关帝生日了。

## 把孩子认到柏树下

我在关林采访时，看到有爷爷奶奶带着孙儿来柏树下面磕头的，这个场面别的地方也有。不用问，这个孩子已经认柏树为干爹或者干娘了。

这又是关公信俗的动人一幕，洛阳人有"认柏亲"风俗，柏树强壮，大雪中不凋，烈日下不枯，四季常青。把孩子认到柏树下，身体结实好成人。

说来有趣，男孩、女孩认的柏树还不一样。凡是男孩，都到"龙首柏"下认亲；凡是女孩，都到"凤尾柏"下磕头。不认柏亲只来祈福的，可向任何一棵柏树磕头。这是关林独有的祈福风俗，为什么？

　　原来在启圣殿前，有两株千年古柏，西侧古柏枝干勾曲，粗壮的枯枝状如龙首，细小的枝条犹如龙须，向上的两条枯枝恰似龙角，弯曲的树身便是龙身，惟妙惟肖，自然天成，人称"龙首柏"；东侧的古柏干枝横斜，根须伸展，扇形裸露，状似凤尾，人称"凤尾柏"。相传关公被封为"协天大帝"时，天上的龙地上的凤都来祝贺，环绕关林，久久不肯离去，最后化作"龙首""凤尾"两棵柏树。

　　民间到"龙首柏"前求子，是明代洛阳姬磨村一个财主开的先。他娶有三房，但年近七旬，仍无子嗣，就到关林上香求子。入庙后一直从平安殿（即正殿，又称"大殿"）烧到财神殿，又从春秋殿烧到关帝冢，处处祷告、祈愿，但一年过去，妻妾三人还是没有动静。他不死心，又来到"龙首柏"下，用"龙凤牌"写上"关帝佑护，赐我子嗣"字样，一年后果然得一大胖小子。

　　由于在柏树下求子更灵验，从此洛阳人都在柏树前求子，又由于在"龙首柏"前求到的是男孩，在"凤尾柏"前求到的是女孩，所以从此约定俗成："龙首柏"专供弄璋之嗣，"凤尾柏"专携弄瓦之喜，据说很是灵验，连南阳和山西的百姓都来求子。

　　在这庞大的求子队伍中，有的是爷爷奶奶来求孙子孙女，有的是新婚夫妻急要一男半女。祈子求女的程序是：烧香、磕头、祈愿，然后径直回家，不许拐路，生怕一拐路，就把刚刚求到的"孩子"拐丢了。

　　到了清代，关林的柏树都成了神，不但求子女时给柏树烧香，祈福时也来敬柏树，让所有柏树都享受了香火。这样一来，"龙首柏"和"凤尾柏"不再独享专利，除了关帝冢上面的柏树不便登临打扰之外，院内所有古柏之前都有人烧香。有的香客把愿望写在"龙凤牌"上，全部公开祈愿内容；有的则写在红布条上，民间称之为"红孩批"，据说最为灵验，要福得福，要子得子。

　　遗憾的是不少外地人不知洛阳风俗，当看到这里有个娘娘殿时，就想当然地进去求子，结果却是上错了香，拜错了神。原来现在的娘娘殿，又叫"百病娘娘殿"，是给人治病的，不是给人送子的。对此，关公信俗专家吴健华说出了来由：这个娘娘殿，原来敬的不是女性，而是西乡侯张飞，原名"张侯殿"，后来张飞塑像被毁，就以关公夫人胡氏的塑像代之，因传她会医术，故该殿改名为"娘娘殿"。

　　由此可见，各地虽然同敬一个关公，风俗却大不相同。而且这种民间信俗一旦形成，便是神圣不可侵犯的。这不，我采访时不过说了一句"'龙首柏'倒是有点像"，镇上的老人便直摇头，说："哎呀，不是有点像呀！是真的就是一条龙！"啧啧，他们有鼻子有眼地说："这两棵柏树，都是真龙真凤变的！是东海龙王和南岭金凤出巡时，看到关公塑像变成了活人，在夏夜月光下翻看《春秋》，龙凤赶紧落在柏树上，龙眼如灯给关公照明，凤尾打扇为关公送凉。不料关公读个不停，龙凤也不好意思离开了，就这样和柏树长为一体，成了'龙首柏'和'凤尾柏'。"

　　关林的柏树奇，洛阳的风俗奇，这倒是颇有意趣。后来又在春秋殿前看到一棵"旋生柏"，那树身像拧着麻花往上长；还有一棵"虎头柏"，树身上拱出来一个大疙瘩，真的就和老虎头差不多……

（河南省洛阳市"关公信俗"入选《第二批国家级非物质文化遗产名录》，编号X—85）

非遗中原：谁的记忆，绵长又轻轻

# 书香味浓说马街

杨福建 | 文

马街村位于伏牛山东麓，西依伏牛山，东临白龟山水库，距宝丰县城有六七公里，鲁平大道、焦枝铁路、郑尧高速从它身边经过。

在地图上，"马街"这个地方是难以查到的，它只是一个小小的村落而已。它没有区位和经济上的优势，加上古代信息交流不便，所以马街很难进入人们的视野。但马街却以另一种形式，在中国历史上书写着自己辉煌的一页。随着时代的进步和社会的发展，马街这个名不见经传的小地方，声名鹊起，名扬天下，这都得益于马街书会，马街书会是平顶山和宝丰县的一张名片，也是它们的一个文化品牌。

算起来马街书会已有六百余年的历史，据考证起源于元代的延祐年间，在马街村广严寺及火神庙的碑文上有记载：元朝延祐年间，马街书会已初具规模，每年约有千名艺人前来说书，到了清代同治年间尤为兴盛。当地有位秀才，曾在南阳府做过儒学教谕，告老回乡后，因德高望重，被推举为书会会首，他每年都积极组织书会演出事宜，安排艺人的吃饭住宿，颇为艺人们赞赏。清同治二年（公元1863年），他想计算到会的说书艺人人数，于是他让这一年来马街赶会的艺人到火神庙里进香钱，在香案前放一口大斗，每人只许进一文，下来一数两串七。也就是说，那年到会的艺人有2700人。2700人在交通不便、信息不灵的旧时，可不是一个小数目，说明马街书会在当时，从规模到气势，皆已影响极大。关于马街书会的缘起，当地有多种版本传说，一说是春秋时，古应国（宝丰为古应国的辖区）大夫张舒喜欢弹唱，技艺超群，晚年便定居马街，往日结交的许多艺人慕名而来者络绎不绝。张公去世时正是正月十三，友人为纪念他，便于每年的这天聚集在马街说书唱戏，以曲怀友，这个传统慢慢地延续了下来。还有一说是早年在马街村，有一位叫

【作者简介】

杨福建，河南作协会员，就职于平煤神马建工集团。

民——间——习——俗·民——间——文——学

马德平的老艺人，年轻时记忆力超强，能说会道，不仅一目十行，而且过目不忘，听戏一遍能记得一字不落。他以书为业，偏爱吹拉弹唱，结交一些文人曲友，这些志同道合者经常在一起切磋技艺，交流心得。马德平便与朋友们约定，每年正月十三，在他的老家马街举办书会，大家欣然赞同，就这样年复一年，渐渐成了传统。

书会成就了马街，马街承载着这一经年的盛会。从每年的正月初八到十三，来自河南各地以及安徽、河北、山东、湖北、陕西、山西、四川、江苏、浙江等省成百上千的民间曲艺艺人，千里迢迢，不辞辛劳，负鼓携琴，会聚在马街，说拉弹唱，以书会友，弹唱献艺。会上曲艺门类繁多，节目内容丰富多彩，有河南坠子、湖北渔鼓、四川清音、山东琴书、凤阳花鼓、苏州评弹、徐州琴书、河洛大鼓、太康道情等。一时间马街上空，笙竹缭绕，歌声响彻，引得周边三五十里的人们，扶老携幼，前来观看欣赏。这就是绵延六百多年而不衰、被称为中国文化史上一大奇观的马街书会，这些来自各地的艺人们，他们拿出自己的看家本领，向人们展示着不同的艺术门类。

马街书会是古代庙会的一种形式，提起中国古代的庙会，人们会联想到"庙"，认为庙就是道观寺院。顾名思义，庙会就是在寺庙附近聚会，进行祭神、娱乐和购物等活动。

《辞海》这样解释："庙会，亦称'庙市'。中国的市集形式之一。唐代已经存在。在寺庙节日或规定日期举行，一般设在寺庙内或其附近，故称'庙会'。"我国是一个历史文化深厚的国家，庙会是我国具有地方特色的一个民俗，这种庙会在我国各地层出不穷，像北京地坛的庙会、上海城隍庙的庙会、南京夫子街的庙会、河南的火神台庙会及淮阳太昊陵庙会等，这些庙会在我国比较不仅有名气，而且规模大，影响远。

庙会是我国传统的节日形式，反映着民众的心理和习惯。它的渊源，可以一直上溯到古老的社祭，是人们潜移默化进行积德行善、抑恶扬善的教育场所。元代河北满城眺山北岳庙碑称，人监督人是有时限性的，而神监督人，则无时不刻不在，神对犯罪者的惩罚，对妖魔鬼怪的驱逐，对长时期的社会安定、家庭和睦有一定的作用。

庙会上戏曲演出是主要形式，用戏曲故事向人们进行人伦道德和历史文化知识的教育。在教育不发达的封建社会，多数人不能进学校学习文化知识。人们通过赶庙会看戏，知道了东周列国、秦汉、隋唐、宋、

31

可以在庙会上选购自己需要的生产工具，也可以销售自己剩余的生产物资，借庙会之机，亲朋好友也可相聚联络沟通感情。

马街书会为什么能流传至今？这不仅是因为书会有着书会有着深厚的文化渊源，还与当地淳朴的民风民俗有关。朴实无华的书会，来者不分天南地北，不管你是达官贵人还是平民百姓，你是残疾艺人还是四肢健全者，也不管你是来自本地还是外省，对马街人来说，来者即是客，他们都一视同仁。没有热烈的欢迎场面，没有鱼肉荤腥和酒水的款待，马街人积极为艺人腾房易室，提供粗茶淡饭，凭着自身的一腔热情和几分厚道，给每一位到来的艺人以"宾至如归"的自在感。因为这份自在与不拘束，艺人们今年来了明年还来，书会也才得以长盛不衰。

近些年，随着马街书会的声名大噪，书会更是形成了一种品牌效应。但这里至今没有现代化

元、明、清等朝代的历史故事，故事寓意着因果报应善恶转承，并贯穿着礼义廉耻、忠孝节义的道德思想，使人们在这一理念中循规蹈矩，不敢越过道德界线的雷池。庙会上的戏曲文化，对传播中华传统美德起到了不可估量的作用，人们在文化娱乐活动中受到了教育和熏陶。封建社会在我国统治时间很长，农业生产多是以自给自足为主，这种敬神文化活动，也给当地商业带来契机。尤其是在交通闭塞的偏僻山区，庙会是进行物资交流的重要场所，对促进生产、繁荣经济有重要意义。庙会多在农闲的春季、秋前、秋后举办，庙会期间人们除观看文娱演出外，

的舞台音响，也没有色彩鲜艳的幕布，给前来献艺的人们的自始至终只是一片碧绿如毯的麦田。但艺人们仍然乐此不彼地前来，以天为幕，以地作台，自搭戏棚，自带乐器，在马街村东头青青的麦田里便拉开这一声势浩大的序幕。戏棚一个挨着一个，让人应接不暇，演员们粉墨登场，戏曲精彩华丽，唱腔有浑厚粗犷的，也有悠扬婉转的，一件件简单的乐器奏出不同声音，面对数百台不同形式的曲艺节目，有人形容："一日能看千台戏，三天能听万卷书。"前来参会的有耄耋的老人，也有黄发垂髫的孩童。有家庭成员组合的，有几人结伙组成的说唱团，也有

自弹自唱独角戏的，演唱者心无旁骛、聚精会神，他们心中只有戏比天大，无论听者多少，无论大人小孩，一样唱得投入而深情。马街书会不仅是普通百姓的舞台，其中也有名家艺人的身影闪现——中国曲协主席、著名评书家刘兰芳，相声表演艺术家姜昆，河南笑星范军等名家多次前来登台献艺，捧场指导，名家艺人年年造访马街，把书会推向了时代的高潮。

在马街书会上，艺人们的参与形式一是亮书，二是写书。艺人在书会上说唱称为"亮书"，也叫"打擂"；被人请到家里或当场许下定钱叫"写书"，所以每个艺人把能为更多的人写书而被请到家里唱戏，视作一种荣耀和骄傲，当作是至高无上的礼遇。为此，他们都拼命地亮书，拿出自己的看家本领，各尽其才，各显其能，唱得声情并茂，把欢快的戏曲唱得行云流水、悠扬婉转，把悲伤的戏曲唱得如泣如诉、肝肠寸断。亮书在前，写书在后，书会上被人多次叫好，听众最多的戏台往往是被看作写书的对象。旧时那些土财豪主们，有婚丧嫁娶，升官发财，考中举人或进士，喜得贵子，就请这些擂主们到家中演唱一番，有时一家挨着一家接续不断。说书的人为了能长久地唱下去，然后添油加醋，一部书甚至能唱几个月也不停息。这样艺人们也就有了稳定的收入，生活上也就有了保障，生意自然会更加兴隆，所以亮书是最为关键的一环。

最受当地人欢迎的还是河南本土的戏曲，像坠子书、大鼓书、三弦书等一些曲艺演唱形式。那些艺人们，手拿一副紫檀木的简板，或是一副铜制梨花简，鼓条子在皮鼓上翻飞着。这种简易的说唱形式，没有场地限制，不用化装上彩，上场就唱起来，艺人们或南腔北调，或哑喉咙破嗓，总是把戏唱得韵味十足，在乡下农闲时节里，直唱到鸡叫狗咬、月落星稀才去睡觉。好一个马街书会，成了人们不可缺少的精神食粮，成了人们心目中向往的节日。这是平民百姓的一次盛典，这是中国曲艺艺术的一次大荟萃，是对民族艺术的一次大检阅。永远的马街，永远的书会，但愿这种纯朴的书会得以保留和传承。2006年5月20日，该民俗经国务院批准被列入《第一批国家级非物质文化遗产名录》，成为"河南省濒危民俗文化抢救工程"之一。

为此，赋诗一首赞马街书会：

马街书会有名声，万千艺人记心中。
千里迢迢来赴会，为把艺术献民众。
马街书会形势大，光是艺人数不清。
观看人们几十万，宝丰当地一风景。
书会内容真丰富，曲艺门类在其中。
南腔北调全都有，马街书会展新容。

（河南省宝丰县"马街书会"入选《第一批国家级非物质文化遗产名录》，编号Ⅸ—58）

【小贴士】

马街书会是一种汉族民间曲艺盛会。位于河南省宝丰县城南5公里处，是全国各地说唱艺人的"朝拜圣地"。每年农历正月十三，全国数千名曲艺艺人负鼓携琴会聚于此，在火神庙旁举行祭拜师祖和收徒拜师仪式。他们以天作幕，以地为台，以曲会友，亮书、写书，京韵大鼓、山东琴书、三弦书等四十多种曲艺曲种和上千部传统及现代曲目在这里集中展现。

附近景点：白龟山水库；宝丰县城内的文峰寺；另有宝丰县的历史文化名镇大营镇、商酒务镇，历史文化名村赵庄乡魔家营村、李庄乡翟集村、商酒务镇赵官营村、石桥镇高皇庙村。

交通：从郑州出发，沿郑尧高速行126公里，到平顶山西收费站下；沿241省道行2.4公里即到。

非遗中原：谁的记忆，绵长又轻轻

# 民间焰火之最
## ——"确山铁花"

王志波｜文

被誉为"民间焰火之最"的"确山铁花"，又名"打铁花"，它也是国家级、省级和市级非物质文化遗产。

每到打铁花时，就要在开阔场地上搭起一座六米多高的四方八角大棚——俗称"花棚"。花棚共两层，每层上面铺设密集的新鲜柳枝儿，柳枝儿上绑满了烟花、鞭炮和起火。花棚顶上，正中竖起一根五米多高的杆子——俗称"老杆"。老杆顶上，绑着长挂鞭炮和大型烟花——俗称"设彩"。花棚旁，一座一人多高的化铁熔炉炉火正旺。

待熔炉里的废铁熔化成一千七八百摄氏度的沸腾铁水，打铁花的艺人便脱掉上衣，赤膊上阵了。他们腰系大红扎带，头上反扣着葫芦瓢，跑到熔炉旁，执起了"花棒"。花棒，手腕般粗细，一尺多长，分上棒和下棒；上棒，顶端掏有指头肚儿大小的圆坑儿，用以盛铁汁；下棒，用来击打上棒。艺人们用上棒盛满铁水，一只手手执上棒迅速跑到花棚下，另一只手拿下棒猛击上棒。十几个打花艺人随着一旁震天响的鼓声，紧张有序地，一棒接一棒，一人紧跟一人，往来于熔炉和花棚之间，一棒铁花冲天而起，另一棒接踵而至，棒中的铁水向上遇到花棚上的柳枝儿，立刻迸射开来，冲向夜空，犹如火树银花，绚丽夺目。与此同时，四溅的铁花引燃花棚上的烟花、鞭炮和起火，顿时，烟花喷涌，赛百花吐艳；鞭炮齐鸣，似两军激战；起火腾空，若万鸟飞鸣……

高潮时刻，鼓点更密集、更响亮，舞龙队此时上场，在铁花飞溅的花棚下穿梭，被称为"龙穿花"，祥龙翻腾于火光彩霞内外，流光溢彩，惊心动魄。

66岁的"确山铁花"代表性传承人杨建军七八岁时，曾看过一场表

【作者简介】
王志波，河南信阳人。现供职于确山县文广新局。

演，那辉煌、那灿烂、那震撼力，刻在了他的脑海里，连做梦都想把它复活。后来，他到县文化馆工作，之后当了县文化馆馆长。1980年前后他就开始走访当地的民间老艺人、"故事篓子"，挖掘整理"确山铁花"的相关资料，并积极地拜民国时期的"确山铁花会"会长、打铁花老艺人李万发为师，掌握了打铁花这门绝技。经杨建军的发掘、整理，1988年，"确山铁花"在中断近三十年后一经再现，万人空巷，好评如潮。2002年，在确山县表演了一场，十多万人观看，在驻马店传开了；2004年元宵节期间，在郑州打了三场，全省都知道了；2008年春节，在北京连打十几场；2012年应第二届世界烟花锦标赛组委会的特别邀请，到湖南省浏阳市做专场表演，被誉为"世界烟花的老祖宗"；2013年、2014年应邀在河北省张家口市张北县中都原始草原景区，为中外游客连续打了三个多月，国内外媒体和互联网竞相报道，轰动了全国，全世界都知道了。"'确山铁花'表演，须有独特的冶炼技术、高超的打花技艺，很多绝技靠心传神授，只能在操作和实践中去体验、领悟，去真正掌握，而且需要一定的胆量。"杨建军说，"这也许是'确山铁花'未能普遍流传，濒临灭绝的主要原因。"

如今，杨建军组建了确山铁花队，使这一濒临灭绝和失传的民间瑰宝得以重生。"在保留其原有的神秘、惊险、刺激等特征的基础上，我们尝试增添了现代烟花元素，文化内涵更加丰厚，场面更加惊心动魄，'确山铁花'的明天将会更灿烂。"国家级、省级、市级非物质文化遗产——"确山铁花"传承人杨建军自豪地说。

据了解，"确山铁花"是河南省仅存的大型民间传统焰火，素有"民间焰火之最""中原文化奇葩"的美誉。它起源于宋代，鼎盛于明清，已有千余年历史，文化内涵十分丰富，曾濒临灭绝。2007年2月，"确山铁花"被河南省人民政府公布为"河南省第一批非物质文化遗产"，2008年6月，经国务院公布列入《第二批国家级非物质文化遗产名录》。此外，"确山铁花"曾荣获"河南省民间艺术表演金奖"和"特别金奖"，荣获中国民间文化遗产进京展演展示活动"金奖第一名"，被誉为"中华第一铁花"。国内外新闻媒体和全国互联网各大网站竞相报道，被广大网友们亲切地称"确山铁花"为"中国最牛的铁花焰火"。

（河南省确山县"打铁花"入选《第二批国家级非物质文化遗产名录》，编号X—88）

# 牡丹之美

曹矞 | 文

牡丹之美,早已被人们首肯和赞赏。名列"中国四大名花"之首的牡丹,被人们广泛赞誉为"国色天香""花中之王"。

阳春三月,大地回暖,万物萌发。就在桃花、梨花、杏花等次第绽开之后,大自然中唱主角的"花王"牡丹,在百花簇拥之下,"千呼万唤始出来"。牡丹之花,以其娇艳多姿、雍容大方、富丽堂皇、国色天香,备受人们青睐,引得历代文人墨客纷纷挥毫泼墨竭力讴歌与赞美。

牡丹之美,首先美在历史悠久,文化底蕴极其深厚上。

牡丹不仅仅是自然界中的一丛花卉,在中国文化历史长河中,它更是一种蕴含丰富的文化符号。它本是一种自然之物,并不具有"文化"内涵。但是,牡丹是中国固有的花卉特产,有着两千多年的人工栽培历史,以其花大、形美、色艳、香浓,为历代人们所称颂,具有很高的观赏价值和药用价值。久而久之,逐渐形成了饱含中国元素的"牡丹文化"。牡丹文化,是中国文化的一个子集,是中国文化不可或缺的有机组成部分。

论及牡丹文化的起源,若从它进入《诗经》算起,距今约三千年历史。秦汉时代以药用植物将牡丹载入《神农本草经》,使之进入药物学。南北朝时,北齐杨子华画牡丹,使之进入艺术领域。史书记载,隋炀帝在洛阳建西苑,诏天下进奇石花卉,易州进牡丹20箱,植于西苑。自此,牡丹进入皇家园林,涉足园艺学。在诗歌发展到鼎盛的唐代,牡丹诗大量涌现。白居易的"花开花落二十日,一城之人皆若狂",可见其赏花盛况;李白的"云想衣裳花想容,春风拂槛露华浓",实乃千古绝唱;皮日休的"落尽残红始吐芳,佳名唤作百花王。竟夸天下无双

【作者简介】

曹矞,原名"曹可智",陕西人。中学教师。中华当代文学学会、中国散文家协会、西部散文学会、商洛市作协会员。发表文学作品五百余篇、五十多万字,作品曾三十多次入编全国大型诗文选本,二十多次在全国各类文学大赛中获奖。

艳，独占人间第一香"，极尽赞美之能事。宋代开始，除牡丹诗词大量问世外，还出版了牡丹专著，有欧阳修的《洛阳牡丹记》、陆游的《天彭牡丹谱》等十几部之众。散见于历代种种杂著文集中的牡丹诗词文赋，遍布民间花乡的牡丹传说故事，以及雕塑、雕刻、绘画、音乐、戏剧、服饰、食品等方面的文化资料，比比皆是，不胜枚举。

"洛阳地脉花最宜，牡丹尤为天下奇。"洛阳牡丹根植河洛大地，始于隋，盛于唐，甲天下于宋。历史上，古都洛阳的牡丹为最多最好。解放后，牡丹种植有了长足发展，牡丹文化逐渐被人重视，出现了大批牡丹研究工作者和专家。牡丹文化兼容多门科学，其构成非常广泛，它包括哲学、宗教、文学、艺术、教育、风俗、民情等所有文化领域。牡丹文化中所提供的文化信息，可以反映出中华民族文化的基本概貌。

牡丹之美，不只是花朵硕大，娇艳多姿，更在于雍容大度、芬芳馥郁。唐代诗人徐夤写牡丹的香艳迷人："娇含嫩脸春妆薄，红蘸香绡艳色轻。"徐凝赞叹牡丹的艳压群芳："虚生芍药徒劳妒，羞杀玫瑰不敢开。"刘禹锡极力赞美牡丹的美艳多情："庭前芍药妖无格，池上芙蕖净少情。惟有牡丹真国色，花开时节动京城。"许多诗人更进一步赞誉牡丹为"万万花中第一流"(唐代徐夤)、"天下真花独牡丹"（宋代欧阳修）、"天然国色美无双"(清代陈确)。

牡丹花，一般在暮春开放。民谣有云："谷雨三朝看牡丹。"牡丹花绽放之时，桃花、梨花、杏花都已败落，可见牡丹迟开不争春。这一点，也引起诗人词家的赞美。他们以花喻人，赞美高尚风格。如唐代诗人

殷文圭的诗："迟开都为让群芳，贵地栽成对玉堂"；"雅称花中为首冠，年年长占断春光"。李山甫的牡丹诗说："邀勒东风不早开，众芳飘后上楼台。数苞仙艳火中出，一片异香天上来。"宋时陆游还以蜜蜂、蝴蝶繁忙恋花的情景来衬托牡丹的天香国色："吾国名花天下知，园林尽日敞朱扉。蝶穿密叶常相失，蜂恋繁香不记归。"有的诗人把牡丹花比作嫦娥、婺女、西施、洛神等传说中的神女和美人。明人李贽的牡丹诗写道："忆昔长安看花时，牡丹独有醉西施。省中一树花无数，共计二百单八枝。"既生动形象，又比喻恰切。元代诗人李孝光的诗，颇能表达人们对牡丹的赞美之情："富贵风流拔等伦，百花低首拜芳尘。"

牡丹之美，美在鲜艳壮观、寓意深刻，其富丽堂皇的姿容象征着中国富贵吉祥、繁荣昌盛。

在我国，花文化情结的历史可谓源远流长。牡丹栽培早在魏晋南北朝时就有记载，到了隋唐，其栽培技术已有很大发展。牡丹成为名贵观赏花卉，始于隋而盛于唐。在唐朝，牡丹艳压群芳，以其国色天香赢得唐人的喜爱，被誉为"花王"，就已被推崇为"国花"。据不完全统计，仅《全唐诗》中就收录了五十多位作家的一百多首吟咏牡丹的诗歌。"惟有牡丹真国色，花开时节动京城""三条九陌花时节，万户千车看牡丹""春风得意马蹄疾，一日看尽长安花"……从这些诗句中，我们仿佛还可依稀看到唐人对牡丹无以复加的痴情和偏爱。

"洛阳牡丹天下无"。如今牡丹已被洛阳市定为"市花"，并确定每年4月

15日—25日为"洛阳牡丹花会"。每当花会期间，游人云集。怒放的牡丹一朵朵，吸引着成千上万的中外游客。人们以花会友，共赏"花王"牡丹，同享盛世盛会。毫不夸张地说，当今人们对于牡丹的喜爱，绝不亚于古人。

中国人欣赏花，不仅欣赏花的颜色和姿容，更欣赏花中所蕴含着的美好寓意、精神力量。"牡丹，花之富贵者也。"牡丹，是中国传统名花，富丽堂皇，国色天香，自古就有富贵吉祥、繁荣昌盛的寓意，代表着中华民族泱泱大国之风范。这与"中国梦"不谋而合。我以为，以牡丹为当代中国之"国花"最好不过。可惜，我不是政协或人大代表，没有资格提出自己的提案。不过，作为中国文人的一员，我还是要大声疾呼，呼吁有志之士提此提案。希望国人与我一道呼吁，尽快使国色天香的牡丹成为新中国的"国花"。

突然，在我的耳边，仿佛响起了那嘹亮动人的歌声："啊，牡丹，百花丛中最鲜艳……啊，牡丹，众香国里最壮观……"蒋大为那浑厚优美的演唱，久久在我耳旁回荡；牡丹文化所体现的精神力量，一直在我的心头激荡。

（河南省洛阳市"洛阳牡丹花会"入选《第二批国家级非物质文化遗产名录》，编号X—103）

---

【小贴士】

牡丹园花开时间预计——早开品种：初花4月5日左右，盛花4月7日左右。中开品种：初花4月9日左右，盛花4月13日左右。晚开品种：初花4月15日左右，盛花4月18日左右。

各个牡丹园的分布图：

王城公园——公交线路：101路，102路，103路，9路，10路，11路，15路，19路，40路，50路，59路。

神州牡丹园——公交线路：旅56路，旅58路，87路，90路。

中国国花园——公交线路：53路，55路，61路，69路，81路，33路，57路。

国际牡丹园——公交线路：83路，27路。

另有隋唐遗址植物园、西苑公园、国家牡丹园、洛阳牡丹园、郁金香牡丹园等。

非遗中原：谁的记忆，绵长又轻轻

# 河图洛书的传说

郝淑华 | 文

【作者简介】
郝淑华，河南洛阳人。先后任河南省洛阳市河洛中学、洛阳市理工实验学校高中历史教师，教龄四十余年，授课风格独特，广受学生欢迎。长期从事中学历史教学研究，具有较强的学术水平。

传说和神话并不是历史，但它们是历史的产物，在一定程度上又反映着历史。"河图洛书"的传说便是中华民族最早的历史文献，是我们祖先心灵思维的最高成就。"河图洛书"碑四角竖立的龙、凤、熊、羊，便是由我国古代民族的图腾演化而来，寓意炎黄子孙忠实地守护着华夏文明。

而流传着"河图洛书"传说的河洛地区也是华夏文明的最初发源地。

河洛地区指的黄河中游潼关至郑州段的南岸，洛水、伊水及嵩山周围地区，包括颍水上游的登封等地，大致包括北纬34°至35°、东经110°至114°之间的地区，即今天河南省的西部地区。河洛地区南为外方山、伏牛山山脉，北为黄河，西为秦岭与关中平原，东为豫东大平原，北通幽燕，南达江淮，在古代雄踞于中原，为"天下之中"（《史记·周本纪》），即所谓"中国"，是古代中国东西南北的交通中枢，地理位置十分优越。

"河图洛书"是中华文明之始。《易经·系辞上》说："河出图，洛出书，圣人则之。"《论语》上讲："凤鸟不至，河不出图。"在古代先民布满生命密码的键盘上，我们的祖先用最富激情的灵感，敲出河洛文化的第一张名片，引领我们华夏文明走向成熟和辉煌。

"河图洛书"是中华文化、阴阳五行术数之源。最早记录在《尚书》之中，其次在《易传》之中，诸子百家也多有记述。太极、八卦、周易、六甲、九星、风水等皆可追源至此。1987年，河南濮阳西水坡出土的形意墓，距今约六千五百年。墓中用贝壳摆绘的青龙、白虎图像栩栩如生。"河图"四象、二十八星宿俱全。其布置形意，上合天星，

40

民——间——习——俗·民——间——文——学

下合地理,且埋葬时已知会被后人发掘。同年出土的安徽含山龟腹玉片,则为"洛书"图,距今约五千年。可知那时人们已精通天地物理及河图、洛书之数了。

让我们沿着"河图洛书"的传说来追本溯源,让我们行至黄河岸边洛阳市孟津县的龙马负图寺,以及洛阳西洛宁县长水洛河境内聆听"河出图、洛出书"的动人传说吧。

传说之一:相传在伏羲氏时,伏羲氏教民"结绳为网以渔",蓄养家畜,促进了生产的发展,改善了人们的生存生活条件。因此,祥瑞迭兴,天授神物。七八千年前的某一天,伏羲沿黄河察看民情,在今天的孟津县会盟镇一带的黄河边,他忽然发现在流水湍急的河水中,有一只龙背马身的神兽——龙马,头似龙,身若马,有龙鳞,生有双翼,高八尺五寸,凌波踏水,如履平地,由黄河进入图河(今洛阳市孟津县、白鹤、送庄乡境内)。伏羲心惊,再仔细观之,更见龙马背负图点,神光迭现。伏羲大喜,以为龙马降临,必有天书神授。于是,他紧随龙马,也由黄河进入图河。待被伏羲追上时,龙马倒显得非常温顺。伏羲用草绳系之,拴于树桩之上,细观其体态,摸其皮毛,竟发现其背上卷毛形成多个较为规则的旋涡。伏羲心中奇怪,认为其中必有奥妙。于是他依龙马身上的旋涡排列方位绘制成图。这个图形就是我们现在所说的"龙马背负河图"。"河图",或曰"八卦"。

今天,在曾经龙马神现的地方,还有着众多的痕迹。龙马所入的黄河的岔道河流今仍被称为"图河";龙马上岸之处今有一村,名为"负图村";龙马所拴树桩处亦有一村,名为"马桩村";伏羲画卦之处,有村名为"卦沟村"。为了纪念这个"一画开天"的所在,在今孟津县会盟镇雷河村更有一著名古刹——龙马负图寺,寺内供祀着我国传说中的"三皇"之一的伏羲氏,以纪念伏羲氏开拓文明的功绩。龙马负图寺建于何时,已不得而知。前些年清理图河之时,曾出土唐碑两通,一通上刻"图河故道",一通上书"龙马负图处",现珍藏于该寺。寺

41

内建筑多为明清两代遗存，共有着三进院落。院落内，有阴阳形古井一口，有古碑数十通，皆为"二程"、邵雍、朱熹、王铎等名人手迹，极为珍贵。

传说之二：传说大禹时，大禹全力以赴治洪水的举动不仅感动了普通百姓，也感动了神龟。大禹治水来到洛河（今洛宁长水境内），遇见神龟驮着背上的洛书也来到洛河边，神龟把洛书献给了"人民公仆"大禹。神龟龟甲裂于背，有数自一至九，大禹遂以此数将天下分为九州。《册府元龟·帝王部》中有载："夏禹即天子位，雒出龟书，六十五字，是为洪范，此所谓雒出书者也。"也就是说，大禹因治水有功，有德于天下，故万民称颂；上天赐瑞，洛河出神龟，龟长一尺二，背负玉版，上刻洛书，龟背上有65个赤文篆字。有的说，此即《尚书》里的《洪范》篇，是治理国家的9种大法，大禹从洛书中悟出治理天下的9种大法，治服了洪水，划天下为九州进行治理。

今天，传说中大禹发现洛书的洛宁长水西街仍存有两碑一井。一碑古朴浑厚，风化斑驳，年代已无从考证，而今只能看到一"洛"字，据看护的老汉讲，此碑乃洛书出处现存的最早物证。另一碑比较完好，是清朝雍正时期旧物，为河南府尹张汉所立。如今，张汉手书的"洛出书处"四字，字体飘逸如流水，显得既秀美又珍贵。

传说之三：唐尧时，尧带领众酋长东游于洛水。在太阳偏西时，手中玉璧失手落入洛水中，忽见落水处光芒四起，有灵龟出而复隐。于是，尧便在洛水边修了一个祭坛，选择吉日良辰郑重其事地将玉璧沉入河底。少顷，河底便有光芒四射，接着又飞起一团云雾，云雾中有喷气吐水之声。一阵大风过后，云开雾散，风平浪静，水上漂来一个大龟壳，广袤九尺，绿色赤文。壳上平坦处纹理清晰，上有列星之分、七政之度，并记录着各代帝王兴亡之数。此后，易理文字便在人间传开。这就是传说中的"灵龟"。

传说之四：传说虞舜时，舜习尧礼，沉璧于洛水，水中有赤光忽起，有龟负图书而出。接着一卷甲黄龙，舒图书于云畔，将赤文篆字以授舜。这就是传说中的"黄龙负书"。

传说之五：传说在黄帝时，黄帝体察民情，亲自劳动，受到人民爱戴；同时也感动了天神，连年风调雨顺，五谷丰登，人民安居乐业。一天，天神告诉黄帝：洛水里有龙图龟书，你如果能得到它，将会把天下治理得更好。于是黄帝便带领众头领，巡游于洛水之上。一日，时值大雾，隐约看见一条大鱼被困于河滩上，黄帝非常同情这条大鱼的遭遇，但又想不出什么好的解决方法，便命人杀五牲、祭天帝，并亲自跪下向天帝求助。天帝感动，连下大雨七天七夜，致使洛水暴涨，大鱼得以解救。大鱼走后，黄帝在洛水岸边得到了河图洛书，即《河图视萌篇》，上面用象形文字记载着人类所需的各种知识。这就是传说中的"洛书鱼献"。据传，得书的地点在洛阳汉魏故城南，旧伊洛河汇流处。

唐代诗人李峤在《洛》诗中有"神龟方锡瑞，绿字重来臻"之句，以歌颂洛龟负书给中华民族带来了光明。龟书，可能就是我们现在所说的"甲骨文"。

北宋王安石说："图必出于河，而洛不谓之图。书必出于洛，而河不谓之书者，我知之矣。图以示天道，书以示人道故也。盖通于天者，河而图者以象言也，成象之谓天，故龙负之，而出在于河。龙善变，而善变者天道也。中于地者，以法言也，效法之谓人，故使龟负之，而其出于洛。龟善占，而善占者人道也。此天地自然之意，而圣人于《易》所以则之者也。"（宋·王安石《河图洛书义》）

中华民族历史源远流长，先人们给我们留下了丰富的历史文化信息，同时也给我们留下了众多至今难解的历史谜题，其中极具神秘色彩的"河图洛书"之谜在众多的历史谜题中有着举足轻重的地位。河图洛书是华夏文明的源头，是华夏先民思想的结晶，更是我国人类文明史上的一座丰碑。

（河南省洛阳市"河图洛书传说"入选《第四批国家级非物质文化遗产名录》，编号Ⅰ—135）

# "盘古圣地"泌阳行

爱晚亭老人 | 文

2014年农历三月初三（公历4月2日），中国泌阳第12届盘古文化节开幕，来自全国各地的数万人聚集在泌阳县盘古山北麓，共同祭拜"人根之祖"盘古。

记得上初中的时候，语文补充教材的一篇文章里就提到了盘古开天地的壮举，文章开头云："自从盘古开天地，三皇五帝到于今。"但那时老师并没有给我们说过泌阳县城南15里有个盘古山。若干年后，我因事要到泌阳县城，人家对我说去泌阳步行有两条路，其中一条是翻过盘古山，这时候我才知道泌阳县有个盘古山，盘古山上面有个盘古庙，盘古庙里供奉着盘古爷爷和盘古奶奶，和盘古爷爷、盘古奶奶有关系的大磨村就在盘古山北麓的山脚下。出于好奇，我就沿着这条山路翻越盘古山到了泌阳县城。遗憾的是，我那次没有到盘古庙瞻仰盘古爷爷和盘古奶奶的尊容。但是，我从那时起就对盘古爷爷和盘古奶奶的故事很感兴趣了。

后来，我有幸到粤北少数民族地区出差，得知瑶族、壮族聚集区也有盘古山的地名，也有盘古爷爷和盘古奶奶的传说，甚至瑶族有以"盘"为姓的。至于现在有人把桐柏县城偏西南的山岭称为"盘古大神"，并指称那山叫"盘古山"，还在山下修建了一座盘古大殿，那只是近十几年的事情，过去从来没有人说过，因为过去的人"笨"，不会无中生有地"造神"，更不会利用"造神"来捞取资本。不过，编写资料的作者在求证盘古神话故事的时候，一不小心，竟然露出马脚，给一个提供资料的人注明家庭住址时，写明他的家庭住址在盘古山南麓的二郎乡。人们恍然大悟，原来盘古山在二郎乡以北，二郎乡又在桐柏县城以北几十公里处。这就等于说盘古山不在桐柏，而是在泌阳。不过，

我还是愿意认为这盘古爷爷和盘古奶奶的传说并非局限于一个地区一个民族，他们应该是中华民族的祖根。我也相信，盘古开天地的故事，是中华民族最古老的传说之一，也是流传区域最广的传说之一。唐河、桐柏、泌阳三县交界地区，哪里没有盘古神话传说呢？

打开地图，你会发现，河南省泌阳县位于驻马店西部、南阳盆地东沿，伏牛山脉和桐柏山脉交会于此，长江水系和淮河水系在此分流。盘古山就坐落在泌阳县城南陈庄乡。泌阳盘古山，又名"九龙山"。北魏郦道元《水经注》明确记载如下："泌阳故城，城南有蔡水，出盘古山，亦曰盘古川，西北流注于泌水。"可见蔡水发源地盘古山就在泌阳陈庄乡境内。为了弘扬盘古文化，陈庄乡在2006年经河南省民政厅批准已更名为"盘古乡"。盘古山，海拔近500米，然而"山不在高，有仙则名"。盘古山名气大，

其原因就在于它是传说中盘古开天辟地、繁衍人类、造化万物的地方。其山也，巍峨挺拔，山峦耸立，景色怡人，春来漫山遍野百花簇拥，入夏万木葱茏郁郁苍苍，深秋红叶经霜红似火，到了冬天更是白雪皑皑，恰似美人素裹银装。在盘古山周围三十多平方公里的范围内，分布了许多与盘古有关的人文景观，如盘古庙、盘古井、盘古墓、盘古楼、大磨、百神庙、甜水河，以及自古以来文人骚客题写的碑刻等考古实体。

盘古庙，历史悠久，少说也有八百余年的历史，它由山门、中殿、大殿、左右廊庑组成。大殿内，盘古爷爷塑像头上长着双角，方面大耳，身披兽皮，腰缠槲叶，手持日月明镜，赤着脚，坐在盘古大殿的神坛上，关爱地注视着前来朝拜祈福的子孙后代。盘古爷爷两侧分别站立着天皇、地皇、人皇和黄帝、尧、舜、禹、汤的塑像。中殿供奉着儒、释、道的始祖孔子、释迦牟尼

和老子的神像，三教置于一庙而且又供奉于一殿，在我国恐无二家。盘古山主峰西侧山腰上的盘古奶奶庙是主庙的配庙，与盘古庙遥遥相对，守护这方人间净土，其规模虽然不大，但是香火一样旺盛。从盘古庙西行50米，有一长方形巨石，长约两米，呈箱状，传说是盘古爷爷的"百宝箱"，什么金银财宝、五谷杂粮、山珍海味、农用器具等应有尽有。盘古爷爷要想拿取箱子里的器物，箱子就会自动打开。山腰处，有一狮状巨石仰天长啸，傲然挺立。这石狮子可是盘古开天辟地时的大功臣。当初天地即将毁灭，盘古兄妹受天神指点，藏在这狮子口内，才躲过了劫难，这才有了他们二人成亲、繁衍后人的故事。如今这石狮子依然忠于职守，守护在盘古山下，为盘古爷爷、盘古奶奶站岗放哨。山下的大磨村，村中有一大磨，传说这是盘古兄妹成亲的信物，其神秘之处在于你无论用什么方法，都无法数清大磨磨齿的数目。

古往今来，泌阳盘古庙会年复一年，沿袭至今，已经有一千三百多年历史了。相传农历的三月三，是盘古逝世的日子，所以每年到了这一天，不少地方都有三月三祭祀盘古的盛大活动。根据有关记载，泌阳从南北朝时期起就开始在城南盘古山兴办祭拜盘古的活动；到了隋唐时期，这里的盘古庙会更是蔚为大观。每年农历三月三，人们从四面八方赶来祭拜盘古，求子祈福。盘古庙前，好戏连台，经商的、卖艺的，再加上众多信众、游客，真可谓是人头攒动、热闹非凡。

进入21世纪以后，国内知名学者、专家亲临泌阳盘古山，对盘古传奇文化进行了实地考察与考证。中国民间文艺家协会于2005年12月4日正式将泌阳县命名为"盘古文化圣地"；盘古开天辟地的神话传说，被誉为"中国的创世纪"，成为国家级非物质文化遗产抢救工程项目。

有关盘古开天辟地的记载，最早见于三国时期徐整所著的《五运历年纪》《三五

民——间——习——俗·民——间——文——学

历纪》。据《三五历纪》载，太古时期，天地不分，整个宇宙就像一个大鸡蛋，内里混沌、漆黑一团。盘古就在这蛋中被孕育了一万八千年，当然他也沉睡了一万八千年。他突然醒来后，发现四周一片黑暗，酷热难耐，大气都透不过来，他想站起来活动活动筋骨，可是那蛋壳却紧紧包裹着。他不禁大怒，抓起一柄大斧，用尽力气一挥，只听一声巨响，蛋壳破碎，蛋清向上飘移，成为青天；蛋黄下沉，成为人类繁衍生息的大地。

天地分开，光明代替了黑暗，清凉代替了酷热，呼吸着新鲜的空气，盘古感觉好多了。他在高兴之余，突然产生了天地重合的隐忧。于是，他顶天立地，大显神威，一日九变。他每天增高一丈，天随之升高一丈，地也随之增厚一丈。就这样，又经过了一万八千年，盘古成了顶天立地的巨人，其身长足足九万里。也不知又过了多少万年，终于天稳地固，不复重合，盘古喜上眉梢，终于放下心来，松了一口气。谁知道，这口气一松可不打紧，盘古随之轰然倒地。原来，当一个人憋着一口气的时候，他就会硬撑着；一旦这口气松了，他就会失去了支撑自身的力量，就会筋疲力尽了。盘古就此再没有力气站起来了。

盘古临死之际，把自己身体的各个部位都化作了世间万物，全都奉献给了人类。他的左眼变成了太阳，右眼变成了月亮，呼出的最后一口气变成了风和云，头发与胡须变成了星辰，头和四肢变成了高山和大地的四极，血液变成了江河湖泊，经脉变成了道路，肌肉变成了肥沃的土地，皮肤和汗毛化作了花草树木，牙齿和骨头化作金银铜铁、玉石宝藏，汗水也化作了甘露和雨水。

盘古是伟大的，他敢为人先，创造了世界、万物；他无私奉献，牺牲了自己，成就了人类的世界。所以，以"永垂不朽"来形容盘古和盘古精神是再确切不过了。盘古神话流传久远，影响巨大，是中华民族悠久历史的佐证，是世界上保存最古老、最完整、最原始的创世神话，它以丰富的内涵独步世界，鼓舞着中华民族的子子孙孙，为着光明的未来，生生息息，繁衍不止，创造不止，奋斗不止。

（河南省泌阳县"盘古神话"入选《第二批国家级非物质文化遗产名录》，编号Ⅰ—57）

【小贴士】

泌阳历史悠久，自然景观、人文景观及历史传说的遗址俯拾皆是。盘古山有"盘古胜地"之说。铜山和白云山分别被确定为省级风景名胜区和自然保护区。此外，还有北魏石窟、楚国长城、南朝齐梁时期无神论者范缜故里以及焦竹园革命遗址等，闻名遐迩。

附近推荐景点：确山县竹沟镇（名镇），社旗县的赊店古镇。

交通：无火车直达，可坐火车至驻马店，再转坐汽车。自驾从郑州出发，走京港澳高速—新阳（新泌）高速—焦桐高速—沪陕高速，至泌阳收费站下，至碧水中路向北，再转234省道向南—030县道—平安路—陈盘线，至盘古圣地。

新阳（新泌）高速段，途经确山县竹沟镇。途经铜山湖服务区，有铜山风景区。从盘古乡上沪陕高速向西，至唐河东站下，沿239省道向北，可至社旗县的赊店古镇。

非遗中原：谁的记忆，绵长又轻轻

# 回望"梁祝"

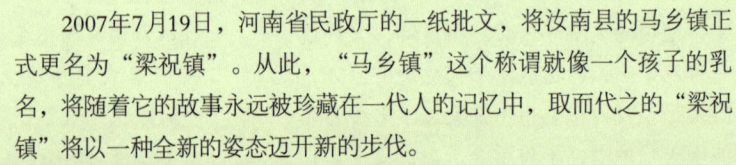

王新立 | 文

2007年7月19日，河南省民政厅的一纸批文，将汝南县的马乡镇正式更名为"梁祝镇"。从此，"马乡镇"这个称谓就像一个孩子的乳名，将随着它的故事永远被珍藏在一代人的记忆中，取而代之的"梁祝镇"将以一种全新的姿态迈开新的步伐。

回望历史上的梁祝镇，它的变迁史上遍布着风雨。据史书记载，梁祝镇在北魏时为平阳郡治所，名为"平阳城"。当时，平阳城街巷井然，店铺、商号林立，四方商贾云集，为豫南之繁华重镇。元代以后，因过往客商多在平阳城歇脚喂马，平阳城易名为"马香城"，因"香""乡"同音，到了明朝，马香城又曰"马乡集"。清同治年间改名为"长安寨"。说起马乡集易名为"长安寨"的缘由，不能不提起诞生于此的历史名人——大清帝国的最后一名武状元赵云鹏。此人"身躯魁伟，弓马娴熟，臂力过人，道光己亥年（公元1839年）中武举……廷试钦点状元及弟"。赵云鹏衣锦还乡后，大兴土木，修建状元府。当时的状元府，位于马乡集南端，府门坐东朝西，两侧各有5尺多高的石狮把门，府门正中悬挂三块大清皇帝亲笔御赐的金字巨匾，分别是"军门帅府""状元及弟""探花及弟"。为保状元府安全，赵云鹏的舅父带头在马乡集周围开挖壕沟，筑建城门，并将马乡集更名为"长安寨"。清末，长安寨又改称"马乡镇"。

岁月流逝，马乡镇上那条古老的青石街巷，像一位老态龙钟的老人无声地见证着这一方水土的历史沧桑。在我童年的记忆里，每月的双日子，十里八乡的乡亲们都会带着自家多余的或亟待出售的农副产品，或车推，或肩扛，不约而同地会聚到这条青石街上进行交易。一时间，

【作者简介】

王新立，河南驻马店人。河南省作协会员。年轻时种过田，代过课，从事过编辑、文秘等职业。如今，虽已过不惑之年，但那颗善良而淳朴的心却一直在突突跳动，那支虔诚的笔依然在默默耕耘。

## 民间习俗·民间文学

牛羊的"哞哞""咩咩"声、鸡鸭的"咕咕""嘎嘎"声，还有那高一声低一声富有浓厚中原风味的讨价还价声，汇成一曲独具特色的乡间音乐，弥漫在青石街上。

白天的青石街熙熙攘攘，到了夜晚也是不甘寂寞的。由于街道两侧分布着供销社、粮所、学校等单位，流动人口较多，于是，那些握着"祖传秘方"的老马乡人便应时而动了。每当夜幕降临，他们一手提着矿灯或马灯，一手提着油腻的竹篮，沿街吆喝着："新出锅的狗肉哟……卤豆腐卤肉，快来尝哟……"听到那一声接一声悠长而熟悉的吆喝，街上的居民和单位的工作人员似乎都闻到了狗肉的浓香，立马放下手中的活计，围到卤肉摊前掏上3角5角，便能美美地品尝一顿地道的马乡风味小吃。

日子一天一天过去，马乡人渐渐觉得这条青石街窄了、短了。于是，20世纪80年代，一场填坑扩街的小城镇建设运动轰轰烈烈地展开了。那是一个炎炎的夏季，全乡日出劳力万余人，用了一个多月的时间，硬是把镇西一条五米多深的壕沟填成平地。然后，再画线征地，兴建了一条东西向的大街，并辟出了商业区、办公区、文化活动区。从那时到现在，马乡镇的变化可以说是日新月异。

马乡镇令马乡人自豪的，不仅有它悠久的历史和飞速发展的现在，还有一项被列入《第一批国家级非物质文化遗产名录》、而且尽人皆知的文化遗产——"梁祝传说"。马乡镇是民间文学"梁祝传说"的发源地。说起"梁祝传说"，我不仅想起自己小时候经常听那些老太太一边忙着家务一边轻声哼起的"梁山伯、祝英台，埋在马乡路两沿"的歌谣。那时候，对这句简短歌谣背后所衍生的、具有世界级影响力的爱情故事，我自然是懵然无知的。直至知识见长，我才知道，"梁祝传说"竟然是能与西方著名的罗密欧与朱丽叶的爱情悲剧相媲美的美丽故事；而这个尽人皆知的凄美爱情故事，就"诞生"在我脚下的这片土地上。直至今天，马乡镇上及周边还有保存完好的"梁祝故事"遗存遗址——山伯墓、英台墓、一步三孔桥、泪眼井、白衣阁、京汉古道等。这些遗存遗址就像一张张历史名片，以天然的、无可争议的说服力，无声地向世人展现着梁祝故事丰富的文化内涵。只是，在很长的一段时间内，由于缺乏一个有力的推介载体，"梁祝故里"马乡镇连同它流传悠久的梁祝故事，一直像一个头顶碎花头巾、身穿手缝家织棉布小袄的俏丽村姑一般，"养在深闺人未识"。

20世纪90年代，河南著名作家、民俗研究专家刘康健老师悄然来到了马乡。当时的刘老师虽有着令人敬畏的官衔，但他却不事声张，一身布衣打扮，提着一个帆布包，骑着一辆自行车，穿行在马乡镇的僻街背巷，热情地与当地的老翁老妪促膝攀谈。循着"梁山伯、祝英台，埋在马乡路两沿"这句古老的歌谣，刘老师将"梁祝传说"的源头直接上溯至东晋时的史学家干宝的身上。他知道，出生于河南新蔡县的干宝所写的中国第一部志怪小说集《搜神记》里，就有"韩妻裙化蝶"的故事，其生活原型就来自于发生在马乡镇的"梁祝传说"，因为干宝的家乡新蔡距马乡镇仅百余里，古时同属汝南郡。正因如此，深受家乡文化积淀和风土人物、风物传说熏陶的干宝，才创作出了"韩妻裙化蝶"的故事，才有了"扑坟""化蝶"的情节添加。于是，梁祝故事就此诞生。

在探究过程中，刘老师还吸收了钱南扬、顾颉刚、冯沅君、黄朴等著名专家、学者的研究成果，对梁祝故事发生的地理环境、物候特征、遗址遗存逐一进行了考证，由此得出合乎史实、不违常情的结论：马乡镇及周围乡镇几十里，属丘陵地带，高低不平，即古言所谓"九岗十八洼"，蜀黍（高粱）、芝麻、棉花、打瓜等"梁祝传说"里出现的植物，自古就在这里被广泛种植。这种独特的地理环境，是诞生"梁祝传说"的摇篮。梁、祝二墓里出土的大量晋砖，英台墓里出土的金碗、陶器等，也佐证了这里是"梁祝传说"的原生地。

就这样，一个被世人争论不休的千年谜底终于被刘康健老师解开了。于是，一篇数万言的学术报告《千古绝唱出中原》轰动了中外学术界。

民——间——习——俗·民——间——文——学

　　马乡人也没有想到，位于青石街北端的那两座高大的"土丘"内，竟埋葬着东方的"罗密欧"与"朱丽叶"。一时间，对"梁祝故里"的保护、开发和宣传，便被提到了当地各级政府的重要议事日程里。从20世纪90年代开始，汝南县加大宣传力度，创作了大型民间故事剧《梁祝情》，荣获了省"五个一工程"奖；1996年，中央电视台专程来马乡镇拍摄了电视专题片《梁祝故里采风》，并在中央电视台第八套黄金时段播出，产生了广泛的社会影响；2003年，国家邮政总局在汝南县举办了隆重的"梁祝"邮票首发式，将梁祝故事凝化在方寸之间传播世界；2005年12月，中国民间文艺家协会正式将汝南县命名为"中国梁祝之乡"，同年6月，汝南"梁祝传说"被列入《第一批国家级非物质文化遗产名录》。遗存在马乡镇周围的红罗山书院、草桥、梁山伯故里、祝英台故里、梁祝二墓、一步三孔桥、泪眼井、白衣阁、京汉古道等遗址，也陆续成为国内外游客心向往之的文化旅游景点，成为众多痴男怨女盟誓爱情的地方。

　　如今的梁祝镇，已随着悠扬的小提琴协奏曲《梁祝》，化身为蜚声海内外的"中国梁祝之乡"。面对着这一切，我感动，我期待，我相信，经过时光风雨的冲刷与洗礼，"梁祝"必将会有一个更加美好的明天！

　　（河南省汝南县的"梁祝传说"入选《第一批国家级非物质文化遗产名录》，编号Ⅰ—7）

【小贴士】

　　"梁祝传说"是中国古代四大民间传说之一，出自西晋时期的汝南郡马乡镇（今梁祝镇），汝南留存有关梁祝的大量遗址，现有梁祝二墓、梁庄、祝庄、马庄、红罗山书院、鸳鸯池、十八里相送故道、草桥及梁祝师父葬地邹佟墓等。

　　交通：由京港澳高速，向东转新阳高速，至汝南收费站下，沿219省道向南18公里。

非遗中原：谁的记忆，绵长又轻轻

# 董永故里在武陟

翟红伟 | 文

董永与七仙女的传说，是我国广泛流传的四大爱情故事之一。自古以来，它和梁山伯与祝英台的传说、柳毅和洞庭龙女的传说、白蛇与许仙的传说，都是深受人民喜爱、哀婉动人的凄美爱情神话传说。

春绿东风又一年。花红叶翠、莺歌燕舞的季节里，传来了"董永传说"作为民间文学被列入《第一批国家级非物质文化遗产名录》的好消息，于是我们便迫不及待地前往董永故里——河南省武陟县小董乡小董村参观游玩。

"董永传说"，已流传近两千年，可谓是家喻户晓，人人耳熟能详。但关于董永的故里，却是众说纷纭，有山西省万荣县、江苏省东台市和湖北省孝感市之说。但有大量史料佐证，董永出生于西汉末年，即公元前29年农历二月初三，自幼丧母，家境贫穷，辘车载父，肆力田亩，随父居住在河内郡怀县大董村。

传说的源头只有一个，董永故里也只有一个，那就是河南省武陟县小董乡小董村。

武陟小董村位于焦作市南20公里，南依沁河。这里，就是"董永传说"的原发地、原创地，也是董永及其先祖——被誉为"古之良史"的晋国太史令董狐的故里。

小董村有座董永庙，每年农历二月初三该村都会在这里举办"孝子节"活动。据说，两千多年来，小董村一直有两个庙会：一个是在董永的生日（农历二月初三）；一个是在皇封日（农历十一月初十）。皇封日也有两个说法：一是汉光武帝封董永为孝廉；一是封董永为进宝状元。

【作者简介】

翟红伟，河南焦作人。小学教师。从事教育事业20余年，发表教育论文数十篇。文学作品散见于《语文报》《时代教育》《阅读与写作》《青草地》等报纸杂志。

在小董乡，"董永传说"已经成为系列，比如董永幼年的传说、董永和七仙女相亲相爱的传说、董永路的传说、落仙台的传说、七仙女巧织黄绫的传说、董永识药采药为百姓治病的传说、董永整理民间药方被封为"药王"的传说等。这些传说相互关联、相互佐证，各具特色又浑然一体。

与神话传说中的七仙女不同，董永则是真实历史人物，他就是"二十四孝"中的第八位——"卖身葬父，感天动地"的大孝子董永。据考证，董永是董狐家族传人之一，他幼年丧母，事父至孝，毅然卖身葬父，到付村付员外家当推磨长工。一时间，董永的孝道被传为美谈。

据传说，董永聪明俊秀，又淳朴善良，尤其是他"卖身葬父"的孝道，引起了天宫的七仙女的爱慕。七仙女遂不顾森严的天规，瞒着玉皇大帝和王母娘娘，下凡来到人间，并请老槐树做媒，邀土地神证婚，和董永结为夫妇。七仙女要为董永赎身，付员外百般刁难，让她三日内织出百匹黄绫，给的却全是乱丝。聪明能干的七仙女在众姐妹的帮助下，一夜之间织出了百匹花团锦簇的黄绫，几经周折终于换来了董永的自由。从此，他们度过了一段男耕女织的幸福田园生活。不料，刚刚过了百日，玉帝就发现七仙女私自下了凡，勃然大怒，遂派天兵天将强行将七仙女捉回了天庭。第二年，董永如约抱回了自己的儿子"琢儿"。

除这些传说之外，在小董乡周边，甚至在整个武陟县境内，至今仍有着相当数量的与这些传说相关的遗址。小董村有"汉孝子董公董永之墓"墓碑和"良史堂"董氏家庙遗址；大樊村有槐荫寺；下樊村有落仙台；付村有付员外家后花园的石狮、石马，有董永在付家当推磨长工时使用的石碾、石磨；小董村至付村之间有董永路等。这些都是武陟县小董乡成为董永和七仙女的传说的原发地、原创地的有力证据。

武陟县小董村的董氏家庙，自古被称为"良史堂"，明改成"北岳庙"。小董村人自称"良史董家"，是董狐后裔。据记载，古怀庆府一带在元末明初遭受了一次血腥杀戮，就是明成祖朱棣在血雨腥风的"靖难"前后的"三洗怀庆府"，直杀得血流成河，路途人稀，而且莫名其妙地特别仇视董氏家族。在皇家的淫威之下，董氏族人有的举家外逃，有的被迫改姓（孙或付）以自保。此后，小董村没有了董姓人家。近几十年来才有几户恢复董姓，自称董永后人。直至现在，"良史堂"董氏家庙虽仍称"北岳庙"，但是供奉的依旧是董永的牌位。小董村人自发为董永塑金身请入殿，千百年来，孝子董永早已成为民风淳朴的小董村人争相模仿的榜样、典范。

清道光九年（公元1829年）编撰的《武陟县志》记载："董永墓，相传孝子董永即武陟县人，故有其墓。"据史料记载，董永墓位于武陟县小董乡小董村（原名为"大董镇"，后更名为"孝董镇"，现简写为"小董村"）。现小董村西南角修建有董永陵园，占地近百亩，其中"汉孝子董公董永之墓"的石碑已历经近两千年的风雨。董永陵园历史文化内涵深厚，小董村依堤傍水，景色秀丽，是个旅游的绝佳去处，也是值得进一步开发的历史文化遗产。

漫步在董永故里小董村，这里的每一条路都通向一个美丽的传说。走在董永的传奇里，唯愿董永那感天动地的孝行之德绵延不绝，唯愿董永与七仙女那美丽动人的爱情忠贞之行永不会成为绝唱……

（河南省武陟县"董永传说"被列入《第一批国家级非物质文化遗产名录》，编号Ⅰ—9）

非遗中原：谁的记忆，绵长又轻轻

# 走近邵原

辛 佳|文

【作者简介】
辛佳，河南济源人。现居洛阳，从事文字宣传工作。20世纪90年代初开始关注中原传统文化，致力于中原传统文化的整理与传承。出版有济源地区民俗文化的专著，在各类报刊发表相关文字近百篇。

　　走进邵原，就是走进了神话的世界。走近邵原，你就会聆听到远古中华文化一步步走来的厚重足音。

　　邵原，古称"邵州"，曾为周召公采邑。这里山川秀美，历史源远流长，文化积淀深厚，条条沟壑都流淌着美妙的神话，道道山梁都奔涌着神奇的传说，被海内外专家誉为神话传说的"黄金洼地"。

　　在邵原这片神奇而美丽的土地上，有盘古开天地、女娲炼石补天、女娲抟土造人、后羿射日等众多神奇的传说，有仰韶文化遗址和裴立岗文化遗址，有一群勤劳、善良、质朴的山乡民众……

　　邵原镇东北有座四空山，又称"娃娃崖"，自上而下贴壁爬满了千千万万、大大小小的浅黄色裸体娃娃，一个个憨态可掬、栩栩如生。相传，始祖女娲为繁衍子孙，昼夜不停揉泥捏人，后来，犹自嫌慢，便索性改用藤条抖甩黄泥，落地的皆成活蹦乱跳的小人儿，溅到悬崖峭壁上的，就成了娃娃崖上的石娃娃了。

　　邵原镇西北20公里，有一处原始森林，其最高峰曰"斗顶"，古称"不周山""天柱山"，乃华夏先民称之为"西边天"的地方，也即古人所说"天塌地陷"的塌天之处。相传幻化为黑龙的水神共工，与颛顼争帝，"怒而触不周之山，天柱折，地维绝。天倾西北"。洪水从塌天窟窿处倾泻而下，顺黑龙沟、东阳河直达邵原南部的孤山峡和黄河八里胡同，沿途淹死生灵无数。

　　为拯救子民于水火，抟土造人的女娲娘娘，在邵原小沟背摆开战场，采金、木、水、火、土五色灵石，以火山为炉，冶炼成石液，浇铸于天窟之上，堵住了自天而降的滔滔洪水。现今，在小沟背满沟都是

五彩斑斓的石头，据说就是昔日女娲补天炼石的道场遗迹了。对倾斜的天体，女娲则捉来东海巨鳌，断其四足以支撑，便留下可为佐证的邵原东北角的鳌背山。其主峰鳌背顶宽阔平坦，中间地带稍隆起，酷似龟背，两端延伸处更似龟头龟尾。从邵原镇所在地眺望，犹如一只庞大无足的神龟卧于山巅。

话说共工怒触不周山，致使黄河泛滥，大禹看在眼里，急在心头，遂于黄河之八里胡同因势利导，凿石开山，疏浚河道，保护黎民。如今，八里胡同的九蹬莲花栈，据说就是当年大禹高举硕大神斧，劈下一道洪水东泄之路的遗痕了，故又称"鲧山禹斧"。

邵原的神话传说还有很多，如药柜山、砍头山、尤颁寨、梨花寨、回耧地、禹望台、金鱼石等，俯瞰之下，遍布着神话传说的邵原恰似一幅泼墨山水画，那些诉说着神话传说的实景便是那异彩纷呈的色块。这些神话，大都是关于神或半人半神的故事，是远古时代人们解释自然现象，解释人与自然的关系，说明人类和物种起源等具有高度幻想的故事。但是，先民们所编织的神话故事并非完全凭空虚构，也必定有与之相对应的自然物体及自然现象。而邵原镇，不但有民间传说，有历史传承，有古地名，还存在着大量与神话故事相对应的象形物、原型物，这是许多地方所无法比拟的。

近年来，邵原人从保护文化遗产、守护精神家园的高度出发，极为重视境内神话资源的抢救、保护、挖掘和利用工作，国内外专家学者多次应邀考察论证，一致认为古邵州具备中华民族开天神话系统性、文化性、实证性和逻辑性的特征，鼎力举荐邵原镇申报"中国女娲神话之乡"，最终，邵原"中国女娲神话之乡"实至名归。叫响女娲品牌，光大女娲文化，必将造福于邵原乃至济源的经济社会发展。

"打造平安邵原，打造和谐邵原，打造生态邵原，打造文明邵原"的巨幅标语，是4万邵原人的心愿，更是邵原人心向往之、努力追求的邵原蓝图。夜里，山巅之上的高架通信天线上闪烁着霓虹灯，谁能相信这只是一个偏远的山区乡镇？女娲补天广场高耸入云的女娲补天铜像及苍劲有力的"女娲补天"题字，承载着邵原的古老记忆；镇中心广场上新落成的挺拔隽秀、富丽堂皇的泰和钟楼及国家文化部副部长的亲笔题词"泰和钟楼"，更彰显着邵原这座"中州名镇"的悠久历史文化内涵。

从邵原人带笑的脸上，我们能品味出一种精神。这种精神聚敛着生命的激情；这种激情又童话般开放在淳朴的民俗里，成为一个永恒的视角。从邵原人的精神面貌上，我们能品味出一种自豪。这种自豪展示着邵原人生存的价值；这种价值神奇地闪现着邵原人用心血铸就的皇皇业绩，它将成为邵原人特有的气质。

邵原没有沈从文的诗句流美，没有黄永玉的酣畅泼墨，但是文人墨客的"太行西城祈城连，一望嵯峨万仞ುs；山径遥通晋水曲，岩关深锁岭云旋"的诗句不能不说是对邵原的最恰如其分的赞叹和褒扬。邵原人心里燃起的是"神话群"如梦似幻的烈火，奔荡的是豪迈。邵原人用现代生活的节拍，扣击、回应着邵原古老的、神奇的、美丽的传说。他们摇曳着自己的期盼，寻觅着心仪的物品。邵原人把大山走成风景，把人生走成灿烂，他们把生活的恩典毫不保留地呈上，从不粉饰，也不做作。

邵原是有着"奇山神水"的地方，是"神山福水圣地"，是"中国女娲神话之乡"……品味邵原，让人不觉心醉……

（河南省济源市"邵原神话群"入选《第二批国家级非物质文化遗产名录》，编号Ⅰ—58）

非遗中原：谁的记忆，绵长又轻轻

# 木兰故里行

魏俊先 | 文

今年初春，因出差到了河南虞城。公事办完，当地的朋友邀我去游览了木兰祠。这是我第一次去商丘虞城，在此之前我并不知道著名的巾帼英雄花木兰的故乡居然就在虞城县营廓镇的周庄村。这个周庄村，在2013年6月28日被列入《首批河南省传统村落名录》。距离虞城县城35公里，钟灵毓秀，已有千余年历史，是一个具有典型北方特征的村庄。因为花木兰以及木兰祠等相关历史遗存，该村已是当地著名的旅游景区。

进入周庄，一段柏油路的尽头是一处用砖砌起来的朱门大院落，这便是木兰祠了。

木兰祠前有个小广场。广场之上，有一座高大的石雕，木兰骑马戎装，英姿飒爽。广场周围的立壁上，镶嵌着毛泽东手书的《木兰诗》和当代百位将军的题词。

木兰祠园区面积很大，有苍翠的松柏掩映，分为祠堂区和陵园区两个部分。和许多有人求子祈福的庙宇里的风景一样，此外院子里的树上也是挂满了禳灾祈福的红布条，在风里猎猎作响。陵园区里面有一座比较高大的墓冢，据说是木兰父母的坟墓。

祠堂区里的主建筑木兰祠堂，是一座砖木水泥仿唐建筑，坐北朝南，庄严巍峨。跨进祠堂，威武的木兰像立在正中央，黄金铠甲大红簪缨，头戴黄褐斗笠，身披果绿战袍，手握腰后佩剑，眼神坚毅，仿佛仍在守护着脚下的这方家园。祠堂内四周墙壁上还彩绘有分段解说似的《木兰辞》图画。

木兰祠始建于唐代初期，唐皇对木兰女扮男装、代父从军的壮举

【作者简介】

魏俊先，河南项城人。中学高级教师，从事教育事业20余年，在各类专业报刊上发表教育论文40余篇。偶有文学创作，作品以游记、随笔为主。

十分钦佩，追封木兰为"孝烈将军"，下旨修祠建庙。金代泰和年间（公元1334年）曾重修、扩建；清代嘉庆十一年（公元1806年），又有人募资修祠、立碑。可惜这座著名的木兰祠在1943年被炮火损毁，现在的木兰祠是后人重新修建的，只有幸存下来的元、清两块碑刻仍在无声诉说着木兰传奇。

然而，碑刻上所记录的故事与人们心中的"木兰从军"传说却不尽相同。据碑载，木兰还乡后"卫兵振旅还，以异事闻于朝。召复赴阙，欲纳宫中，将军曰：'臣无媲君礼制。'以死誓拒之。势力加追，遂自尽。所以追赠有'孝烈'之谥也。"简言之，就是花木兰以死拒绝被纳入宫中，之后皇帝追授"孝烈将军"。这无疑是个带着悲壮色彩的谥号，或许后世文艺创作由此会对木兰代父从军的故事另有发挥。

祠堂内外有十余块历代名人、官吏赞美木兰的诗文、书画碑刻。唐朝著名诗人杜牧留诗道："弯弓征战作男儿，梦里曾经与画眉。几度思归还把酒，拂云堆上祝明妃。"可以看出花木兰在一千多年前就已经在被人们传颂了。

农历四月初八是木兰的生日，为了纪念木兰，周庄村民就把这一天作为庙会日。这一天，周边百余里的人们怀着虔诚的心来到木兰祠。香客们向木兰像顶礼膜拜，希望将军能赐福增寿、保家平安。游客的需求和商业的参与让祭拜仪式变得更加隆重。大殿西北角的荒地上，铺满了厚厚的香灰。几位村民正站着闲聊，他们说："木兰姑娘灵咧，有求必应……"

明清时兴起的木兰扇、木兰盘鼓等民间舞蹈和以木兰形象为主体的刻瓷工艺、剪纸工艺，成为当地人弘扬木兰精神、传承木兰文化的重要形式。文化在传播的过程中自然会对经济进行反哺，如今，"木兰传说"已深刻影响了周庄村乃至整个虞城县，甚至形成了"木兰文化"。

在周庄村，有已建厂十多年的木兰纺织品公司、木兰食品厂；在与木兰祠一墙之隔的地方，建有木兰中学、木兰小学，甚至还有一所木兰武校。随着人们生活内容的丰富，花木兰的故事也屡屡被搬上荧幕。国内有关于花木兰的多个版本的影视剧，而影响更为广泛的当属美国迪斯尼公司拍摄的动画片《花木兰》，这是"木兰传说"走向世界的一张名片。

2007年5月22日，虞城县被中国民间文艺家协会命名为"中国木兰之乡"。在这里，木兰与村民已融为一体。人们敬仰花木兰，因为木兰身上体现了中华民族的传统美德，也彰显着人们对美好生活的向往。

（河南省虞城县"木兰传说"入选《第二批国家级非物质文化遗产名录》，编号Ⅰ—50）

---

【小贴士】

木兰祠，又名"孝烈将军祠"，位于河南省商丘市虞城县县城南35公里的营廓镇周庄村，是纪念花木兰的祠堂，距京九铁路木兰站2.5公里。门票10元。

旅游景点：营廓镇上另有木兰陵园、任家大院等景点；附近有高辛古镇，镇上有帝喾陵古文化景区；有坞墙古镇，该镇有坞墙遗址，该镇的桑庄村有汤王台景区等。

交通：由郑州出发，沿连霍高速，向南转济广高速，至木兰站下，转326省道，向西2公里左右即到营廓镇。继续沿326省道向西7.8公里，转105国道向北7.4公里，即可到达坞墙古镇；沿327省道向西4公里，可到达桑庄汤王台景区。沿327省道向西10公里，转207省道向西1公里，可达高辛镇。沿327省道向西11公里可上商洛高速，转连霍高速回郑州。

# "杞人忧天"传说

常绍民 | 文

"杞人忧天"传说是我国历史悠久的民间传说之一,在《山海经》《淮南子》《路史》《列子》《史记》等史料中均有记载。这个传说的发生地杞国,即是今天河南省的杞县。

"杞人忧天"传说是古时杞地人与认知自然和生存环境相关的传说。该传说有神话传说和历史寓言故事两个版本。在杞县当地,无论哪一种形态,都至今保留着内容丰富、情节完整、细节典型、言语生动的特点,既具有深邃的思想内涵,又具有人文精神的魅力。

## 神话传说:杞人忧天

据说在很久以前,今河南省开封市杞县叫"中天镇"。中天镇地处中天山峰顶上,中天山高大,除了西天镇的不周山比它高二寸九厘三,再没有比它更高大的山了。无论是山上山下,到处站满了人。特别是中天镇里,人口更为稠密,每平方丈里就有十个人生活。

那时候,人的个子矮得可怜,还没有半尺高哩。可是,中天镇镇首的几个孩子却跟人家不一样,身高都超过了三丈一。他的大儿子叫共工,二儿子叫祝融,三儿子叫杞人,闺女叫女娲。共工青面獠牙,一头红发,身子像个大黑蟒。他经常去大海里和老龙王一块玩耍,人称他"水神"。祝融长得也很出奇,大脑瓜足有一丈八尺多长,火红火红的脸颊,一对比筛子还大的眼睛,鼻子像座小土丘,嘴大得像个圆券门。他一急躁,嘴里、鼻孔里直喷火焰。所以,大家叫他"火神"。

杞人和女娲呢,却是眉清目秀,细皮嫩肉,端端正正,模样儿长得比天仙还美。论性格,共工和祝融都是火暴脾气,动不动就发麦秸火。杞人却不然,他胆小、怕事、量狭、温柔。女娲又别具一格,善良勤

【作者简介】

常绍民,河南开封人。中学语文教师。躬耕于三尺讲台,求广博知识与胸怀,求桃李天下以无愧。

奋，勇敢而聪明，手又巧。

有一次，共工和祝融抢着吃一个天鹅蛋，你争我夺，打了起来。兄弟俩一个在前面跑，一个在后边追，这一天，到了西方顶天柱——不周山下。前边有大山拦路，后边是祝融喷火追来，共工走投无路，一头撞在不周山上，只听"轰隆"一声巨响，大地抖了几抖，天塌下来了。顷刻间，残片碎石填满了江河湖海。江河湖海里的水，奔腾咆哮着涌向东方，中天镇转眼成了一片泽国。

杞人和女娲，站在齐腰深的水里，不知所措。过了几天，大水渐渐退去，脚下已成了平原，远处鼓起了大山，东边成了茫茫大海。海上漂浮着无数死尸。

看着面前惨状，杞人两眼瞪得滚圆，身子抖如筛糠，那个难受劲儿甭提了。天柱崩塌的巨响一直在他脑海深处回荡。他仿佛看见共工和祝融仍在拼死搏斗。他们一纵身，飞到天上，共工举着大锤，朝天幕上狠砸猛击。一会儿，电闪雷鸣，碎石乱飞；随后，天幕上乍开一个大裂缝，祝融掉在地上，变成一摊肉泥。地上的人，被砸死一大片，殷红殷红的血汇成苍茫大海。海面上漂浮着很多人，那些人挣扎着、呼号着……共工又举起大锤，继续猛击天幕，并且怒吼着："我要把天砸个稀巴烂，毁灭天下所有的人。"接着，天穹上发出阵阵巨响，天塌下来了，正巧砸在杞人头上……这些幻觉吓得杞人"哎呀"一声，双手抱头，跑了起来，他一边跑一边喊："天塌啦！天塌下来啦！"

女娲看看脚下的死尸，看看疯癫的杞人，想着天塌下来给人类带来的灾难，不由得一阵心酸，流下泪来。最后，女娲横下一条心，要去西方把天塌的窟窿补起来，用她的辛勤劳动和智慧，启蒙和复兴新的天地，赎回共工和祝融的罪过。不知过了多少年，女娲历尽千辛万苦，终于补住了天穹上的窟窿。可是，顶天柱已经没了。她就从东海抓来一只大乌龟，揪掉4只爪子，将其稳稳当当顶在天地间。女娲补住了天，高兴极了，嘴角向上一翘笑了起来，脸蛋儿活像一朵盛开的牡丹花。

女娲想起了三哥杞人。可不是嘛，杞人仍在忧虑恐惧中，还在那里一个劲儿地喊、一个劲儿地跑着哩！女娲想象着杞人的可怜样子，心都碎了。她不顾疲劳和饥饿，跋山涉水，回到家乡。不知道费了多少口舌，才劝得杞人头脑清醒，不再呼喊奔波。

常言说：无巧不成书。这时偏又遇上蚩尤大战黄帝。天上战鼓咚咚响，怪叫震山岗，大地直抖。杞人一惊，幕幕惨景又浮现眼前，共工和祝融又在厮杀，天幕猛抖，忽地坠落下来。

杞人惶恐不安，双手捂住眼，惊叫一声"不好"，便又奔跑回来，口里不住地呼叫："天要塌啦！天要塌啦！"

不知过了多少年月，杞人仍在跑呀喊呀，一直到了周武王封中天镇为杞国时，杞人还在一个劲儿地来回疯跑，闹得人们不得安宁，弄得世上所有的人都恼他、恨他、讨厌他，说他是"杞人无事忧天倾"。文武官员都认为，"杞人不除，有丧国颜"。于是，他们便一齐上奏，请求东娄公把杞人杀死。

东娄公正在犹豫，就在这时，他刚刚筑好的望天宫"哗啦"一声，竟被疯跑的杞人给撞塌了，东娄公的母亲也被砸死在了里面。东娄公勃然大怒，"呼啦"一声抽出天子宝剑走出金殿，举起剑来，朝着被拖来的杞人奋力砍去。砍呀！砍呀！一连砍了数百下，杞人变成了一摊肉泥。

自从斩了杞人，世上再没有人吵嚷"天要塌下来啦"。可是，"杞人忧天"，却成了人人皆知的典故了。

## 寓言：杞人忧天

从前，在杞国有一个胆子很小而且有点神经质的人，他常会想到一些奇怪的问题，而让人觉得莫名其妙。有一天，他吃过晚饭以后，拿了一把大蒲扇，坐在门前乘凉，并且自言自语："假如有一天，天塌了下来，那该怎么办呢？我们岂不是无路可逃，而将被活活地压死，这不就太冤枉了吗？"

从此，他几乎每天都在为这个问题发愁、烦恼，朋友见他终日精神恍惚，脸色憔悴，都很替他担心，但是，当大家知道原因后，都跑来劝他说："老兄啊！你何必为这件事自寻烦恼呢？天空怎么会塌下来呢？再说，即使真塌下来了，那也不是你一个人忧虑发愁就可以解决的啊，想开点吧！"可是，无论大家怎么说，他都不相信，仍然时常为这个不必要的问题担忧。

后来的人就根据上面这个故事，引申出了"杞人忧天"这个成语，它的主要意义在唤醒人们不要为一些不切实际的事情而忧愁。它与"庸人自扰"的意思大致相同。

这则寓言辛辣地讽刺了那些胸无大志、患得患失的人。"天下本无事，庸人自扰之。"我们决不做"现代的杞人"，而要胸怀大志，心胸开阔，为了实现远大的理想，把整个身心投入到学习和工作中去。

## 杞人意识

成语"杞人忧天"原意是要提倡"顺乎自然，无为而治"。这是道家人生哲学的反映。后来，人们常用"杞人忧天"这个成语来形容不必要的无根据的忧虑。但是如果从积极方面看待"杞人忧天"的话，则是一种积极发现生活中的问题并且勤于探究的良好表现。在人类还没有完全认识自然界之前，一个人提出任何疑问，其勤学好问、勇于探索的精神，本身是无所谓对错的。但若是像杞人那样整天只会为这个问题烦恼忧愁，而影响到自己的现实身心健康，那就不对了。

"杞人忧天"传说从远古流传到现今，"杞人忧天"最终也变成了一个贬义词。听过"杞人忧天"传说的人，都会嘲笑杞人的呆傻痴憨。其实，很多人在嘲笑"忧天"的杞人时，大概是没有想过，古时的杞国人真的是经历过无数"天变"的。据史料记载，陨石雨、地震、山崩和泥石流等"天灾"，几乎都真真实实地在杞国这片土地上发生过。经历过这种种灾难的杞国人，担心天塌地陷，也是自然而然、可以理解的事。

20世纪90年代，杞县人意识到了"杞人忧天"是杞县的一张文化名片，遂将流行在杞县当地的各样"杞人忧天"的传说整理、归纳。2014年12月，"'杞人忧天'传说"正式入选了《第四批国家级非物质文化遗产名录》。让我们为"杞人"点赞吧！

（河南省杞县"'杞人忧天'传说"入选《第四批国家级非物质文化遗产名录》，编号Ⅰ—136）

【小贴士】

杞县位于河南省东部，东临六朝古都商丘市，南临周口太康，隶属八朝古都开封市。杞县是"省级历史文化名城"，夏朝时期的杞国曾在这里建都立国长达1000余年。

旅游景点：孔庙、钟鼓楼、抚辰楼、城隍庙、文昌庙（县城内）、虎丘寺（城南12公里邢口村）、大云寺塔（城南25公里瓦岗村）、圉城旧址（城西南25公里圉镇，蔡文姬故里）、郦生冢、鹿台岗古文化遗址、郭屯古战场遗址、黄土岗秦汉古墓群等。

交通：无火车直达，从郑州出发，可自驾（连霍高速—兰考/杞县—106国道—327省道—杞县），可去郑州新老东站坐长途汽车，票价28元。

## 民间戏剧·民间曲艺

　　乡情、乡音、乡戏，以及乡路，这是朴实无华的中原人无论走向何方，都最留恋的所在。中原戏剧的梆子声与大本嗓，无疑是最原生态的民间的嘶吼与呐喊；中原曲艺的坠子与大鼓，最初也是苦难生活的旁白。戏剧与曲艺，表现着中原人的物质生活，反哺着中原人的精神世界……

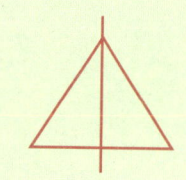

非遗中原：谁的记忆，绵长又轻轻

# 豫　剧

田新华 | 文

【作者简介】

田新华，又名田辛华。河南商丘人。著有长篇小说《凤凰》、中篇小说《红十字》《罪孽》《真想活着》等多部和散文集《秋日私语》。

豫剧是长歌当哭。早在幼年时我便记得，左右邻家死了人，总要请一班响器，以增加悲伤的气氛。响器一声一声吹下来，不要说亲人，就是许多路人，与那死者八竿子打不着的，也会被催下了眼泪，因那响器的声调里，有着千头万绪太多的悲怆与哀怨，让人禁不住悲从中来！

后来长大了些，知道中原一带许多的剧种都与历史上的战争、灾荒缕缕牵缠，是人们乞讨路上的歌。历史上的黄河，十年一决口，百年一改道，给这片广袤的冲积平原留下一条条干涸的河道，豫东、豫北并河北、鲁西南的大片土地，一眼望去沙窝盐碱，荒草萋萋。贫瘠的土地不长庄稼，却生戏曲与歌谣。这里的人们，一出娘胎便在乞讨的路上了，孩子们会说话便会咿咿呀呀，似语非语，似唱非唱，那是骨子里带出来的一分水韵与歌谣，就像那刘欢的歌里唱的："大河向东流啊……说走咱就走哇……"

豫剧是乞讨的歌。在明清时代，朝廷昏聩，战乱频仍，黄淮年年大水，在人们颠沛流离、四处乞讨的路上，有了最初的河南梆子，也叫"河南讴"。那时黄河流经这里，河上船家号子、船上渔歌，自不必说，仅黄河流水日夜滔滔，便是一首天地之间古老的歌。沿河两岸许多庙宇，终年香火盛极，航行中遇到风险的船家、发了财的商家，都要向龙王爷许愿或还愿，一年360天，总有300天，龙王庙里有大戏。后来著名的豫剧演员常香玉的父亲张凤仙，就曾在黄河岸边的一个戏班里唱角，常香玉一出生就在戏窝里，那光景真就如李娜的歌中唱的："你家在哪里，我家邙山头，吃过百家饭，走过千村路……"

62

最初是梆子戏，老艺人自编自演，口口相传。往往到得一个地方，人家门前一站，梆子一敲，小大姐、小大哥、老太爷、官娘子……见什么唱什么。艺人那里一张口，人就知道要饭的来了。不想听的，没等你一句唱完，一两个铜子儿，或者半碗饭、一块馍，打发你走路。若恰好遇了喜欢的，开门让进去，院里，或者冬天的屋当门里，整段整出地唱。再就是大户人家红白喜事，雇了艺人来，正经唱上一半天。艺人们后来就加了行头，唱老生挂一把胡子，老太绾个假纂儿，小女子红绣球、花裙子，手眼身法步，打上胭脂粉，挣个饭钱、戏箱钱，一饥半饱地唱了，再赶下一个码头……

细数河南的豫剧大师，几乎都是从讨荒的路上来，常香玉、马金凤、崔兰田……早年无一不是手提着要饭棍儿，肩背着琴弦或梆鼓，背井离乡，边走边唱，无处为家处处家，豫鲁苏皖，江淮秦川，一路晓风残月，将凄楚与悲凉都唱遍了。直到现在，豫剧唱腔里的说唱成分，以及慢板里的长调哭腔，无不带有当年乞讨路上的悲酸凄凉。

豫剧是流浪的歌。那时所谓的戏班子，不过是一辆太平车，戏箱行头，锣鼓梆镲，桌椅道具，走哪儿唱哪儿。曾经黄河水泛滥的日子，面对着一片汪洋，戏台就搭在水渍汪汪的河滩上。《白蛇传》《大祭桩》或者《风雪配》，台柱上朦胧挂几盏油灯，笃笃的梆子，人在那船上，船在那水里。河上有风，直刮得灯也呼扇，船也呼扇。天上寥寥的星月，直照得水也朦胧，人也朦胧。戏台上的文官武将、才子佳人，戏台下男男女女、芸芸众生，古老虚幻的故事，真实与恓惶的人家，一时间都好像在梦中，俱是缥缥缈缈的了……

古老的中原大地，戏是活人的养分，是父老乡亲的精气神儿。许多人一辈子大字不识，却能三皇五帝地跟你白话，究其根源，总是那戏里来。逢到风调雨顺的年月，收了麦，打了场，或者秋收已罢，这地方就成了戏窝，"五里三台戏"，锣鼓连成片。戏是连本的，一唱十来夜，常常那听戏与唱戏的，俱都发了疯，每天茶不思饭不想，净惦记那戏了！明知事是那前朝事，人是那戏中人，因了演绎的逼真，更因看者的入迷，一切就如同亲历了一般。偶尔哪里发一声响，或者演员一声长调，便就让人惊心动魄！笑是真心真意的笑，哭是痛彻肺腑的哭，随着那鼓那乐那梆子声声起起落落，就仿佛上下几千年，所有悲欢离合都在一瞬间里浓缩在自己心中一般，说不出的痛与快，不知不觉，一夜弦歌声，泪流知多少！

戏看完，人往家走。一路走，一路留恋，竟就想：戏要永远演不完，人一辈子都在那戏里该多好！然而回家的路，风是真实的凉，月是真实的亮，一路坎坎坷坷，一切都真实得让人沮丧！一路走着，心思虽云里雾里，无垠飘荡，到底顺着大大小小的路，心儿魂儿又绕回到家门口。看看到家了，忽儿才想起有话要说的，一张口仍是那鼓、那唱、那弦、那乐、那情、那意……如果这晚上看的是《铡美案》，便就有人单说老包的那口铡：眼看着人往вот一塞，拦腰一"咔嚓"，人就一断两截，咋弄的？有那懂点门道的，关子便卖得深沉：说不得，自是一手绝活。又问那血从哪儿来？这才说，是灌了红水的猪尿脬。我嘞娘，跟真的样！叫完之后，大家又归沉默，又都入了戏一般……好一会儿，再说起话来，又一般境界了。

豫剧是乡土的歌。与别的剧种不同，豫剧里无论花旦、青衣、老旦、老生，一律的大本嗓，一张口便都是大白话，丝毫没有矫饰，一味地贴近生活，无论是《杨门女将》《三哭殿》，还是《打金枝》《秦香莲》，

再怎样轰轰烈烈的正剧、喜剧或悲剧，一旦到了豫剧的舞台上，俱都消解为草民百姓的家长里短、儿女情长，一如国母娘对那金枝女的唱："你本是个帝王女，嫁民间，是民妻。"无论时代如何变迁，人走到哪里，豫剧永远是梆子、二胡、高腔大嗓，永远是原汁原味的乡土气息。记得有一回，在一个国家级的经典音乐会上，有一个曲目，是一个世界级的小提琴手与钢琴家合奏一支带有豫剧底蕴的民乐，那扑面而来的乡音乡情，在西洋乐伴奏下的凄楚哀婉与大气磅礴，竟叫人猝不及防地热泪盈眶！那情景一点不亚于他乡遇故知，异地逢亲人，如今想起来仍叫人心荡不已的。

20世纪五六十年代，迎来了豫剧最辉煌的时期，先是豫剧大师常香玉一出大气凛然的《花木兰》，让普天之下所有女子扬眉吐气！《花木兰》在各地舞台上红火的这许多年，咱私底下总是想，如此的中华女儿英烈豪气，或许也就豫剧这种形式，才可以承载那大起大落、大喜大悲了！虽然豫剧后来在国内国外许多金碧辉煌的经典剧院演出，然而那句带着中原乡音的"谁说女子不如男"，仍然是早年讨荒路上的粗犷与豪放，仍然是"敢爱敢恨敢愤怒"的果敢与刚强！

《花木兰》提升了豫剧在全国戏曲舞台上的地位，也提升了河南人的形象，从此苦难的河南人似乎有了自己的符号。紧接而来的一部有着浓郁生活气息的《朝阳沟》，更是让河南人随着书生女子王银环的翻山越岭走遍全国，但只要一句温馨爽意的"亲家母，你坐下，咱俩说说知心话"，人就知道：河南人来了。

时光到了21世纪，在一个电子音像、轻音乐、流行歌曲一统天下，许多民间艺术惨遭绝种断香的时候，河南电视台的戏曲栏目

《梨园春》竟火爆得让人瞠目结舌！来自全国各地的打擂人，昨天还在大田地里耕作，今天便用了那只握镰锄的手，紧握着麦克风走上荧屏，一声声招魂般的长歌短调，重新点燃了中原古老文明之火，勾起了人们对传统戏曲那份骨子里血浓于水的遥远记忆……

就像当年的乞讨之歌与流浪之歌一样，如今豫剧又成了漂泊者的歌。新时期以来，随着外出打工者的队伍，乡亲们的足迹走向全国，每到一处，便就把豫剧带到了那里。繁重的打工生活，但有闲暇，老乡们嘴里便会哼上几段黑老包，来上几声小红娘，以消疲解累。每到周末，河南电视台的《梨园春》那是必看的，对这些身在异乡的河南人来说，豫剧不是戏，而是来自家乡的亲情。人在他乡倍思亲，豫剧的一声一韵，都打从他们家乡的村村寨寨而来，也打从他们自己的血液骨骼里来，往往不期然的一声唱，便就双行泪落满襟，那是沟通所有河南人五脏六腑七情六欲的唱，是让他们痛彻肺腑又酣畅淋漓的情。一年一年，唱着豫剧上路的人群里，走出了任长霞、魏青钢、洪战辉和李学生……他们用热血唱，用生命唱，唱着来，唱着去，唱"谁说女子不如男"，唱"走一道岭来翻一架山"，也唱"恨上来骂法海不如禽兽"……

豫剧成了河南人的胎记。数以亿计的中原人，全中国人口的1/13，他们在豫剧的底蕴中生，在豫剧的旋律中死，活着，有豫剧陪伴，死去，有豫剧送行，豫剧是他们的血脉和根底。有人曾做过这样的统计：中国除了京剧之外，也就豫剧了，竟能在13个外省建有豫剧团。除京剧之外，中国再没有任何一个剧种，能像豫剧这样拥有众多的传唱者与喜爱者。如果说戏曲是一个民族的根，豫剧便是民族文化的源头之一。常有人说，河南人都喜欢豫剧，而喜欢豫剧的不一定都是河南人。不能想象，一亿多人口基数足迹遍布全国的河南人，如果没有像黄河水一般浑厚浓烈又荡气回肠的豫剧，我们再到哪里去寻找那只可以承载我父老乡亲经年苦难与悲欢的生命之船？

"你家在哪里，我家邙山头，吃过百家饭，走过千村路，学过百灵叫，听过黄河哭，敢哭敢笑敢愤怒……"常常，我一个人站在阳台上，听路边的街心花园里豫剧票友们的倾情酣唱，内心充满忧伤与感恩，忧伤是对这片苦难土地的深深眷恋，感恩这片土地上的新老艺人，他们用一声声凝结了血泪悲欢的生死绝唱，滋养了我的乡土、我的生命、我敢爱敢恨的真情人生。

（河南省"豫剧"入选《第一批国家级非物质文化遗产名录》，编号Ⅳ—23）

【小贴士】

　　豫剧起源于中原地区，是中国五大戏曲剧种之一，中国第一大地方剧种，被西方人称赞为"东方咏叹调""中国歌剧"等。豫剧是在河南梆子的基础上不断继承、改革和创新发展起来的。因河南简称"豫"，故称"豫剧"。豫剧从清朝末期至今已经形成四大声腔，即祥符调（以开封为中心）、豫东调（以商丘为中心）、豫西调（以洛阳为中心）、沙河调（以沙河流域为中心，即河南东南部、安徽北部等地）。

　　传统剧目：《春秋配》《桃花庵》《对花枪》《铡美案》《南阳关》《对绣鞋》《春雪梅》《抬花轿》《红娘》《花木兰》《穆桂英挂帅》《五世请缨》《七品芝麻官》《打金枝》《三哭殿》《大祭桩》《刘墉下南京》《五女拜寿》《大登殿》《白蛇传》《程婴救孤》《清风亭》《朝阳沟》《李双双》《人欢马叫》《小二黑结婚》等。

　　传承人物：经常被谈论的有陈（素真）派、常（香玉）派、崔（兰田）派、马（金凤）派、阎（立品）派、桑（振君）派等旦角六大流派和生行唐喜成为首的唐派、净行李斯忠为首的李派等。

非遗中原：谁的记忆，绵长又轻轻

# 冰心先生与河南曲剧

赵长春 | 文

冰心先生为河南曲剧做了一个很好的广告。

1960年1月9日的《北京晚报》刊登了冰心先生的一篇文章《河南的曲剧》，文章中说："在全国百花齐放的地方剧种之中，有一种菊花似的幽雅宜人的，是河南的曲剧。"冰心先生在开篇即称赞河南曲剧。她说，1959年3月，她在郑州的一夜，听从了一位当地朋友的劝说，看了一个曲剧的晚会。"果然很好，以后凡有曲剧的晚会，我都去听。"

那夜冰心看的戏中有一出《赶脚》，是小型歌舞喜剧，演的是现代农村故事。冰心在文中说："对话和身段都活泼明快，很像我小时候在山东农村看的新年过会时节，农民自演的那种小喜剧。后来我找个机会，去访问他们的剧团，从李金波团长的谈话里，我高兴地知道这个可爱的剧种，果然是从农村发源的。"

我不知道李金波先生是否还健在，也不知道当年的剧团叫什么名字，冰心先生因何来河南，几时来几时去，下榻何处，在哪个剧场看了"曲剧的晚会"……这一段旧事，如果深入挖掘，当是一出文艺界的佳话，也一定能为河南的文史资料添上缤纷多姿的一笔。

当时，李金波团长向冰心先生介绍说："曲剧是民歌搬上舞台形成的，它的前身是农民在冬闲时节传统娱乐的'高跷'。伴奏的乐器主要的本来只有坠子，去了高跷，搬上舞台以后才加上筝、笙等其他的乐器。曲剧的好处是音调幽雅，吐字清楚，唱的牌子如《满江红》《银纽丝》，多半都是古调，但是它能够生动地传出悲愤和欢悦的情绪，甚为农民所喜爱。"

关于曲剧，我手头有一段摘自《河南曲艺志》的文字，可以为李团长关于曲剧的来历的话予以补充和佐证："民国十五年（公元1926年）农历四月初七，临汝县郑铁炉村朱万明、大张村关云龙率领'同乐社'

【作者简介】

赵长春，曾用名"春子"，河南南阳人。作品散见于《莽原》《百花园》《小小说选刊》《读者》《中国青年》《河南日报》等报刊。出版有小说集《我的袁店河》、散文集《我的望窗季节》、诗歌合集《闪烁的群星》。

民——间——戏——剧·民——间——曲——艺

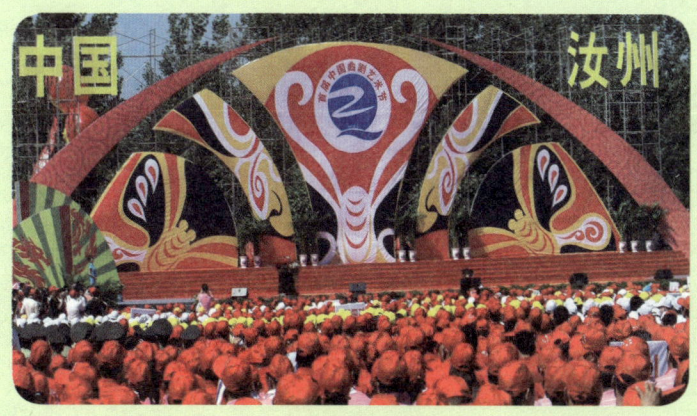

一行16人去登封县颍阳乡三里李洼村演出，因天下雨不能踩高跷，应观众迫切要求，去掉高跷拐子登上该村戏楼演唱，演唱的节目是《祭塔》等，结果收到出人意料的效果。1930年前后，朱万明等人办起了'高台曲'曲剧班社，并向兄弟剧种学习表演程式，伴奏乐器也逐渐增多，成为健全的'文武场'，形成完整的地方戏曲。抗日战争时期曲剧迅速发展，遍及全省主要县市，直至安徽临泉一带都有河南'曲子戏'演出。1956年河南省首届戏曲观摩演出大会鉴于朱万明对河南曲剧形成的贡献，授予他荣誉奖，临汝县也被誉为河南曲剧的发祥地。"

读着这些，眼前走动着舞台上的白蛇、许仙、陈三两等人物形象，耳边回响着张新芳、海连池、马琪、胡希华等艺术家的曲剧唱腔，为中原文化的博大精深感慨的同时，也为一些老艺人身处逆境而不坠戏志的坚定态度所感动，为党和政府爱护、支持民族文化的决心而感激和高兴。

曲剧也称"高台曲""曲子戏"，20世纪50年代改称为"曲剧"。其唱腔和音乐优美抒情、婉转动听，富有浓郁的民歌风味。1960年，河南全省有38个曲剧团，河南戏剧学校还有曲剧班，剧团和剧班的政治文化生活都很健全丰富。李金波团长率领的"这个曲剧团由开始的七八个演员和两个人的乐队，发展到一百多个演员和十四五人的乐队，1950年起，还有了女演员。剧目也有了很大的变化，从前小型剧有《小放牛》《蓝桥会》，大型剧有《白蛇传》《陈妙常》等，现在又在党的指导下新编了许多以近代农民工人生产斗争为内容的剧本"。1958年，该剧团"在城市和下矿下厂下乡一共演出550场，受到工农大众很大的欢迎"。

1960年1月，郑州曲剧团首次到北京公演，冰心先生从报上看到了这一消息，想到了河南曲剧的"朴素、活泼、自然而风趣"，就写了《河南的曲剧》这篇文章。在文中她鼓励"没有看过曲剧的人，何妨去'见识一下'"。

冰心先生很谦虚，在《河南的曲剧》一文中，她说："对于戏剧，我是个外行，唱做和音乐的流派，我都没有研究。"作为"外行"的冰心先生如此看好河南曲剧，不正恰恰印证了曲剧的魅力和美丽吗？

感谢冰心先生。

（河南省"曲剧"入选《第一批国家级非物质文化遗产名录》，编号Ⅳ—68）

【小贴士】

河南曲剧是一种汉族戏曲剧种。流行于河南及湖北西北部。前身为曲艺"河南曲子"，于1926年经地摊、高跷阶段进入戏曲舞台。又有南阳曲子（大调曲子）和洛阳曲子（小调曲子）之分。

传统剧目：《李豁子离婚》《祭塔》《陈三两》《风雪配》《卷席筒》《白蛇传》等。

传承人物：张新芳、王秀玲、马琪、海连池、孟祥礼等。

# 越调，我怎么爱你

马连福 | 文

很难想象，这位老人居然已去世整整20年了！老人叫申凤梅，河南省越调剧团的演员。已经很难说明越调是申凤梅的代言，还是申凤梅是越调的代言，我只知道是这位老人托起了越调。但是在今天，谁还能想得起越调来？越来越少了！

印象里，越调人当年进京演出，到中南海演出，受到了周恩来总理的邀请和款待。马连良欣然收申凤梅为徒，当时有诸多的名家，如老舍、曹禺、袁世海等都对越调有非常高的评价和期望。那个时候的越调让当时的京剧院全院学习研讨。

1995年，申凤梅去世前两个月的时候，她和剧团再次到北京演出新戏《七擒孟获》。当时的人们看到她拼尽了最后的力气，在舞台上潇洒酣畅地表演，为观众真诚地表演。当是时，她老人家在后台打着吊针；为了撑起戏服，在身上、胳膊上绑上海绵，坚持唱完了这一出戏。申凤梅带越调剧团到北京演出，刘少奇的夫人王光美几乎一场不落，都要亲自到场观看。只是，我们知道，打从申凤梅去世后，20年来这出《七擒孟获》的戏再没有演出过。

为什么今天的越调知道的人越来越少？当年那个让周恩来总理和文艺界前辈非常赞叹的河南越调，如今究竟是怎么了？大概是因为越调的顶梁柱塌了20年的缘故吧。

如今尚还记得越调的人们对越调的那份感情，大多源于这个顶梁柱——申凤梅。如果没有这么一个人曾经用生命去塑造和诠释过越调本身固有的魅力，而仅仅只是照今天这个样子，越调早没了。

之所以今天河南越调还在，是因为申凤梅的魂魄还在，还有支撑。

【作者简介】
马连福，山东人。目前就读于北京电影学院。

到底还能把越调支撑多少年？不知道。我只知道，它架不住一个人盖八个人拆，更何况盖的人已经没有了，拆的人却在变本加厉！说这话可能重了，那么，请问谁还能在今天的演出中看到一丝当年越调的精气神儿？

河南越调到底怎么了？越调剧团的人到底怎么了？我们不得而知。但是从零星的一些演出中，管中窥豹，或许我们依然可以解读出来一些什么。

我刚刚又咬着牙看了一遍《尽瘁祁山》，之所以说"咬着牙"，是因为我试图好几次坚持看完，但是失败了，这一次也是，只能是坚持看了半个小时，又跳跃式浏览了大概剧情。整体而言，我对这部戏的观感便是：演员的舞台表现力太差劲，还不是普通的差劲，是一种失败到家的差劲。

申凤梅的诸葛亮能够让周恩来总理大加赞赏，而这个诸葛亮却让人唏嘘不已。这不难看出背后的团队状态病入膏肓到了什么程度。不管什么规格的国家院团还是什么规格的职称演员，我们看的是作品，超越不超越先放一边，对待艺术创作的态度是第一位。看过《尽瘁祁山》，我们不妨梳理一遍：

诸葛亮还没有死就不能用独唱唱杜甫的诗，何况这是后世对诸葛亮的悼念，客观的东西绝对不能当作主观的叙述来展开剧情。这是大错特错，并且一点越调的味道都没有，绝对的不搭。

上来直接打，或者黑灯用大鼓营造更直观感触的战争场面，然后起尤武戏不好吗？人判了死刑就不再有活着的诉求，但是这出戏恰恰一上来就如此安排。开始是战争场面，五出祁山的壮志凌云，但是却用"丞相祠堂何处寻"这种唱词直接把诸葛亮判了死刑，之后的戏演起来还有味道吗？

舞台美术有问题，太浮夸。凡是战争场面就一个大辘轳在后头立着，而且接连几次出现，只要打仗就这么一个地方可以打，一点创新的想法都没有，一点舞台的美感都没有。包括后主刘禅的金殿，弄得跟印度寺庙似的，莫名其妙的浮夸和各种别扭。

真正去成都看看不成吗？去武侯祠等地体验一下不成吗？找找可用的艺术素材，哪怕是在网上寻找资料有个创作方向也好啊。

我们的行头风格要统一，不然还是一出戏吗？诸葛亮的老年应该是一身肃穆，而不是金色盔头。金色是皇家的颜色，古代是明令禁止用金色和黄色的，诸葛亮这样的装扮太轻浮。

晋京版的《七擒孟获》用的是黑色，庄重而又肃穆，这是最正确的，50岁的诸葛亮，更多的是操心国家的前程和未来，哪儿有这么精神饱满冠冕堂皇的？所以我说是没动脑子。

诸葛亮动作太轻浮，走路和动作状态都不稳，《尽瘁祁山》中的诸葛亮已经是暮年之态，但是舞台上的感觉不是演出来的而是装出来的，演出来的是真实和质感，装出来的是掩耳盗铃、自欺欺人。

诸葛亮的笑法更偏于花脸，这不符合人物，完全破坏了申凤梅几十年塑造的形稳戏精的诸葛亮风格。说好听是创作方法不对，说难听了就是什么玩意儿。

类似这样的问题真让整出戏丑态百出。比如说，我们讲舞台戏剧的情感要有延续，上方谷火熄之后司马懿逃走直接压光，为什么不把诸葛亮的痛恨和遗憾做个表达？想过没有？这么重要的剧情就这么一水过去了。

诸葛亮一代贤相，居然能唱出"烤一烤你的筋骨皮"这种词，这是对诸葛亮多大的侮辱？！

最后祭灯，连个灯都没有，诸葛亮的主

要任务是禳星，不是对天求情，不要只坐在那里唱，动起来，动起来才有延寿的可能。

然后和夫人扭扭捏捏地唱啊唱，真是让人崩溃。诸葛亮临死前可能会想到家人，但是，像他那样的人，想得更多的肯定是国家，所以这一大段唱既拖戏剧节奏，又不能点明主旨。

挺好一部剧，就这样被一点点弄成了闹剧。导演虽还是那个让我们叫好的《七擒孟获》的导演高牧坤，但是此剧的质量明显已不尽如人意，所以我才会问人都怎么了。

尤其是演员，缺乏角色塑造能力，所以要好好学习，懂得不足，不然观众的流失是怨不得别人的。

做文艺创作一定要端正自己的态度和心念。习近平主席在文艺座谈会上也说了很多，这些为人民服务为主旨的好观念一定要务实地学习，而不是开个会走个过场就完了。希望戏曲创作能够出更多的好作品，给戏曲和前辈争口气。

我们中国人都好面子，而别人给我们面子的前提是我们自己能让人家认可。

今年是申凤梅去世20周年，不知道有多少人记得。希望越调人能清楚地知道自己在什么位置，能虚心学习。凑合出来的不是艺术。艺术造诣的提升离不开学习和积累，多听多看多交流，希望越调人能够把越调做好，因为越调的魅力不比别的差。

当然，我想越调人看了我说的这些话，会很不自在，会反驳我说："所有的戏曲都不景气，为什么单单说越调？"其实，我想说的是，因为如今的越调尚有一定的观众基础，申凤梅去世20年，依然还有一些观众非常怀念这位已离开了20年的老人。

苟利国家生死以，岂因祸福避趋之。其他的戏曲剧种发展也不景气这是事实，那么

就应该和它们比吗？这样的话干脆就别做梨园子弟不就得了。既然做就要做好，谁都没理由让传家宝毁在自己手里，谁都没有任何理由推诿和逃避本职中的责任，何况广大的文化艺术工作者还肩负着文化复兴的担子！

我们要向好的看齐，向强的看齐，向有能耐有毅力有责任心的看齐。还是那句话，越调的魅力不比别的差，之所以出不来，不是戏曲本身的问题，是方法的问题。然而，方法可是需要人"用心"想出来的。

申凤梅的越调是我最爱的，针对越调说这么多，何尝忍心？又何尝不痛心？无非是希望大家一起意识到一些问题，而这些问题不是针对越调，是针对整个戏曲界，更多的是对过于腐化懒散和应付以及不作为的不忍直视。如果戏曲工作者都认为"我只是一个普通人，环境如此我也没办法，我不行还有比我更不行的呢"，那就真的没办法了，不是你不配做戏曲工作，就是我以上说的全都是废话。

（河南省周口市"越调"入选《第一批国家级非物质文化遗产名录》，编号Ⅳ—27）

△

【小贴士】

越调是河南省的汉族戏曲剧种之一。主要流行于河南全境、湖北西北部、陕西东南部、安徽西北部、山西东南部、河北中南部、北京等省市。越调的主奏乐器早期是象鼻四弦，后来一般用坠胡。兴起于清乾隆年间，清朝末年达到鼎盛。越调自诞生地四处流传时，"音随地改"，形成了"上路""下路""南边"等地域流派。

*传统剧目*：《七擒孟获》《收姜维》《杨门女将》《蝶恋花》《诸葛亮吊孝》《火焚绣楼》《白奶奶醉酒》《李天保娶亲》《李天保吊孝》等。

*传承人物*：申凤梅、毛爱莲、陈静、袁秀莲、何全志等。

民—间—戏—剧·民—间—曲—艺

# 父亲的怀梆时间

雒应良 | 文

我的家乡在豫西北,明置怀庆府。巍巍太行与滔滔黄河呈三角形相交,俗称"牛角川"。北方的寒流越不过太行,而南方的暖流过黄河后又被挡在了太行南麓,大自然的造化,赋予了这块土地特有的钟灵毓秀和自然环境。因而也就有了菊花、牛膝、地黄、山药"四大怀药",也就有了李商隐、韩愈、"竹林七贤"等各路才俊大家。

也就有了我的父亲,一个名不见经传的怀梆戏表演者,一个土里土气的乡土戏剧爱好者。

说父亲名不见经传,是因为他唱的怀梆戏古老稀有,因起于古怀庆府一带,偏居一隅,无法与大剧种等"国粹"相提并论,自然也就出不了名;还因为这个地方唱怀梆戏曾经时尚,演者众多,很难说父亲最有名。除逢年过节集中演出之外,老百姓在茶余饭后哼唱一段或几句,是家常便饭。在劳动间隙,人们还把怀梆戏中的唱腔变作号子喊叫,振气提劲儿,也就成了鲁迅先生提到的"哼唷哼唷派"。

但在我孩提时代的记忆里,父亲在近村十里八乡着实小有名气。当年,父亲为生计所迫,挺起腰板荷担远行,闯关中,到三原,走泾阳,又返回故乡,一路陪伴他的是怀梆戏,这也是父亲困苦贫穷生活的一道调味品。我常常注意到我的父亲,生活的太多磨难和成年累月的操劳,使他粗糙得像老榆树皮一样的手背上,长年龟裂着一道道浸血的口子,从前满头乌黑发亮的头发也早已两鬓飞霜。岁月不饶人,尽管如此,只要登上舞台,他的双眼就会释放出无尽的光彩,飞扬的神情总能迅速地把乡亲们带入戏文里的春秋。村里小小的戏曲舞台,承载了父亲的光荣与梦想,寄托了乡亲们对怀梆戏的喜爱与渴望。

【作者简介】
雒应良,河南武陟人。新华社河南分社党组成员、纪检组组长。

71

非遗中原：谁的记忆，绵长又轻轻

如今，父亲已离我远去，带着他钟爱一生的怀梆戏。由于父亲的悄然而逝，乡村一向热闹非凡的怀梆戏，蓦地变得哑然失声。

在我模糊的记忆中，童年最快乐的莫过于三件事：穿新衣、吃饺子、看戏。看戏，就是看以父亲为主角的戏团子唱怀梆戏。适逢大年三十，母亲早早为我们包好饺子，头一碗肯定是父亲先吃，他草草吃完就奔向戏台排练。而我们姊妹几个则紧跟着搬起板凳迅速跑到戏台下占据有利地形。戏台上明亮的大汽灯高高悬起，戏台子顿时成了全村最光彩夺目的地方，也是村里最热闹、最让人心醉的地方。记得有一次村里戏团子唱《将相和》，一阵锣鼓声后，一个演蔺相如的老生出场了，只见他身穿戏袍，长髯飘飘，顾盼神飞，唱腔时而慷慨激昂，时而粗犷奔放，道白铿锵有力，声音清亮圆润。台下人们迷醉了，有的看到蔺相如不惜以死相拼，逼秦王为赵王击缶时，手指不禁敲打板凳，连连夸赞；有的看到恃功自傲、处处嫉妒、挤兑蔺相如的大将军廉颇时，联想到自己的邻里纠纷和朋友纠葛，或愧怍不已，或气愤难平……忽然，锣鼓齐鸣，管弦高奏，原来，廉颇终于"负荆请罪"，将相重归于好，刚才的一片唏嘘声，变成了经久不息的笑声、掌声。

那个蔺相如的扮演者便是我的父亲。台下雷鸣般的掌声此起彼伏，母亲开心地笑了，我们姊妹几个也笑了，稚气的小脸上溢满得意和自豪。

我现在才明白，那时唱传统戏得心应手的父亲，到后期也要面临"转型"。在我记事的时候，"文革"已进入高潮。收音机里、村东头的大喇叭里，终日不停地播放着革命现代样板戏段子，整个戏剧界都被"红流"裹挟着。父亲演的传统剧目因视作为"帝王将相""才子佳人"立传而受到批判，不得不放弃，转为演当时正流行的样板戏。有一天，公社驻村干部突然上门给父亲做工作，让父亲带领戏团子改唱样板戏，父亲面露难色。如今，我很理解当时父亲内心充满的几多犹豫与茫然。因为怀梆戏唱腔、道白、伴奏、身段和特技表演等均按古怀庆府的方言口语发音吐字，与样板戏京腔京韵的唱腔、道白大相径庭，反差甚大。但面对公社干部们的反复劝说，也迫于当时的政治环境，父亲最终还是勉强带领师徒们上场了。效果不言而喻，用怀梆戏的风格唱样板戏不"样板"，老怀梆戏又半土不洋，常常使观众啼笑皆非。

记得一次过年，戏团演革命样板戏《沙家浜》里匪徒刁小三抢农家妇女的一段对话，由于说不成普通话，两个演员干脆用当地土话道白，与样板戏字正腔圆的道白一比较，让人忍俊不禁，台下哄堂大笑。传统古装戏服轻松宽大，台风张弛有度，而样板戏大都是现代戏，节奏快而动作大。还记得，我的一个本家堂兄演《智取威虎山》中的武生杨子荣打虎上山时，穿着又厚又大的棉裤，当演到催马扬鞭的一个大动作时，棉裤突然掉了下来，台下一片倒彩声。这场戏算是演砸锅了。借用现代用语，那应该叫"走光"。

乡土生活，是地方戏剧艺术的根，因为它一直根植于农村这片特定的土壤中，具有很强的乡土气息和群众性欣赏传统。艺术仿佛离我们很远，但又分明在我们身边。父亲也许没有研究过这些文艺理论，但他知道每次唱老怀梆时，台下总会响起乡亲们淳朴的笑声和热烈的掌声。这是父亲人生中最感到欣慰和得意的时刻。他从那些乡俚土语的道白中找到了农村艺术的感觉和自身价值的所在。

由于怀梆戏唱腔多用大本腔（真嗓）而基本不用花腔，随着年龄的增长，父亲慢慢也唱不动了，但他依然担任戏团司鼓兼乐队指挥和编导。他的认真和严厉往往使大家不敢有半点马虎和怠慢。父亲排练或演出时，我经常跟着他在台上玩耍，时不时地也干些跑龙套的活计，更多的是把玩一些道具和乐器。一向以严峻著称的父亲非但没有训斥我，还往往向我投来关切慈祥的目光。那种别样的眼神，仿佛让我感觉到他似乎已寄托了某种希冀。20世纪70年代末，我参加高考后到外地就学、工作，看戏的感觉越来越模糊。父亲去世后，他的略显驼背的高大身影离我渐行渐远，但一想起他在舞台上的飞扬神情，父亲的形象又分明是那样的真切可辨。参加工作后，每次回到家乡，我往往就会一个人呆呆地站在风里，双手捧起故乡的阳光，尽情吮吸着乡村泥土的气息和淡淡的香茗。曾经的过往，仿佛连着周围的一切一如昔日的炊烟飘远。物非物，情犹在。父亲曾经的戏台早已不在，可父亲怀梆戏亲切的唱腔却依然在耳边萦绕，也是空旷的乡村里最美最嘹亮的回响。角儿们的戏演完了，离开了，故乡那些曾经因戏而快乐的乡亲们，现在该何以为乐？

庄子曰："不知说生，不知恶死；其出不欣，其入不距。"父亲来到这个世上，命中注定他要竭力把快乐留给乡亲们。为此，他可以不要工分，不要报酬，甚至可以不知道喜欢生命，也不知道害怕死亡。他从容地来到这个世界，离开这个世界也很淡定。这块沉淀着丰厚历史文化的土壤不仅养育了他，而且赋予了他丰厚的乡土艺术细胞，使他经年不衰地为乡亲们唱，为乡亲们乐。这块古老的土地又无情地埋葬了他，使他又到另一个世界和他的师徒们继续唱。他和他的戏友们在九泉之下牢牢地为乡亲们守着林，守着地，守望着余音袅袅的怀梆戏。

（河南省沁阳市"怀梆"入选《第一批国家级非物质文化遗产名录》，编号Ⅳ—25）

【小贴士】

怀梆是河南省古老的稀有地方剧种，因其发源于明朝怀庆府一带，故称"怀梆"，亦称"怀庆梆子""老怀梆"。主要流行于河南沁阳、博爱、济源、孟州、温县、武陟、修武、原阳、获嘉、焦作、新乡一带。其前身是由围桌说唱祈雨演变而来的海神戏，形成于明洪武、永乐年间。因这些地区的居民多由山西洪桐迁移而来，故海神戏保留着山西戏剧的表演形式，与当地的风俗习惯和方言土语相融合，逐步形成一种独具特色的声腔剧种。清朝成形，清至民国时期成熟，有三百多年历史。

传统剧目：《反徐州》《雷振海征北》《燕王扫北》《反西京》《天仙乐》《古槐案》《张春醉酒》《老少换》《红珠女》《赶秦三》《辕门斩子》《桃花庵》《凤仪亭》《老征东》《五女拜寿》《杨排凤》等。

传承人物：张树柱、李发贵、赵玉清、张素礼等。

非遗中原：谁的记忆，绵长又轻轻

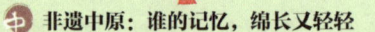

# "道"尽心中那片"情"

东 海│文

大年初一10点多，如鼎沸般的鞭炮声终于慢慢稀疏下来。这时突然听到东院里一阵叫好声，我第一反应是童学叔在演唱渔鼓道情了，赶紧也过去看热闹。

"残唐五代刀兵起，五湖四海动枪戟。大宋朝出了个保国将啊，姓郑名二住山西……"在院子中央，童学叔一顶礼帽、一件大褂，脚蹬圆口布鞋，神采飞扬，左手敲击简板，右手拍击渔鼓，不时还伴个舞蹈的动作，曲调激昂有力，时而低回婉转、俏皮生动，时而又跌宕起伏、抑扬顿挫，令人回味无穷。上年龄的邻居街坊应该多年没见这样的演唱了，坐在小凳子上听得津津有味；看多了电视、电脑的年轻人也是新奇得很，站人圈里凑热闹；更有那不甘寂寞的小孩子，爬到了楼顶上。

道情是一种传统的曲艺，源于唐代道教在道观内所唱的经韵。"道情"一词始见于南宋，到元代其形式趋于稳定。道情所唱内容最初为道士（或者道姑）化斋时唱的"修行的话"或者"感慨的词"。后来，民间艺人学得道情，并将其演变为用于谋生的曲艺，流传于豫、山、陕、鄂、皖、鲁等省份。但是，据文化部门统计，目前能精熟表演的艺人不过数十人，而且大多年老体衰，人亡艺绝的现状十分严峻。周口道情一般是一人表演（也有一些省份发展成了舞台戏剧，周口太康渔鼓道情就吸收了河南坠子发展成了河南道情戏），坐唱和站唱结合。表演者左手执简板，左胳膊夹着渔鼓（也称"道情筒子"，河南的老百姓叫"梆梆筒子"），右手四指随音韵击打。表演时采用说唱相间的曲艺形式，说的部分有散白、韵白之分。散白表述故事情节、摹拟人物的声态语气（表演者配以技巧使对白惟妙惟肖、逗人大笑）；韵白重叙述，讲究

【作者简介】

东海，原名郭东海，河南商水人。现任中原高速平顶山分公司党委办公室主任。长期从事宣传工作，偶有文字见于报刊。

字正腔圆、抑扬顿挫，伴以简板击节。唱腔曲调脱胎于道家仙乐，结合豫东大地的民俗和方言韵调，多用真嗓，字正腔圆、高亢嘹亮、节奏明快、清悠舒畅，极具浓郁乡土气息。

曲罢人散，童学叔还没从表演的兴奋中走出来。他倒上茶，讲起了他的道情缘。

他喝口水说："听老师讲我们这道情艺术是道教丘处机所创。丘祖开山派，自立大龙门，下凡来传道，收徒有七人，徒弟名和姓，孙高刘蔡马黄尹。至今传有一百单八代，道辈不乱。现存的艺术字辈名谱显示为：道德通玄静，真常守太清；一阳来护本，合教永圆明；智理忠诚信，崇高始发显；世景荣为貌，希夷显自宁；微修正仁义，超生永会灯；大妙宗皇贵，圣体全用功；虚空乾坤修，金木性相逢；山海龙虎交，莲开现宝身；形满丹书诏，月盈祥光升；万古续仙号，三界都是亲。"历史上的全真派掌教丘处机生在金代和元代的交替时期，被元世祖追封为"长春演道主教真人"。距今近八百年的历史，从字辈上推断，逻辑上是符合的。

唱道情的道具很简单。道经筒是一根三尺三寸长的竹筒，一端蒙上猪的护心皮，筒板由花梨木做就。关于道经筒的来源还有个动听的传说。据传道家有五根竹筒，女娲补天用一根，道家的祖师爷李耳那里存一根，撑船摆渡的船尾杆用一根，倒骑毛驴的张果老做道情筒用一根，还有一根下落不明。张果老的道经筒原长三尺七寸，经常背在背上用于布道。传说他在民间传道，遇见了一个盲人向他讨饭，他就把道经筒截三寸给乞丐制成竹板，并教会他劝世文，这就有了后来的"莲花落"（盲人乞丐行乞时唱的一种民间曲艺）；后来到染坊传道，截一寸给染坊做成了染布牌子。今天道情筒子都是长三尺三寸，因竹筒用蓝布缠绕，所以又称为"蓝条"。

以前只是听热闹，没想到道情背后还有这么多故事。"是啊，道情本是度人向善的劝世演艺。但是，旧社会却被视为不入流的技艺，直到解放后才得到政府鼓励支持。"童学叔感慨地说。

原来，童学叔的老师是周口市著名老艺人周明扬（又名周成仁）。老人目不识丁，却是艺术界的奇才。他白天听人读《韩湘子度林英》手抄本，晚上就能演出，而且只字不落，唱响沙河两岸。1956年在河南省首届戏曲观摩演出大会中获省级演员奖，1958年在许昌专区文艺汇演中再次获奖，荣誉证书现在尚存。在20世纪60年代初，他的表演受到中南局领导陶铸同志的赞扬。

童学叔12岁拜师学艺，是周明扬老人的关门弟子。渔鼓道情这项艺术，唱本很少，典籍也少，都是师传口授。作为衣钵传人，他把师傅成名的段子《圣人传》《庄周梦》《郭巨埋儿》《张廷秀》《司马懿扒墓》《鲁智深拳打镇关西》《韩湘子讨风》等精记于心。

从事渔鼓道情表演四十余年，童学叔的足迹遍布河南、河北、山东、天津及安徽北部。20世纪70年代，有一次走到了山东省聊城地界，在一个村里唱《圣人传》。因为表演得好，村支部书记把他安排到自己家吃住，每天晚上在大队的牲口铺里，男女老幼近百口子人听道情，连唱七天不让走。后来邻村的村支部书记来把他"抢走"。就这样在那附近一连唱了两个多月，直到腊月二十一了，才放人回家过年。

听到这"一艺在身，走遍天涯"的故事，我很是羡慕。童学叔却放下杯子，一脸落寞地说出了自己的担忧。

由于现在媒体传播的快速革新，更多的娱乐项目出现，再加上传统艺术的剧情、节奏和表演形式等不能与时俱进，渔鼓道情已经走进了极其艰难的窘境。当年自己师兄弟8人，如今只剩下自己和师兄两人。现在市场上没有演出的平台，演出收入还不如建筑队小工工资高，没人愿意再学习道情，就连天天受熏陶的儿子也不愿学习，远去内蒙古打工去了。

如今，商水县道情艺术已被河南省、国家先后列为非物质文化遗产，但是保护和传承却是困难重重。

"惭愧啊！老师的家伙什儿都交给了我，我没有传下去，还要继续干下去啊。今年和一个唱大鼓书的朋友去湖北荆州一段时间，在公园里演出两个多月。年龄大了，不想再走远了。"童学叔说这些时眼睛有点湿润了，"现在有两个希望：一是能遇到愿意学习的年轻人；二是能到宝丰县马街书会演出一次。"

我理解童学叔的"不想再走远了，但还要走出去"。他现在家里守着自己的小孙子，平时做司仪，方圆几十里地都知道他这个有名的"先生"，红白喜事都来请他主持，每次可以挣个一两百元，远比外出表演少去了很多辛苦，毕竟是60多岁的人了。但是，他每年还要坚持外出演出两个月，是怕放下的时间久了，表演上生疏了，更怕自己坚守道情艺术表演的意志淡漠了。

坚守是一种自我的美丽，也是一种付出的光辉点。在社会飞速发展、物欲横流的今天，作为豫东大地的一个普通农民，童学叔说不出"戏大于天，坚守困苦，创造欢乐精彩世界"的豪言壮语，也做不到信步闲庭看花开花落、云卷云舒。他怀抱着这项老祖宗留下的历史悠久的民间艺术，既举不起来去发扬光大，又放不下抛不掉，只能以一颗朴实的心聆听自己的心灵之声，做到自己在道情就能一直唱响。当然，他偶尔也会品读一下千年道情吟唱的祥和与欢乐。

（河南省太康县"道情戏"入选《第一批国家级非物质文化遗产名录》，编号Ⅳ—71）

民—间—戏—剧—·—民—间—曲—艺

# 最后一个淮调演员

林鹏举 | 文

【作者简介】
林鹏举，河南汤阴人。现供职于汤阴县粮食局。

红香进戏校的时候，虽然只有13岁，但对于学戏来说，已算是大龄学子了。

红香上面有一个哥哥一个姐姐，姐已远嫁，哥也到了谈婚论嫁的年龄，只因腿脚有些不大灵便，媳妇难求。红香的父母在红香出生之前，就常年在外打工，今年新疆，明年江浙，后年指不定就去了东北，如候鸟一般，只为多赚些家业，也好风风光光地给自家儿子求得一门亲。

红香从出生便跟着爷爷奶奶。爷爷是汤阴县里小有名气的淮调演员，虽上了年纪登不上台了，但在家里，却是日日都能够见到他练些功唱些段子。农闲的时候，老人们便聚在谁家的院子里，或是村头那个废弃了多年的打谷场上，听红香的爷爷唱上小半天。大多数时候，无论爷爷唱得多么慷慨激昂，膝头上都坐着小小的红香。等红香再大些时，喜欢听淮调的老人们走了不少，一年到头，难得有一两回聚唱的机会；只是，但凡有聚唱，红香定然是要到场的，就算得逃课，也不怕。泡在清一色老爷爷老奶奶的人堆儿里，她甚至拿了大钹在旁边随着鼓点有模有样地伴奏。

爷爷没有刻意地教过红香什么，但红香觉得，自己对淮调的那份喜欢，深到了骨子里。就像对童年所有美好的记忆一样，深深眷恋着，越长大越眷恋无比。偶尔，红香学着爷爷的样子，大模大样地唱上一两段。爷爷笑眯眯地听，只是，最后依旧会一脸严肃地说，如今这年头，正儿八经地进了学堂，好好学文化，将来考个大学，才是正经；唱戏，不适合你这女娃娃，爷爷也不希望你受那份罪。

一直到12岁那年，红香小学毕业，考得不好，要想进中学，是要掏

一笔不菲的入校费的；况且，那一年，红香的爹在外打工时，在工地上出了事故，人虽没死，却也跟植物人差不多了。那点子赔偿款在一番四处求医问药之后，也所剩无几。红香便执意不再继续上学了，在家帮着奶奶照料人事不省的父亲，有大半年的时间。突然有一天，爷爷便告诉她，小孩子总是要学些本事的，要不然，长大了靠什么吃饭？

县城里有所戏校。听人说，这戏校最开始的时候，也就是个草台班子。开始招弟子的时候，红香的爷爷也在那班子里，说起来，算是开校的元老了。红香进这戏校，倒没花什么钱。戏校校长见了红香的爷爷，热情得不得了。话说，校长他爹跟红香的爷爷年轻的时候，可都是这个淮调小剧团的台柱子呢，感情甚笃。校长好一番感慨，感慨老一代的沧桑暮年，感慨如今淮调的人才凋零。校长其实是嫌弃红香有些年龄尚大的，但想想是老一代"名家"的嫡亲孙女，定然也是从小受了些真传的，倒是欢喜无比地收了红香。

校长对红香说，淮调又称"怀调""漳河老调"，是一个古老稀有、独具乡土特色的地方小剧种，起于隋唐时期，兴盛于清康熙年间；只是民国之后，世事纷乱，淮调自身也缺乏突破性发展，而慢慢走向了凋零；如今，已是走到绝亡的穷途末路了，你们可是淮调未来的希望啊。

校长对红香说，淮调唱腔音调挺拔高昂，朴实粗犷，节奏明快，舒展奔放，浑厚有力；但淮调不同于其他以唱为主的剧种，淮调在演出形式上，动作古朴、粗犷、豪放，继承了祭祀舞蹈的动作特点，还有古杂技功底和大洪拳架势及大扭大摆舞蹈技巧，所以，除了唱功之外，你们要练的基本功可是诸多剧种之中最多最难的。

校长对红香说，淮调的剧目大多是以颂忠除奸、保家卫国为主的政治色彩很浓的历史剧，如《收吴汉》《杨家将》等，经常演出的有《殷蛟下山》《两郎山》《三战吕布》《摔饭罐》等四十多个剧目。你们不要急，我们慢慢学。

校长对红香说……

在这之前，红香是从来不知道这些的。她从来没想过要继承什么、发扬什么，或是承担什么，仅仅只是觉得好玩，觉得这淮调是与爷爷相关的最温暖美好的记忆。

戏校规模其实并不大，六七个班，每班最多十几个人，少则五六个。大都是10岁左右的小孩子，像红香这样年龄的，也有六七个，但除了红香，这六七个十三四的少年，大都是从小都在这里开始了学戏生涯，他们中的大多数已经有过登台演出的经历了。

其中，就有玉书。

与玉书相熟了许久之后，红香才知道，

玉书是这戏校校长的儿子。四五岁的时候，在戏校创办之初，就被自己的父亲强行带了进来，一学就是10年。

红香在进戏校第二年年底的学校新年联欢会上，见过玉书的表演。表演的是淮调的经典剧目《殷蛟下山》中的一段——殷蛟耍"獠牙"。上了妆的玉书，嘴里含着八只长长的獠牙，仅仅依靠着舌尖和牙关节等部位的搅动，将八只獠牙推出并做出各种姿态，或收或吐，或牙尖相交，或两牙相击，一系列的动作、表情把殷蛟这个花脸的凶狠表现得淋漓尽致。红香看得整个人都傻掉了。

玉书说，为了练这个功夫，他被父亲调教了差不多两年，嘴里塞东西，搅得牙关出血是常有的事儿。

玉书说，其实，他是有些倦了，他不想继续下去了。舞台上，他竭力而机械地表演着，觉得自己就是父亲的提线木偶。他其实是体会不到表演的快乐的，甚至，台下的掌声他都不愿听到。

玉书说，他是很清楚的，为了这个戏校，父亲投入了多大的精力，把自己的儿子投了进来不说，时常的经费紧张，更是让父亲每每焦头烂额。近些年，淮调越来越没了市场，一年到头，难得有那么几场演出，靠演出挣的那点钱只能算是杯水车薪。母亲身体不好，却为了支持父亲办这个破戏校，一拖再拖地不去大医院看病。他甚至有些恨父亲，恨他为了一个注定要被淘汰的东西，而挣扎得像条垂死的鱼。

玉书在登台表演《殷蛟下山》的那年春节过后，就再也没有在戏校出现过。直到那年夏天，红香才辗转收到了玉书写来的信，来自温州。玉书在信中说，有些想念戏校练功场上那比人还高的蒿草，想念教室里满墙贴着的那些淮调剧照，想念……玉书说，红香，还想你。但是，玉书说，他不会回来了，绝对不会。他宁愿像大多数的年轻人那样，在南方的鞋厂里、电子厂里过着朝七晚十的生活，也不愿意再去经营父亲的那个不知道还有没有明天的淮调梦了。

红香看到这封信的时候，刚学会了一个完整的淮调剧目《杨家将》，她是杨排风。

其时，爷爷和父亲都已经去世。哥哥也结了婚，母亲不再外出打工。红香在戏校放假的时候回家，家里冷冷清清，只余下了奶奶、母亲和她这三个女子，像已步入风烛残年的杨门女将。

但17岁的红香到底还是个年轻的女孩子，她时常会想念玉书，每每想起时，所有的灰色现实里，突然穿透而来一束束七彩跳跃的光。

爷爷不在了，红香对淮调的欢喜好像也随着爷爷的离去而断了根系，她觉得学戏的自己像风筝，被爷爷撒了手，忽忽悠悠地飘……而玉书，成了她唯一要飘飞而去的方向。

红香不知道，自己在这所人数越发少了许多的淮调戏校里，还能坚持多久。或许，明天；或许，后天；或许，不远处的某一天，她就义无反顾地转身离去了……

（河南省安阳县"淮调"入选《第三批国家级非物质文化遗产名录》，编号Ⅳ—147）

【小贴士】

淮调，也写作"怀调"，又称"漳河老调"，是在豫北流行甚广、影响甚大的剧种。流行地域涉及彰德府、卫辉府、顺德府、广平府、大名府，人们称之为"五府淮调"。淮调产生于明清之际。

传统剧目：经常演出的有《收吴汉》《杨家将》《潘杨颂》《殷蛟下山》《两郎山》《三战吕布》《摔饭罐》等四十多个剧目。

传承人物：王玉霞、孙国际等。

# 锣 卷 戏

佚 名 | 文

农闲时分，孔庄的大喇叭总会传出村民们熟悉的音乐：村里业余戏剧团的锣卷戏就要开唱了。这可是全村的大事。

别看是小村庄里的业余剧团，这里却保留着全国现存唯一的珍稀剧种锣卷戏。锣卷戏，又名"青戏"，有一千三百多年历史。说到中国戏曲的渊源，中国自古就有"一青戏，二黄梅戏，三越调"的说法。黄梅戏、越调都还有正规剧团，唯独青戏只剩下孔庄农民业余剧团这根独苗了。所以，锣卷戏不仅是目前"百戏之源"，更是河南戏曲的"活化石"。现存的锣卷戏历史剧目有四百多部，多为各个朝代的经典剧目，对研究历朝历代文化具有极大的参考价值。

锣卷戏唱腔优美动听，唱词通俗易懂、耐人寻味。锣卷戏始于一千三百多年前的唐朝初年，首创了用大锣为乐器伴奏。后来流传至民间，在邓州一带得到了发扬光大。

锣卷戏的主要伴奏乐器是唢呐，所以又被当地人俗称为"喇叭戏"。其表演形式多为舞台戏，几十人同台演唱。锣卷戏分锣戏、卷戏两个分剧种，锣戏用的是大唢呐，卷戏用的是小唢呐。早年演武打曲目的时候，还加有一米多长的喇叭、羊角号。遇到两军厮杀场面，所有吹奏乐器、打击乐器一齐奏响，大有雷电交加、金戈铁马的壮观气势。

锣卷戏很好看，因为它吸纳了其他民间艺术表演形式的优点，如武术、杂技、舞狮等。武打戏粗犷、奔放，用的全是真刀真枪，开打时不但有"当当"声响，而且火花飞射，让观众有身临其境的感觉。

数百年来，锣卷戏历经风雨，曾经因为战乱，到19世纪末20世纪

初，锣卷戏几近消亡，直到20世纪中叶新中国成立后，1953年，邓州桑庄镇锣卷戏传人刘长江发动村民，卖掉自家的耕牛和粮食，凑钱购置了道具及设备，锣卷戏这门古老的艺术也才迎来了又一个春天。当时有一个顺口溜："能舍天，能舍地，咋也不能舍了锣卷戏。"当时，锣卷戏的复出不仅轰动了河南，在整个中国的中东部地区都深受群众喜爱。那时有个诙谐的说法："不要老婆，不要地，只要好听的锣卷戏。"

时代在发展，电视机出现，古老的锣卷戏也在流行歌曲声中缓缓落幕。到今天，邓州桑庄镇孔庄村保存下来的已经是中国唯一一个锣卷戏剧团了。道具、设备都已陈旧，没有灯光，没有音响，唯有一群老艺人还在坚守着。

七十多岁的刘老师，就是当年为振兴锣卷戏而卖掉家产的刘长江的第二代传人，也是业余锣卷戏剧团的主心骨儿。说起喜欢了一辈子的锣卷戏，老人有些着急："我会很多戏，也准备教给别人，但是不来跟我学，我也没办法，我真怕带到土里去，我也在找人写，我要是死了，剧本能留下来也行。"

老人最放心不下他的那些剧本。现存的锣卷戏剧本寥寥无几，后继创作力量一直没跟上，如果剧本失传，锣卷戏也就很难保存了。曾经有人出三万元一本要收买老人手里的手抄剧本，对于老人来说，他手里的随便哪个本子都能把家里的房子翻新一下，但是老人拒绝了："我不卖，谁真心学习锣卷戏，喜欢唱，我可以白给，贵贱不卖它。"

找徒弟，成了老人的一块心病。锣卷戏目前的影响范围比较小，基本就在孔庄一带，而这里的很多年轻人又外出打工去了，所以现在的演员多数都是女性，且年龄基本都在40岁以上，这对起始于武戏的锣卷戏来说多少有点尴尬。

四十多岁的江新民是刘老师的女徒弟之一，她唱花脸，这个行当专门刻画性格粗犷的男性。从1985年嫁到孔庄后，江新民就喜欢上了锣卷戏。因为天生嗓音浑厚，她的"第一花脸"地位始终没动摇过。即便如此，江新民同样很焦虑。她希望有新剧本，希望有新的学生，没有年轻人唱是不行的。

师徒俩总算有了一点安慰。16岁的刘洋现在是剧团中最小的成员。虽然还不能上台演出，但是他能熟练地为多个剧目伴奏，对于锣卷戏的节奏和旋律，了然于胸。说起锣卷戏，刘洋两眼放光："可喜欢锣卷戏啦，好听，好看，我已经学了好几本了，想让我兄弟也学，学好了争取也能上台演出。"

为了把锣卷戏保存下来，当地文化部门也一直在努力想办法，除了提供资金上的支持，还申报了全国非物质文化遗产项目，并且将一些经典剧目录制成音像资料保存下来。邓州市文化局还专门成立了锣卷戏保护领导小组，这让江新民多了一丝希望。江新民说："没有资金，大家一起凑钱也要唱下去，只要喜欢就不放弃。"而七十多岁的刘老师想得更远："锣卷戏要保存下去，将来要唱到世界上去。"

（河南省邓州市"锣卷戏"入选《第四批国家级非物质文化遗产名录》，编号Ⅳ—123）

【小贴士】

锣卷戏俗称"喇叭戏"，由锣戏和卷戏融合而成。锣戏源于"傩"或"傩戏"，是由旧时迎神赛会、驱逐疫鬼或举行酬神还愿仪式演变而来的古老戏曲剧种；卷戏据传开初是老道士所演唱的经文，因为经文是一卷一卷的，所以叫"卷戏"。

传统剧目：《铡美案》《南阳关》《李子精临凡》《朱洪武吊孝》《龙抓熊氏女》等。

传承人物：刘长江、江新民、王学彦等。

非遗中原：谁的记忆，绵长又轻轻

# 千年大弦奏古音

苏宪权｜文

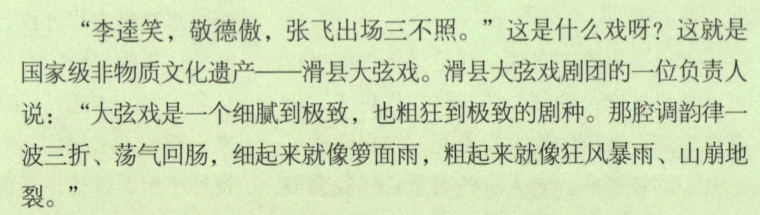

"李逵笑，敬德傲，张飞出场三不照。"这是什么戏呀？这就是国家级非物质文化遗产——滑县大弦戏。滑县大弦戏剧团的一位负责人说："大弦戏是一个细腻到极致，也粗狂到极致的剧种。那腔调韵律一波三折、荡气回肠，细起来就像箩面雨，粗起来就像狂风暴雨、山崩地裂。"

"三弦不动笙不鼓，呼呼笙响锡笛吐。"三弦领先，继之笙、笛。"拨棱""呼隆""得拉"三声（指三弦、笙、锡笛三种乐器的模仿音），艺人称为"三滴水"。每曲必须以三弦领头，先声夺人，故称"弦戏"。因它源于"御戏"，以唐宋大曲为主流唱腔曲牌，为显示其皇家御戏的规格与尊贵，前面尊加"大"字，就传下来为"大弦戏"了。

大弦戏有着一千三百多年的历史，是流行于豫北、鲁西、冀南一带的一个古老而珍稀的曲牌剧种，比号称"戏曲始祖"的昆曲还要早四五百年。它有着行云流水般的曲调，特别是那独有的伴奏乐器锡笛，其乐调委婉动人，伴奏和唱腔在不同的音阶上滑行，组成动人的和声。早已失传的唐宋大曲、宫廷音乐、原始剧目等，在大弦戏中还原汁原味地保留着，堪称中国戏曲的"活化石"，是我国珍贵的民族文化遗产，滑县大弦戏也被列入《第一批国家级非物质文化遗产名录》。

据《河南戏曲表演丛书》《滑县戏曲志》及民间小说《三唐传》等载述，滑县大弦戏源于唐高宗年间的唐朝宫廷，据说唐明皇的一个皇子，生来终日啼哭不止。他让宫中戏班演唱小曲，发音独特，皇子突然破涕为笑。唐明皇大喜，遂给此曲赐名"耍孩子"。在程咬金百岁寿辰

【作者简介】

苏宪权，笔名"雪野热风"，河南滑县人。河南省作协会员，中国散文家协会会员，中国乡土文学委员会理事，滑县作协副主席。在《人民日报》《河南日报》等六十多家报刊发表作品数百篇。出版有《半树槐香的抚摸》等书。

时，当时在位的唐高宗李治将其赐予程府。程铁牛任山东节度使时带回山东，后流落民间在黄河中下游逐渐演变发展。

大弦戏最初主要演唱汉唐乐府曲，唐宋大曲，宋元杂剧、北曲等。演奏乐器以竹笛、笙、三弦为主，表演形式简单。宋朝时，在表演风格上融入了开国皇帝赵匡胤创建的大洪拳架势，使大弦戏的表演显得更加古朴浑厚、场面激烈。到了元初，乐队引进了大铙、大镲、尖子号、螺号，同时由竹笛改换锡笛为主奏乐器，从而形成了粗犷激烈的舞台气氛。音乐也吸收了部分俗曲小令和锣戏、卷戏等其他剧种的某些成分。元末明初时，大弦戏已发展成一个规模剧种。

明弘治十一年（公元1498年），在《滑台重修明福寺碑》的副碑上有"以上布施，除修葺佛塔外，敬献大梆戏、大弦戏各一台"的记载。明万历年间有规模较大的班社公兴班坐班滑县。清朝时大弦戏发展到了鼎盛时期，仅汴梁一带就有18家班社，分"礼""敬""旺"三门。后来"礼"门去了山东；"敬"门融入滑县；"旺"门去向不明。"敬"门融入滑县与公兴班合并，易名"大兴班"。1948年被冀鲁豫边区政府命名为"民众剧社"，1952年改名为"滑县大弦戏剧团"。

大弦戏曲牌繁多，文曲柔婉细腻、缠绵悱恻，武曲则高亢激昂、清丽激越。唱腔多于尾音处提高八度，道白多用韵白，且以三弦伴奏。在表现武戏场面时用大铙、大钹和大号，以烘托紧张、激越的气氛。其音乐既有汉唐乐府曲、唐宋大曲、宋元杂剧、北曲，又有"青阳腔""石棉腔""弦素高腔"，还有民间小调等。大弦戏妆容细腻，人物性格分明，如秦琼红脸五道眉、敬德黑脸三块瓦、杨七郎花脸细而俊、张飞黑花倒丝钩等，有别于其他剧种。其表演独树一帜，既有唐宫廷的痕迹，又有北方戏剧刚劲挺拔、豪迈威猛之风，还有古杂技功底和宋太祖的大洪拳架势，形成了独有的手势、台风、架势、亮相，素有"李逵笑，敬德傲，张飞出场三不照"之说。

大弦戏历史悠久，传统剧目众多，达200余部。主要有"五平""五关""五打擂""十二山"等。"五平"即《平王庆》《平西辽》《平东方明》《平安王》《平方腊》，"五关"即《雁门关》《反五关》《虎牢关》《过五关》《守五关》，"五打擂"即《燕青打擂》《秦琼打擂》《呼延庆打擂》《杨七郎打擂》《鲍金花打擂》，"十二山"即《两架山》《牛头山》《赵公明下山》《殷洪下山》《广武山》《李密下山》《三霄下山》《火灵圣母下山》《张奎下山》《临潼山》《孙膑下山》《黑虎山》。常被群众用来祭祀、庆典、敬神等。特别是农村古庙会或亲人祭祀，常请大弦戏前去演出，那独特的表演技艺和刚烈泼辣、缠绵委婉的唱腔深受广大观众的喜爱，民间有"大弦戏唱过三天，小笛子还往耳朵里钻"的说法。而今，传承了千年的唐宋音韵，在中原大地依然嘹亮。

（河南省滑县、濮阳县"大弦戏"入选《第一批国家级非物质文化遗产名录》，编号Ⅳ—44）

【小贴士】

大弦戏是一个多声腔剧种，源于唐高宗年间的唐朝宫廷，在演变发展中，由最初演唱汉唐乐府曲发展到宋元杂剧北曲等。在表演风格上以大洪拳、梅花拳架势为基础，使得表演显得古朴浑厚，场面激烈。

传统剧目：《李存孝过江》《杨七郎打擂》《薛刚反唐》《扬州观灯》《火龙阵》等。

传承人物：韩庆山、柴清叶等。

非遗中原：谁的记忆，绵长又轻轻

# 罗山皮影艺人的心愿

冻凤秋 | 文

【作者简介】
冻凤秋，河南舞阳人。《河南日报》副刊《中原风》主编，"中原风"读书会发起人和组织者，武汉大学文学硕士。作家，诗人。

想象中的皮影戏，是遗落在人间的浪漫童话，是鼓声灯影里舞动的精灵，是融合完整戏剧与影像元素的梦幻表演，是散发着中国文化魅力和意蕴的民间艺术。亲眼看到的皮影戏，是扯一块白布便是舞台，尺把长的小人在幕后述说古往今来。戏班不大，只有五六个人，演戏的行头和道具最多两只小箱子就可全部盛下。戏台简易，几分钟就可以搭起。剧团多在白天演出，日光下幕布后舞动的皮影看起来少了灯影摇曳里的某种神秘和韵味。观众也很少，多是好奇的孩子和怀旧的老人。然而不可否认的是，皮影戏在娱乐功能日渐减少的同时，恢复了它传统的祭祀祈福的仪式功能，并因此获得相应的生存空间。罗山皮影戏入选《第一批国家级非物质文化遗产扩展项目名录》后，当地皮影艺人在思想上也发生了转变，他们开始把罗山皮影戏作为一项文化事业来传承。目前，罗山县文化局正因势利导，以让皮影戏在它适合的环境中不断生长。

有一种艺术，是完整的戏剧，比莎士比亚戏剧早1700年；使用影像，比卢米埃尔兄弟发明的电影早2000年；是纯粹民间的具有"摇滚"精神的音乐，比"猫王"风靡世界的时间早2050年。这种艺术是中国独有的，这就是皮影戏。

如此比较虽然未必恰当，却道出了皮影戏的精髓。在当代中国，受各种因素的影响，传统戏剧式微已是不争的事实，皮影戏在很多地方早已停演，雕刻精美的影人也被压在箱底或陈列于博物馆。然而，在信阳罗山县，皮影戏仍是百姓日常生活中不可或缺的精神食粮，还有一群皮影艺人活跃在乡间，用执着和热爱传承着这门古老的艺术。

5月的乡间，田野里到处是忙着插秧的人，和煦的风吹拂过绿色

## 罗山皮影戏

罗山皮影源自河北滦州，从明嘉靖年间开始在信阳市的罗山县繁衍生长，迄今已有四百五十多年的历史了。2006年，罗山皮影被确定为河南省第一批国家级非物质文化遗产抢救项目。2008年，罗山皮影被列入国家级非物质文化遗产名录扩展项目名录。

的水稻，一派美丽迷人的景象。三五个皮影艺人用三轮车载着戏箱，奔波在演出的路上……

### 【81岁岳义成：技艺盼传承】

摩托车在崎岖的乡间小路上颠簸，到罗山县彭新镇曾店村东冲组时已是正午。一座两层小楼的院落呈现在眼前，院子前面是一个池塘，四周长满绿树，听得到青蛙的鸣叫。被誉为"罗山皮影泰斗"的岳义成的家，右边厢房是岳义成制作影人的工作间，地上摆放着一摞晾干的水牛皮，桌子上放着一瓶瓶染料和雕刻刀具，墙壁四周挂着做好的影人。堂屋干净整洁，墙上挂着他80大寿时和徒弟的合影。

81岁的岳义成精神矍铄，思路清晰。"皮影戏好学，三根棍难戳。"从艺六十多年的岳义成说，想娴熟地把皮影玩于股掌之间，并非易事。操纵皮影讲的是手、眼、耳的配合，要做到十根手指操纵三根竹竿带动影人不停变换动作，表达喜、怒、哀、乐等情绪，同时还要唱好戏词。说话间，老人就情不自禁地拿起影人表演了起来，仿佛人间悲欢、尘世离合、金戈铁马的交兵和神魔鬼怪的变幻，都在其充满豫南腔调的说唱里，在锣鼓、唢呐、简板的伴奏中，在他陶醉的神情里融化。

岳义成回忆说，自己十多岁拜师皮影艺人崔玉衡，那时整个罗山县只有皮影戏14担箱（团），但演出很频繁。每逢生子、升学、建房、庙会，人们都热衷于请唱皮影戏。改革开放初期，皮影戏也相当火爆。"有时观众两千多人。一天要演三场，晚上唱到12点观众还不让走，每天要演唱十个小时左右。"岳义成说，"抢戏箱"的事经常发生，这家的戏还没有唱完，另几家就开始抢夺戏箱子，谁先抢到手里，就先去谁家唱。

谈到皮影戏如今的状况，岳义成说，除了农忙时节，演出还是很活跃，只是演戏的比看戏的多。罗山现有皮影戏70担箱（团），皮影艺人三百多个。但除了庙会，平时看皮影戏的人很少，多是年逾古稀的老人。艺人演出收入不高，每场演出三四百块钱，年收入只有几千元。"年轻一些的皮影艺人大都转行了。"岳义成说，原来跟着他学皮影戏的人很多，他收的徒弟有一百多个，现在要找徒弟却是很难。

老人至今坚持演出，第二天一早，他就要赶赴一个偏远的乡村表演。他说："我不怕辛苦，最大的心愿就是有更多年轻人学皮影、看皮影，使罗山皮影戏传唱下去。"

## 【64岁李义煜：唱戏给神听】

乡下的清晨来得格外早。皮影艺人李义煜5点多就起床了，骑摩托车赶赴潘新镇演戏。

演出地点在祁家村火神庙前面的广场。庙是2009年重修的，三间房大小，供奉着关公、火神、观音菩萨等神灵。广场不大，四周都是田地，戏台就搭在草地上。

戏班共五个人。上午唱的是神戏。主人将备好的供香、火纸、肉、红包等送到舞台帐中。

李义煜说，当地的村民都很淳朴，他们对待祖宗、天地仍保持一套相当规范的礼仪程序。皮影戏演出也大都是上午唱神戏，下午演传统故事，晚上很少演出。他说，近年来，农村文化生活方式日渐多元，皮影戏的娱乐功能降低，人们请戏更多的是为了酬神了愿。

64岁的李义煜曾拜师岳义成，他以唱腔雅致闻名当地。当天，《反唐复唐》一出戏在他嘴里时而高亢时而低回。唱到武戏，他双手舞动两个影人，双脚踩地，身子来回晃动，仿佛能呼风唤雨、腾云驾雾，脸上表情瞬息万变。

观者寥寥。人们在那幅六尺长、三尺宽的白色幕布前来来去去，似乎皮影戏只是可有可无的背景。

闲暇时间，李义煜爱看书。他家的桌子上摆满了《千家诗》《五代十国》等书。李义煜说，当地皮影艺人的文化程度很低，最高的也是初中毕业，这在一定程度上制约着皮影戏的传承和发展。"光靠老艺人口传心授，学得似是而非，且很多唱词比较低俗，观众都听腻了。我想趁闲暇时间多看点书，丰富皮影戏内容。"李义煜透露，他已经收到湖北一所艺术学院的邀请，近日将去讲皮影戏。

## 【37岁李世宏：做着出国梦】

李世宏是罗山最年轻的皮影艺人，15岁跟子路乡老艺人熊自元学戏，19岁就成立了李世宏皮影团。他不但掌握了演唱和影人制作技巧，还学会了击鼓和吹唢呐等技艺，成为豫南皮影戏曲界唯一的全能技艺继承者。正是他，给罗山皮影戏的发展带来了希望。

我下乡数日，都在他家住宿。这是周党镇龙镇村罗洼组一个普通的院落，房子是新修建的三间瓦房，屋里陈设简单朴素，最显眼的是一台带液晶显示屏的新电脑和经常被李世宏挂在脖子上的数码摄像机。电脑里存放着很多当地艺人的照片和演出视频，李世宏让我教他把这些资料上传到博客里，并帮他在淘宝网开网店卖他亲手制作的影人。身为罗山县民间皮影艺术协会副会长兼秘书长，李世宏感到责任重大，他利用闲暇时间收集资料，保护传承罗山皮影文化，"很多艺人年龄大了，再不收集就来不及了"。

对李世宏来说，皮影戏就是他的生命。在他居住的村子里，年轻人大都外出打工了，唯有他，因痴爱皮影而留守在家。

他的热爱也终于有了回报。近年来，他带着戏班走街串巷为乡亲们演出的同时，还走出了罗山。在开封清明上河园、郑州庙会上都能见到李世宏表演的场景。每年春季，正是皮影戏演出旺季，李世宏皮影团每天要演出两场，仅今年2月他就收入两万多元。眼下，正是插秧时节，皮影戏演出进入淡季，李世宏以五千多元的价格卖掉了他亲手制作的活动戏台，打算专心在家做影人。我问他如果再有演出怎么办，他说不要紧，很快就能再做一个。

因为我的叨扰，李世宏的影人制作已经耽搁了几天，信阳、广州等地的客户催着要货。次日，他在家里赶做影人，我也得以目睹制作全过程。一个影人要经过选皮、制皮、画稿、镂刻、着色、熨平、上油、订缀等制作程序，李世宏手艺娴熟，一天就做了三个。他说，罗山皮影属于二水皮影（影人大小以"水"来衡量），不太大，一个能卖到二百多元，一年也能有两三万元的收入。李世宏说，罗山县如今能制作影人的只有七人，虽然赚钱，但和唐山等地规模化的皮影制作不能比。

李世宏目前最迫切的愿望是有一个字幕机，"好让外地观众看得懂皮影戏内容"。而未来，他有两个高远的梦想：一是创建皮影工艺加工厂，让更多年轻人学习皮影制作；二是出国演出，让罗山皮影的风采走向世界。说这话的时候，李世宏一脸的幸福。

（河南省罗山县"罗山皮影戏"入选《第一批国家级非物质文化遗产扩展项目名录》，编号Ⅳ—91）

【小贴士】
　　罗山皮影源自河北滦州，从明嘉靖年间开始在信阳市的罗山县繁衍生长，距今已有四百多年的历史。经多代皮影艺人的加工、提高，罗山皮影艺术已经成熟，是中国戏剧园中的一朵奇葩。罗山皮影的影人是由牛皮制成的，有别于北方皮影。

　　传统剧目：相传有四百多个剧目，经常唱的有二百多个，很多是古典名著或民间传奇。

　　传承人物：岳义成、李义煜、李世宏等。

# 乡村里的鬼戏

刘小江 | 文

早就知道河南省濮阳市南乐县的民间还保留着演鬼戏的习俗，但一直未能前往看个端详。今年终于觅到个机会去了一趟南乐县寺庄乡前郭村，真真实实地看了一场鬼戏，并与众"鬼"们握手聊天，饮酒唱和，好不痛快。于是我渐渐走近了"鬼"，迷上了这个深藏在民间的"鬼戏"。

3月里一个春风和煦的早晨，我们一行五人驱车五十多公里，在南乐县文联张书记的带领下来到了一个叫"前郭村"的村庄。该村地处县城西北角十公里，村中以张、贺、苏、李姓为主，两千余口人，村中大小街道胡同纵横四十余条，像一个迷魂阵。同来的作家潘克静风趣地说：抗日战争时期如果日本鬼子进了前郭村，肯定让他们有来无回。前郭村还未进行新农村规划，村庄的形式布局依然保留着明清时期的乡村风格，显得古旧神秘。村东有座天爷庙，庙前石柱上雕刻着一副对联，上联"庙内无僧风扫地"，下联"佛前无烛月当灯"。前郭村的目连戏传承人张占良老人告诉我说，从前村里每到正月十五左右，都要把目连戏搬到天爷庙前演出，十里八乡的老百姓都赶来观看，人山人海的，那场面很大。张占良老人还说，民国年间，村里的目连戏有一次去县里演出，县长还当场赏给过四块大洋呢。张占良老人有滋有味地讲述着目连戏的过去，脸上洋溢着自豪的笑容。

## 目连戏的渊源与传说

目连戏演的"目连救母"的故事，最早见于东汉初由印度传入我国的《佛说盂兰盆经》，"盂兰"是梵文音译，意为"救倒悬"。唐

【作者简介】
刘小江，河南清丰人。濮阳市非物质文化遗产保护中心主任。中国民间文艺家协会会员，河南省作协会员，濮阳市民间文艺家协会主席。

朝文人改编成说唱文学《目连救母》。有关目连戏最早的文字记录见于南宋孟元老撰写的《东京梦华录》，书中有关于中元节的记载："构肆乐人，自过七夕，便搬目连救母杂剧，直至十五止，观者增倍。"前郭村的目连戏据传自北宋由开封流传而来已近千年，宋朝南迁之后，目连戏才广泛传播南方诸省。村中目连戏传承人张占良老人说："俺村演目连戏已有几十辈子啦，说是从大宋传下来的，俺小时候听八九十岁的老人说，他们上几辈儿的人就会演目连戏。"

前郭村目连戏主要讲述了凤阳府凤阳县的民女刘氏，常年吃斋行善，名传乡里，她的小弟刘长基吃喝嫖赌、不务正业，经常向他的姐姐刘氏借钱外出鬼混，刘氏对弟弟的作为很生气，多次拒绝他的无理要求，并好言相劝。刘长基对姐姐的好意十分羞恨，遂借刘氏回娘家探亲之机，在刘氏的茶水中掺酒，饭里加荤腥之物欲破其斋戒，并告刘氏阴状，诬其作恶不善，好吃懒做，辱骂公婆，四邻不和。阎王知道后就命五鬼捉拿刘氏，后来才知是刘长基陷害，遂又捉拿刘长基将其严惩。刘氏之子目连，被南海大士超度上山，教习兵法武艺，学得一身本事，其师赠他阴阳扇、九连环两件宝物，命目连下山救母，目连用九连环打开丰都城，救出了母亲。南海大士封刘氏转世为皇姑，目连转世为黄巢。明朝文人郑之珍编有《目连救母劝善》戏文；清康熙年间目连戏进入宫廷，皇家亦搬此目，当时的文人张照编有《劝善金科》传奇。前郭村目连戏主要情节与上述明清时期的戏文截然不同，从该村目连戏的故事情节、思想内容及主要人物看，与唐代的目连变文一脉相承，可见其历史的久远。

## 目连戏的艺术形式

前郭村目连戏综合戏曲、杂技、武术、焰火、魔术于一体，服装、道具、化妆等也均有独特之处。由于目连戏深藏民间，"非遗保护"未实施前，还不被外人知晓，因此显得古朴粗犷，诸多艺术内容仍保留着原始的面目。

目连戏的唱腔原来以花鼓调为主，后又改为大平调，因其真刀真枪、粗犷豪放，

比较适合目连戏的武打表演，从清代中期改为了大平调。目连戏还有一些情节无台词，俗称"哑巴鬼戏"，表演时没有唱词，全凭演员的身段、手势、表情、武打等来体现剧情，从中可以窥探到目连戏那久远的风貌。

目连戏的乐器有锣、鼓、大铙、大镲、尖子号、海螺、大弦、二弦、三弦等。张占良指着一木箱乐器笑呵呵地说："这些乐器都是俺们自己做的，既省钱又使着可手，其中海螺是目连戏独有的乐器。"

目连戏的脸谱主要是鬼妖脸的形状，青面红发或红面绿发，有黑白花、黄白花、青白花、蓝白花、烟黄花脸等，多夸张眼口及头部，示其二目凶恶、血盆大口、巨齿獠牙、头上长角等奇形怪状。目连戏阎王专用的阴阳脸也颇有特点，半面涂青半面涂红，以鼻梁为界两面对称，意在表示他既管阴曹之鬼，又管阳世之人。目连戏中的众鬼卒均戴用麻丝染色的鬼发，双鬓还要各饰一绺白纸穗。老艺人们说，鬼是阴间派来的，白纸穗是阴间的标志。无常穿的白长衫是目连戏中无常专用的，其服瘦束肩，衫长过膝，两袖短而肥大，前后开叉，通白色，给人一种阴森森的感觉。

目连戏中的砌末一是三节棍。三节棍共三节，每节长三尺，总长九尺，由白蜡杆连接组成，每节的两端均用铁片包裹，并装有半圆铁环，节与节间由两个铁套环连接，可随意折叠或单开使用。二是梢子。梢子共两节，长节四尺五，短节一尺五，做法和三节棍相同。目连戏人用顺口溜赞曰："小小梢子两半节，鲁班解开老君接。接够七七四十九，打山山崩，打地地裂。"三是四节镗。镗头长一尺二，为铁制三股马叉，下为圆形裤管，与长八寸的白蜡杆固为一体为第一节。中间两节各长三尺，手握节长一尺三，总长九尺三。每节端用铁皮包裹，中间用铁环连接，亦可折叠使用。目连戏人用顺口溜赞曰："摇头摆尾百样能，上山捉猛虎，下海擒蛟龙。"四是马叉。马叉为三股铁制矛头，中股上为菱形，股下另制一细铁棍，各套三圈铁环，焊在两股下部。铁叉和木柄结合处缀八寸红缨一簇。盘叉时红缨飘散，环声作响。五是九连环。环头根段为一铁制裤管，从管上部伸出等距的三根铁棍各弯成半圆形，至顶端焊接到一起，并在焊合处装一两寸长的长菱形枪头，三根铁棍呈三菱形，每根缀三圈铁环，耍时九环作响。传说为专打阴曹地府的宝器。六是拐。拐由立拐身和横拐柄两部组成。拐身为铁制，高二尺五，顶端有菱形枪头，下端焊制拐柄，用时牛角尖向外，有直刺、斜刺、外撬、架刀、擒枪等路数。七是套板。套板头为长一尺宽九寸的木板，中间挖一长八寸宽七寸的椭圆孔，下接三尺木柄，柄上部一侧呈弧形向外凸起，板顶两端各缀一簇白纸穗。

目连戏里最精彩的一折要数《五鬼拿刘氏》了，该戏分五个层次，头四个层次为单鬼拿，最后众鬼群拿，路数不同而各具特色。大鬼拿刘氏时，刘氏双手颤抖做惊慌状，举裙碎步小跑上，左顾右盼正欲寻找躲藏的地方，大鬼迎面飞起一脚，刘氏一个倒翻跟斗劈叉坐地，双目盯着大鬼，吓得双手举衣哆嗦。继而复起再逃，大鬼抢前一步又踢一脚，刘氏又一个劈叉坐地，怒视，大鬼右手举叉，左手指刘氏，双腿屈膝下蹲，步步逼向刘氏。刘氏折身跳起，大鬼暴跳，连打旋风脚，双手举叉上下抖动，表现了擒拿不住气恨交加的焦躁情绪。刘氏欲逃，大鬼左拦右挡，举叉猛刺刘氏，刘氏侧身躲过乘机抓住叉柄，两人同时鹞子翻身成背对背，大鬼猛一俯身将刘氏从背后栽头急甩而过，刘氏乘机松手逃走，大鬼持叉追下。接着是四鬼、五鬼、地方鬼捉拿刘氏的激烈搏斗场面，每次捉拿都有不同的打斗场面，惊心动魄，让人看得痴呆入迷。最后是众鬼群拿刘氏，刘氏做惊魂失魄奔逃状，众鬼穷追不舍，刘氏凌空一纵劈叉坐地，众鬼们持叉、套板、锁链团团围住。四鬼举套板套住脖

子，三鬼用铁叉抵其腰，大鬼二鬼用叉叉住刘氏双脚，之后将刘氏举起。当曹官吩咐"打进丰都，牢牢把守"后，众鬼举刘氏下场。

目连戏中的带彩特技有锯解、磨研、开膛破肚、喷火等，令观者胆战心惊、毛骨悚然。在过去文艺节目贫乏的时代，目连戏的特技往往成为百姓们在劳作之余寻求刺激、满足心理需求的主要娱乐内容之一，颇受群众的欢迎。

《目连救母》共有14场戏，分《五鬼闹判》《五鬼拿刘氏》《目连僧救母》三大部，可连演七个夜晚。场次名称依次是《阎王登殿》《阳间巡查》《寒食扫墓》《差鬼拿刘氏》《目连失踪》《五鬼拿刘氏》《审刘氏》《刘氏游地宫》《捉拿刘长基》《审刘长基》《目连下山》《发落刘长基》《目连打丰都》《发落》等。

唱词（《目连救母》唱词中《五鬼闹判》一折选）：

[曹官引众鬼巡视上]
曹官：（念）腊月十五庙门开
牛头马面两边排
阴曹判官来值日
带领鬼卒巡查来
　（唱）往南看观到南海南
观音老母坐花船
众鬼：（唱）王母娘娘掌着舵
四大金刚拉牵船
曹官：（唱）观罢南方观西边
雷音寺佛祖坐在莲花盘
…………

## 【目连戏的艺术价值】

南乐目连戏出于佛经，源于北宋杂剧，是流行于河南省南乐县民间的一个口述本，

就其情节和思想内容及主要人物，与唐代的目连变文一脉相承。专家在评价目连戏时如是说：历史上最为有名、剧目最多、保存最为完整、内涵最丰富、规模最为宏大的汉传佛教戏剧，当数目连戏。南乐目连戏自北宋开封流传到南乐已近千年，因深藏民间，至今还保留着它原始的风貌，是我国保存下来的最古老的稀有剧种，堪称戏剧的"鼻祖"和"活化石"。

著名戏剧专家马紫晨先生在1988年写的一篇文章里说道：原以为起源于北宋开封的目连戏已在中原消失了，1986年在全省民间舞蹈普查活动中，又意外地发现了它还鲜活地生存在河南的民间。南乐民间演出的目连戏，就是北宋杂剧《目连救母》的遗响……而且，南乐县民间赛社式的目连戏演出，无论是从其粗犷、古朴的风格，还是从其表演程序、体制的安排来看，比之外省已登上舞台的目连戏演出，都很可能更加接近北宋杂剧的原始风貌。

南乐目连戏文化蕴含博大厚重，又有实物佐证，在宗教史、戏剧史、民俗史、艺术史等研究方面具有十分重要的意义。

## 目连戏的现状

去前郭村那天，正赶上目连戏班的村民们在排练节目，目连戏传承人张占良告诉我说："本来目连戏班的人都出去打工啦，现在大城市里缺人，管吃管住一天还挣一百多块呢，耽搁不得。前几天省里突然来通知要调咱的戏去郑州演出，这是咱目连戏风光的大事，我只打了个电话，他们都自觉地从外地赶了回来，下一步要好好排练几天，去省城演出可不能丢了人。"往年正月里都是农民们休闲娱乐的时间，届时便搬出目连戏尽情热闹上几天。如今演目连戏的年轻人都走出了家门，走进了城市，为生计奔忙着，昔日喜爱的娱乐技艺正在淡出他们的视线。老艺人张占良、贺书各无奈地说："村里的年轻人一过完春节就进城打工啦，有的连过春节都不回来，咱农民挣个钱也不容易啊，要不是有演出任务，还真舍不得喊他们回来。"如此看，技艺传承的问题在现实面前显得又是那么脆弱，传统艺术在自身传承、树立品牌、打造产业等方面是一个有待探讨的重要话题。

前郭村目连戏自2006年被国务院列入《第一批国家级非物质文化遗产名录》之后，市县文化部门在政策和资金方面给予了大力支持，外出表演的机会也渐渐多了起来，这些都让前郭村人感到自豪和荣光。演目连戏的年轻人曾对我认真地说：在外边挣的钱再多，也没有俺村目连戏演出的事儿重要，老辈儿传下来的活儿，不能都毁到咱手里。

这些质朴又掷地有声的话语，让我的心头一热。

（河南省南乐县"目连戏"入选《第一批国家级非物质文化遗产名录》，编号Ⅳ—87）

【小贴士】

目连戏是以宗教故事"目连救母"为题材，保存于民俗活动中的古老剧种；目连戏将佛教与儒家所主张的孝道结合起来，成为中国古代戏曲中以佛经的理论故事为题材、影响广泛的一出戏，也是佛教与中国戏曲结合的代表作之一；是目前有据可考的第一个剧目，被誉为中国戏曲的"戏祖"。目连戏发源于河南，由开封流传到河南南乐；南宋以来，广泛流行于安徽、四川等南方诸省。

传统剧目：《目连救母》共有14场戏，分《五鬼闹判》《五鬼拿刘氏》《目连僧救母》三大部，可连演七个夜晚。

传承人物：苏尚志、张占良、贺书各等。

民——间——戏——剧·民——间——曲——艺

# 嘈嘈切切总关情

庄 学|文

写下这题目，就感到一阵悲伤扑面而来，似是无奈，确是无奈。无论过去还是现在，我对戏曲和说书类的文艺活动都不是很感兴趣，那时鲜有字幕，唱词在咿咿呀呀中使我茫然，而节奏的缓慢又使人注意力不集中，说书在我这样的人的眼里更是土得掉渣儿的艺术。所以直至长大，我硬是没有培养出欣赏戏曲、说书的细胞。现在想来，那时太年轻了，年轻得不懂文化不谙风情，当然也是与当时电影的风靡有关。

说书，有它的辉煌时期。遥想当年，单田芳、田连元等人的说书通过电波后来又通过荧屏传遍大江南北，草根艺人更是在打麦场上、田间地头纵横驰骋。而且就在50年前，洛阳地区首次派出了"洛阳大鼓"进京演出，后经有关人士建议，洛阳大鼓改称"河洛大鼓"。说书这一草根艺术形式登上了大雅之堂。我是在下乡时才听过几场说书的。入夜时分，村头空地或者麦场上甚至饲养棚里，马灯散发出温馨的光辉，一张桌子上摆放了一只大碗，桌子下的阴影里立着一只孤单的水瓶。先是孩子们大呼小叫地来占位置，而后就是男人们抽着明明灭灭的烟火扯着闲话儿来了，最后到来的是大姑娘小媳妇，还有老人。一片场子就人影幢幢挨挨挤挤地铺张开来，单等说书人的到来。钱是生产队里出，吃住也是生产队里管，人们只用带上耳朵——还有与人闲话的嘴巴。

只是，说书人刚开始不久，我便和一帮同龄人跑开了，去玩更有意思更为刺激的游戏——也包括朦胧的爱情，说书的场景只是我们夜生活的一个背景。

那时我们是真的年轻。

看了点资料，才知道说书其实与小说是共生共存相依为命的。当

【作者简介】

庄学，本名王建文，河南洛阳人。河南省作协会员，郑州小小说学会理事，洛阳小小说学会副会长，洛阳市作协原副主席。在多家知名报刊上发表小说、散文以及其他文学作品四百余万字，出版有小说集《保守一个秘密》《左为上右为上》《银手链》，以及长篇小说《同宗》。

文人把话本——也就是小说的雏形——写好后，交给说书的艺人说给大众听，也就是说小说在最初的时候不是通过文字传播给大众的，而是通过说书人的嘴传播开来的。后来，随着技术的进步，小说就被印成了书，逐步把自己独立地呈现给识字的人，可是那些不识字的人还是通过说书等艺术形式来理解这些社会、历史的故事，依据说书人传播的文化来确立自己的好恶和道德观。这种草根艺术形式与草根大众的顽强生存一样，生生不息。从宋时到近代，千余年来说书传统绵延不绝，即使曲目有所变化，但是劝善惩恶和娱乐消遣的功能一直维持着。无论如何翻天覆地，又能怎样呢？并未怎样，书照旧说得喧喧闹闹，人们照旧听得欣欣然。

可是我们依然年轻。

爽爽秋日的一个上午，我们一行四五人到了宜阳，去寻找一个叫王玉功的说书艺人。真的，我喜欢这条沿着洛河上溯的公路，一边是坡，一边就是孕育了洛阳乃至民族文化的洛河。宽敞的公路两边是宽宽的林带，那些树向路心而立，挺拔修长，而且更多的地方还有更多的林和林带。城市，只有楼群；楼群，总是要挡风挡视线的。行走在乡野，秋风送爽实在是太有诗意了。我们自我觉得年轻，是我们还知道出去寻找点什么，把更大的场景作为我们生活的背景。

在电话导航中，我们来到了宜阳宾馆，就在门口看到了翘望着的一个肤色较深的中年人。放下车窗一问，果然是王玉功老师，一个见面热情爽快的人，一个连珠炮地打招呼的人，一个看了一眼就能留下点什么痕迹的人。甫一坐定，王玉功老师就问我们要听什么，要了解点什么。细细看了，才发现了岁月留在他脸上的痕迹，已然六十余岁的人了。即使他的弟子，虽然看上去要小得多，却也到了知天命的档期。再往下，就没了弟子。"整这玩意儿不挣钱，谁来学啊！"王玉功老师感叹一声。

可是话题一旦说到说书和河洛大鼓上，王老师便眉飞色舞起来，连比画带示范，说一段停一阵，恨不能把说书的名词和调门儿（曲牌）类别给我们一股脑儿地倒出来。由此，我才对说书行当所需的乐器有了个大致的了解。三弦、坠胡、二胡、琵琶以及扬琴是常用的，但是依情况可繁可简。无论如何简繁，一把坠胡必不可缺，就像京剧里的京胡、豫剧里的板胡一样，是主要乐器。在乡村的麦场上，一把坠胡也能伺候说书人整本整本地说而不被别人当作笑谈……乐队的老师们根据故事情节弹拨出不同的调门儿和过门儿，或欢快或沉闷或悠扬或紧凑，这些需要有琴师配合。而说书者是这艺术门类里的大牌主角，他需要控制节奏，控制故事走向。他右手执705红布缠绕的小槌，时而舒缓时而密集地击打面盆样的小鼓，左手的指头夹两块月牙儿形的钢板随着小鼓的节奏上下翻飞相击，声如山涧清泉玲珑有致。其他，就是印象中的蓝布长衫了，袖腕处还卷出一段白色的衣里来。

我依稀记得过去许多说书的是盲人，盲人说书是一大景观。王玉功老师和他的弟子李水旺告诉我，盲人过去生存极为艰难，只有靠说书和算卦为生，也叫"卖口"。盲人不能看书——那时没有普及盲文——说书的故事都是靠师父口口相授，现在随着说书的发展和变化以及市场的萎顿，盲人也都不再说书了。现在的说书人在看话本的同时，还要根据自己的生活体验阅历加进许多内容，丰富许多情节，进行再创作，以此才能说得更为精彩和吸引人。世事如此呵。

听王老师在室内抑扬顿挫示范一番后，我们还想还原过去在打麦场上说书的那种较为原生态的场景，王老师他们有些为难，一则是大白天的，二则是现在的农村与过去的农村相比已发生了很大的变化。几经考虑，我们来到了洛河边上广场中的小树林里。书还未说，就有些老人远远地坐着，等待着。

随着过门儿起板大起腔，鼓乐齐鸣，王玉功老师声情并茂绘声绘色地说起了一段教人孝敬长辈的曲目《拉荆笆》。老说书人就得有这种本事，把好人说哭，将坏人说好，极具煽情的能力。说书这门艺术，实际上是一门对语言要求很高的艺术，可以说每一位出色的说书人都是语言高手。他不仅需要把俗语、俚语甚至谚语恰当地融合到一起，还要将这些语言的音色、音速适时地融合进去，有些语言既生动又押韵，与听众的爱好情趣有机地结合起来，形成恰到好处的语言环境和表达意境，将原本普通的故事讲得煞有介事，使人如身临其境。王玉功老师无疑就是这样一位出色的艺人，他一人千面，表情丰富，亦哭亦笑，亦悲亦乐，当进入到自己设置的故事环境和旋律中便自己就如痴如醉起来。他左手高扬如月简板快如翅飞，右手低垂细腰鼓槌如雨点骤下，一阵疾风骤雨，一阵轻缓山泉。说到苦处，放声悲歌；说到怨处，哀生嘴角；说到怒处，浓眉倒竖；说到喜处，眉开眼笑：其情其景，把一段故事栩栩如生地给你道来。观众听着无不为之如痴如醉，甚至也随同故事中的人物一起悲喜起来。

对听众来讲，听说书是精神大餐；对于说书艺人自己来讲，岂不也是精神享受和自慰？王玉功老师当年走上说书这一行当，是出于对说书的喜爱，而后又是为了生存，现在则是因对这一艺术门类发自内心的热爱而致力于挽救与传承。王老师从18岁起开始说书，说了四十余年。那一年，一位会说书的老师下放到了他们村，闲暇时就说书。王玉功天天跟着那老师，也就具有了说书的悟性和灵性。后来，王玉功等人被送到地区曲艺培训班学习，从而凭着说书跨越了城里人和农民间的户口藩篱，成为县里曲艺团的职业说书人。"说书最为红火的20世纪70年代，每年的说书日子都在三百多天，每到一个地方人们提供食宿，到谁家吃饭都是被支应着，还有许多大姑娘小媳妇偷偷给我们塞绣着花鸟的鞋垫，说到哪村她们跟到哪村。"说起昔日的辉煌，王玉功老师是满脸的自得，时不时总会沉浸在那愉快的回忆中。

说书人讲究所说的故事中人物的塑造，即使同是皇上娘娘，出场和做派也有许多种描写，并尽量地使语言和审美情趣本地化。比如，王玉功老师说到不孝子对娘说的一句话："娘啊，你还活着给阎王爷撵兔子哩？"还有段子的开场白里有两句话使我印象颇深：在家孝敬父母，强似远方烧香。在反映封建社会的婆媳家庭关系的《小姑贤》的段子里，婆婆为难儿媳。儿媳说："娘啊，我给您和面擀面条。"婆婆说："那长嘎嘎的我不喝它。"儿媳说："要不然儿媳给您烧米汤。"婆婆说："黄嘎嘎的我也不喝它。"儿媳说："再不然儿媳给您包扁食。"婆婆说："老娘我不吃那菜疙瘩。"儿媳又说："再不然儿媳给您烙油馍。"

婆婆说："你娘那个腿，干巴巴嘞垫娘牙。……我叫你一锅做成八样饭，中间还给我烧碗茶。"几句带着浓厚生活气息的话，一下子就把一个恶婆婆的形象给竖立了起来，令人由衷叹服，我都后悔那时没能痴迷听说书了。同时说书人还讲究设置悬念，王林休妻休了没有？牢中人被大侠救了没有？被下了毒的毒酒是否喝了下去？二人武功比得如何？如此等等，"且听下回分解"，就得使你痴痴地六神无主地等待一整天。

像王老师这样的说书艺人就这样沉浸在自己营造的艺术天地里走过了四十多个春秋，直至电视的兴起和普及，说书艺术渐渐地被冷落。现在还到农村去设场子说书吗？"去得少了，来听说书的大多是上了年纪的人，当初那些偷偷给我塞鞋垫的也都成了老太太。年轻人都钻到家里看综艺节目追韩剧，要不就是上网玩手机，市场没了，还要我们说书的干什么？说书就是'巧要饭'。"王玉功老师们如此这般对我们说。无疑，说书的艺术是渐行渐远的艺术，或者说此前的说书艺术是远去了的艺术，它要浴火重生，它要凤凰涅槃，非得在形式上糅进更多的现代元素，利用现代传媒来展现和推介，当然，痴迷与执着则是最基本的因素。

其实，说书的老师们不必太失落。王玉功老师，那边不是有县里开展的群众文化广场活动吗？晚上不是还要你们登台演出吗？每年的马街书会不也是红红火火的吗？而且，不是还有你和你的同行你的师兄弟你的弟子们在坚持吗？还有偃师的张天培、段建平的徒弟们……如果往大处看，国家和省里一直在致力于文化遗产的抢救和发掘，也是说书艺术之一的"河洛大鼓"2006年被列入《第一批国家级非物质文化遗产名录》；再扩展下范围，易中天说"三国"和刘心武讲"红楼"，不也是说书艺术的一种异化吗？

他们在"说书"的同时把历史文化和学术见解深深地嵌入进去了。也许这样单一的说书艺术会有一天走入历史，可是历史上走入历史的艺术不仅仅是说书，还有更多。如果究其原因的话，那不怨你们，是时代在不断发展和进步，新的艺术形式也在层出不穷前仆后继地出现。当然，探讨这些是专家们的事了。

如果还要说的话，那就是你们这些值得尊敬的老说书艺人为这门艺术曾经努力过奋斗过，也曾使它风光过，用通俗的艺术形式传播民族文化，并影响了多少代人。功莫大焉！说书艺人，嘈嘈切切总关情。

这时，有朋友发来短信：一河洛水，几株胡杨；天高云淡，鼓弦嚣张；琴胡同发，嘈切悠扬；红尘男女，寓于欢畅……如此的今天，我们才感觉到了真正的年轻。

（河南省洛阳市"河洛大鼓"入选《第一批国家级非物质文化遗产名录》，编号Ⅴ—12）

【小贴士】

河洛大鼓，河南汉族地方曲种之一，一种以说、唱为艺术表演手段，叙述故事、塑造人物、表达思想感情、歌唱社会生活的传统音乐。河洛大鼓，起源于清末民初，是在洛阳琴书的基础上发展起来的。当地人都称河洛大鼓为"说书"，至今在洛阳一带常把"说书唱戏"连在一起。河洛大鼓的演唱艺术形式有11种词牌。

知名艺人：段雁、胡南方、李禄、张天培、程文和、段建平、王小岳等。

传统曲目：多取材历史故事，长篇有《双鞭记》《温凉盏》等；中篇有《双锁柜》《鸾凤配》等；短篇唱段有《取长沙》《截江》《打关西》等。反映实际生活的曲目有《焦裕禄风雪探茅屋》《巧摆地雷阵》等。

## 民间音乐·民间舞蹈

中原人并不能歌善舞，但凡能够被历代中原人传唱、舞蹈的，多承载着久远的历史信号。中原的民间音乐传唱着的是如《诗经》"蒹葭苍苍"般的中原人最朴素的劳动与爱情，民间舞蹈则更是踏着远古的足音，带着某些祭祀的味道，敬着天敬着地敬着万古流芳的先人。

非遗中原：谁的记忆，绵长又轻轻

# 超化吹歌

鱼 禾 | 文

最早知道河南新密南部超化这个小镇，是从朋友的文章中。他曾为重修超化寺写赋，其间有句"稻绿平畴，芦苇披拂"，用以述说超化的自然环境，令我过目难忘。超化镇建于北魏，以佛教名刹超化寺名，超化寺则藉由佛教梵语"超凡化度，脱俗绝尘"而名。一个兼有自然之美和宗教肃穆的地方，滋养出被音乐界专家称为"古代音乐活化石"的吹歌，当是不足为奇的事了。

## 震 撼

吹歌队19位艺人出现在面前的时候，我看着他们的编队和手上的乐器，已是肃然起敬。这是一个不折不扣的民间交响乐队：两管，四笙，两笛，两箫，云鼓、云锣、大锣、木鱼各一，大铙、手镲、小镲、碰铃各一对。

演奏开始，第一支曲子是《传令》。起调高亢悠扬，有着古战场的惨烈和风卷云舒的庄严。由名字推测，应是当初皇家专用的军礼乐。然后是《撞倒墙》，民俗成分较多，但是它的气势，仍为一般民间吹奏望尘莫及。那种骨子里的庞大和从容不迫，即使在残缺的结构里，仍有震撼人心的力道。接下来，由《清河令》《满洲》而《神童子》《爬天桥》《三宝》。

结束了，围坐的朋友们意犹未尽。乐队就把正在排练中的《观音灵感》吹奏一遍。这是吹歌中典型的寺庙音乐，庄严肃穆之外，有宫廷音乐的盛大和典雅。细听之下，那种直觉的丰盛、阐释的克制，那种空旷与简约，都含有原初无杂质的美感。也许成就圆满的途径，正在于这

【作者简介】

鱼禾，作家，现居郑州。代表作有散文集《摧眉》《相对》、长篇小说《情意很轻，身体很重》等。

种渗透了凡俗感觉、又不藉由具象符号表达的醒悟。面对一种无法企及也无力深究的博大，我不禁肃然端坐。

## 管与笙

起初，我没有从这种以管子为主旋律的合奏中分辨出管子的声音，直到吹奏《观音灵感》，笙笛先起，管子后进，才十分清晰地觉察到它令人震撼的音色。那个长不足尺的小小的管子，竟是如此激昂清透、变幻莫测。管子进入，整个合奏立刻变得宏阔、明亮，有了丰富的细节。

走近细看那支已有六百多年历史的管子。当年，它是只有皇家才有的宫廷制品，管柱由黄铜精铸而成，哨片特选山涧溪地多年生芦苇。制法也很讲究，取芦苇根部向上第三节，截取一寸磨制。如此精致的东西，制作工艺已经失传，后来制作的管子，音色与这支已是相去甚远。不唯管子，超化吹歌中的笙，原来所用俱为特制的十八苗笙。如今，最后一盘十八苗笙已经损坏，无人能修，吹歌队用的也就是普通的十四苗笙了。

想象这个无可挽回的过程，是令人惋惜的。不过，即便如此，我仍十分佩服超化每一位吹歌艺人的坚持。超化吹歌行规很严，从不参与婚丧服务或商业演出，只用于拜会朋友，参加祭祀典礼、庙会和娱乐。直到现在，吹歌队仍然恪守这项规矩。在生存压力尚且巨大、吹歌演奏摒弃物质利益的情况下，他们口耳相传，把这种古老艺术的气脉接续到今天，不能不说是一件难能可贵、值得敬仰的事。

## 渊　源

超化吹歌之所以不同于一般民间鼓吹乐，首先在于它不是自然成熟于民间的东西。只有多方面的音乐元素经过了专业的融合创造，它才可能兼有丰富的层次和典雅的风格。其次在于它所包含的梵乐元素。东汉时佛教传入中原，北魏时达到鼎盛。南朝梁武帝曾把佛教定为国教，前后四次出家为僧。南北朝时期先后有十几位帝后出家为尼。在宫廷与佛教联系密切的这样一个时期，宫廷礼乐与佛教音乐相互熏染浸润，是可以想见的。

鼓吹乐与超化地方的密切联系，也是藉由佛教建立的。超化寺建于东汉，兴于北魏，盛于唐。唐开元年间西迎释迦牟尼佛真身舍利，分19座寺院修塔藏之，超化寺是其中之一，列为"名刹拾伍"。超化吹歌作为地域音乐形式，就是随着寺院的建立和兴旺发达，先在北魏时期以宫廷鼓吹曲的形式走进寺院，成为佛教法乐；后在唐代借助以歌舞音乐为标志的音乐艺术的高峰式发展，经过充分的孕育，成为兼具宫廷格调和梵乐韵味的成熟音乐。

也许正是经历了这样的逶迤跌宕，超化吹歌才有了江河一样的隐忍与浩瀚。

## 流 布

汉时的鼓吹乃至后世的吹歌，一直被视作十分高贵的音乐，汉时万人将军方可备置，魏晋后衙门督将也可用之，但普通百姓无缘接触。

超化吹歌流布于民间的时间，一说始于明代。但推测起来，吹歌由宫廷到民间，应是经由寺庙，与前后几次的灭佛事件有关。北魏太武帝、北周武帝、唐武宗、后周世宗先后灭佛，每有大量的僧尼被赶回民间。北魏太武帝下诏，50岁以下的沙门一律还俗服役；北周武帝废止佛教，迫使三百多万僧尼全部还俗，相当于当时人口总数的1/7；唐武宗灭佛，还俗僧尼近三十万人。

超化吹歌向民间的流布应该不是由于偶然事件，而是由这些还俗的僧尼逐渐带到民间。只是到了明代，由于资本经济因素的萌芽，市民阶层日益壮大，民间音乐组织不断繁荣，长期流散于民间的超化吹歌，才有了它的落脚点——"吹歌社"。此后，超化吹歌就凭借这种音乐组织和迎神祭祀活动，代代相传。

吹歌中那种隐隐约约的民俗气息，就是这样浸染而成的吧。令人吃惊的是，经过了漫长的岁月，民俗的浸染竟是如此微弱。也许，一种质地密实的东西，在与环境的相处中，更多的是向外辐射，而不是吸收；就像颜色里最强悍的黑，虽然也会不可避免地吸收临近环境中异质色素，但永远是它辐染环境，而不是被环境清洗。

## 传 承

吹歌的难于学习，一在于曲谱。吹歌一直沿袭古老的工尺谱。工尺谱的识谱，对于现在的人而言是一个不折不扣的难题。二是它要求经验式的技巧。吹歌的曲牌和乐段，一直是师徒口耳相传，没有文字记录；尤其是主乐器管子的吹奏，除手指的技巧外，要通过哨子含在口中的深浅、口形的变化、气息的大小，来控制发音的高低和音色。以管子难学，故有"年箫月笛当下笙，三年管子不中听"的说法。

超化吹歌的传承，有记录的可上溯到明末。从彼时吹歌传人宋大运起，至今已传至第十代。因为没有利益收获，愿意学习吹歌的人很少，所以，吹歌的传承在人才方面也就几乎没有什么选择余地。现在超化吹歌队的成员中，除上了年纪的，都只能把吹歌作为业余消遣或偶尔一乐的事情。加之乐器方面的原因，吹歌的演奏质量，也就大不如前了。

2008年2月，"超化吹歌"获得文化部"第二批国家级非物质文化遗产"命名。这是它焕发生机的机会吗？

（河南省新密市"超化吹歌"入选《第二批国家级非物质文化遗产名录》，编号Ⅱ—121）

---

【小贴士】

超化吹歌，国家级非物质文化遗产，源于四千多年前，兴于一千五百多年前的南北朝宫廷，工尺谱，以竹管为主要演奏乐器。千年来演奏者以口述传承。由于供奉着释迦牟尼真身舍利，河南新密超化寺名震一时，是明朝香火旺盛的大寺院。明朝景泰年间，一位祖籍密县的翰林告老还乡后，前往超化寺参拜，将吹歌传授给僧人。清朝初年又由超化寺的僧人传给当地百姓，从此流传民间。

经典曲目：超化吹歌曲牌目前有三十多首，分为古曲（宫廷音乐）、民歌（民间小调）、寺庙音乐（庄重曲）三种类型。传统曲目有《清河令》《传令》《神童子》《千年华韵》等。

传承艺人：宋大运、钱林申、麻长柱、王国卿、宋俊忠等。

民——间——音——乐 · 民——间——舞——蹈

# 开封梵乐：
## 僧俗共赏一世界

王永记 | 文

"白马西来，旷世因缘，从兹震旦，佛日中天；菩提树下参悟、传经，令人心如止水……"当这些旋律柔美的梵乐再次被奏响，似乎带人进入"一日一月一世界，一花一声一如来"的佛家境界。

汉代之后，中国的统治者大都重视佛教。作为礼事活动的组成部分，礼事乐曲应是由皇家音乐派生而来的，但遗憾的是，作为中国非物质文化遗产的河南开封大相国寺的梵乐，却是舶来品。

作为中国唯一的皇家寺院，大相国寺有着辉煌的历史，梵乐也曾名噪一时。但在20世纪30年代后期，佛乐经历了一次浩劫，曾辉煌千年的大相国寺也未逃过这一劫，几乎是佛毁僧散，梵乐也随之流落民间，几近失传。七十多年后，大相国寺梵乐重见天日。经发掘、整理、诠释的一百多首梵乐，是西方梵乐与东方民乐、宫廷音乐的完美结合，时而气势磅礴，时而清新优雅，对聆听者来说，是听音乐，也是在礼佛。

### 千年梵呗　以歌咏法

河南开封大相国寺的梵乐并非中国土生土长的音乐，与中国的佛教一样，是舶来品，在其一千多年的传播过程中，既有佛家音乐最原汁原味的内容，也吸纳了中国传统音乐的元素。

大相国寺负责梵乐的宏观法师说，佛乐又称"梵乐"或"梵呗"，是佛教弘扬教法、赞颂佛菩萨等美好事物的一种宗教声乐，广泛地存在和运用于佛教仪规之中。

梁代慧皎法师所编撰的《梁高僧传》曾这样论述佛乐："天竺国俗，甚重文制，其宫商体韵，以入弦为善。见佛之仪，以歌赞为贵。"

【作者简介】
王永记，河南洛阳人。现供职于中国新闻社河南分社。先后在《人民日报》《光明日报》及《侨报》《大公报》《明报》《澳洲新报》等国内外媒体发表作品百余万字。

佛经的赞和偈均通过唱、诵、念才能表达出来，而歌咏佛经伴以管弦之声，引赞入乐，达至中和、清净，也是"梵呗"的本意。佛缘不但起于佛教，且为佛教的弘扬和传播带来了深远的祝福和激励。此外，佛教还用音乐来"宣唱法理"。由此可见，音乐与佛教是相生相伴的。

佛乐和佛教应是同时传入中国的。如今，佛家传经的典故与佛乐中都有"白马驮经"的传说，这便是例证。宏观法师说，早期的中国佛教活动完全承袭梵呗形制，即佛教史上称作"西域化"讲经的吟唱方式。

天竺国竺法兰大师及康居国康僧会大师，对佛乐在华夏的传播做出了积极的贡献。北宋大相国寺方丈赞宁在其所编撰的《宋高僧传》中，曾高度称赞他们，并称他们分别为中国南北两地佛乐的领袖，同时介绍了中国梵呗之南北差异的特点：北以"雄直宣剖"而长，南以"哀婉扬曲"取胜。

东汉之后，箜篌、琵琶、筚篥、都昙鼓、鸡娄鼓、铜钹等乐器，及《摩诃兜勒》等名曲的传入，对中国音乐及音乐理论的发展起到了重大的推进作用。公元802年，古印度骠国王太子舒难陀，亲率乐队32人及舞蹈团赴唐访问，并赠送乐器十种。

宏观法师说："佛教传入中国，融会中国儒学和玄学，至唐朝最终完成佛教的中国化。"

"汉语发音的口型、音乐的长短、音韵的高低以及文化素养、审美观点，与梵语有很大差别，要适应中国的语言习惯，其旋律必须随之改变。这一改变过程，在梁代慧皎所编撰的《梁高僧传》中有清晰的记载。"宏观法师说，在当时，这种改变是适应弘法需要的。

相传曹魏时，曹植赏游鱼山，忽闻空中梵天之响，清雅哀婉，深动其心，体会良久，因仰慕其音节，便结合中国传统音乐典籍，创作梵曲三千，流传天下，后世因此尊曹植为中国梵呗的始创者。

曹植创作三千梵曲后，东晋高僧慧远又以"以歌咏法，广明教义"为旨，提倡以俗讲方式宣讲佛教经义。他吸收了大量传统音乐素材编制佛曲，用以俗讲经义，是佛乐民间化的良好开端。接踵慧远的大力倡导进一步发展而来的讲经形式，是"变文"。以唱白为主要表现形式的"变文"采用民众喜闻乐见的民间曲调，大大推动了梵乐的发展。唐代之后，佛乐吟唱普遍用于佛事活动。

唐代宫廷音乐，对梵乐也有着深远的影响。一方面，在唐时，佛曲几乎成为唐代的主要音乐体裁；另一方面，佛教活动愈是大众化、地方化，佛乐也就愈来愈要求民间化，用民间曲调和汉语声韵来取代旧的"梵"声，已成为必然趋势。

及宋时，佛乐已经完全采用民间曲调。至此，中国佛乐最基本的音韵调律已经形成，并一直传诵至今天，大相国寺梵乐便是代表。

## 借乐报恩　因寺沉浮

今天的大相国寺梵乐，与大相国寺息息相关。它以宋代佛乐为蓝本，广泛吸纳宫廷乐与民乐，其珍藏的一百多首梵乐已成为了中原传统音乐的典型代表。

大相国寺始创于北齐天保六年（公元555年），初名"建国寺"，后毁于战火。唐时，高僧慧云云游至开封，开始督造弥勒佛像。佛像塑成后大放金光，照彻天地，撼动人心。唐睿宗梦到了这尊佛像，便御笔亲赐寺名"大相国寺"。后唐肃宗御笔亲批，将河南道统僧录司设在大相国寺内，大相国寺皇家寺院的政治地位由此确立。

大相国寺自创建之初便有乐僧越仁大

师、虚真大师在寺院演奏佛乐。唐天宝年间，大相国寺已有完整的乐队，并在高僧开讲《法华经》之前敬献佛乐，以报谢佛恩，以达到吸引听众的目的。唐大历年间，寺院将向佛献乐定为制度，开坛讲经必由乐队献乐，以表庄严和虔诚。

唐代是大相国寺梵乐发展的黄金时代，其最为显著的特征是唐代宫廷音乐从七部乐发展到十部乐，来自佛教国家或以佛乐模式建立起来的乐队多达六七个。

在大相国寺的诸多梵乐中，有一部被誉为"华夏正音"的大相国寺大型佛乐变奏曲——《驻云飞》，这是一部完整的古代梵乐作品，已成为唐代大相国寺梵乐的一个代表。全曲共有619个小节，包括九个乐段，另有引子和尾声的散板。尤值一提的是，该曲采用许多不同的佛教素材和变奏手法，并以统一的佛乐风格贯穿其中，使其如佛日中天、普临天下，气势博大恢宏。

北宋时，大相国寺作为汴京最大佛刹，受命于朝廷，且秉承"为国开堂"的使命，每届住持均由朝廷任命。因参与朝廷在寺院举行的各种礼仪活动，方丈大多精通乐律，每任方丈到任后，都会对全部音乐资料做一次梳理，使其更加翔实完善，并记录存档。因此，大相国寺寺史上不仅涌现了大批造诣很高的专业乐僧，且千百年来，佛乐资料也得以代代相传。

金兵南下攻陷东京后，宋室南迁。大相国寺乐队由鼎盛时期的四百余人缩减至元初的不足七十人，但梵乐主体仍在延续，每遇寺院有重要的佛事活动，城内其他寺院及城外子孙小庙的乐僧，均会云集大相国寺，与大相国寺乐队一道奏乐唱赞。元代诗人陈孚在诗中为此感叹："三千歌吹灯火上，五百缨缦烟云中。"

明时，周王朱有燉酷爱戏曲，因崇慕大相国寺的佛乐盛名，与大相国寺有着很深的交情。他曾组织联合寺院乐僧，收录当时流行于世的杂剧31种，并指示寺院安住梨园班子，在大相国寺内设置舞台，使四方艺人云集寺内，每日清唱不断，佛乐绕梁的大相国寺由此也成为音乐杂剧的故乡。

明崇祯十五年（公元1642年），李自成义军与明守城官兵互决黄河，使开封遭灭顶之灾，大相国寺也遭毁灭性破坏，寺僧四处逃亡，奔走他乡，乐曲大多失传，大相国寺佛乐由此一蹶不振。

清初，顺治皇帝诏命重修大相国寺后，虽有乐僧零星回寺，却再无力组建有规模的乐队了，只为应付佛事而做些有偿演奏和向佛献乐的活动。

冯玉祥主政河南时，动用军警，驱僧灭佛，没收寺产以充军饷，改寺院为市场，使大相国寺的佛乐与佛教一样遭到毁灭性打击。尽管在1938年，寺院的佛事活动重新恢复，也成立了佛乐演奏机构，并设置专职乐僧十余人，每逢佛、菩萨纪念日还邀请外地乐僧到寺献乐，但终究难复往日风光。

20世纪50年代以后，由于历史原因，大相国寺僧人再度离寺，寺内保留的乐器和乐谱，要么被毁，要么散落民间，大相国寺佛乐活动完全终止。

## 梵音悠扬　修身养性

1992年，大相国寺重新作为佛教活动场所开放，丁年古刹，迎来中兴。数年后，大相国寺焕然一新，开始着手恢复梵乐。在历经十年的努力后，到2002年底，寺内已培养专职乐僧二十余人，寺院佛乐文献的整理也取得不少成就，基本能适应各种场合、各种规模的演奏。

2003年，大相国寺梵乐开始走出寺院，参加海内外各种重大佛事活动以及社会慈善活动的演出。

大相国寺梵乐能够得以恢复，除了寺院自身的努力外，与"中华鼓王"刘震亦有着莫大的关联。在大相国寺着手恢复梵乐之前，刘震就已经开始在各地寻找散失的乐谱、寻访还俗的乐僧了。

见到刘震时，他正忙于9月初要在香港的演出。作为对外演出的主要负责人，刘震对大相国寺梵乐有着很深的感情。尽管他已年过六旬，但只要提到演出，提起"弘扬佛法"，他仍旧激情不减。

刘震出生在三代都从事音乐研究的音乐世家，但他接触梵乐并非个人本意。"1984年，河南搞第五届民间音乐舞蹈调研，其中一项任务就是寻找散失的大相国寺梵乐，我就是负责人。那一年，我们找到了六名还俗的老乐僧，把他们召集到一起，能演奏的演奏，有保存的乐谱就都拿出来。事后请老人吃饭，他们接过酒杯的手都在颤抖，有人抑制不住地不断抹泪。"提起当年收集这些乐谱时的情景，刘震至今仍记忆犹新，"他们以为，这些被认为是迷信的东西，要永远消失了，没想到我们还在四处征集。"

《东京梦华录》曾清晰地记载过大相国寺乐棚内的演出盛况，三四百名乐僧，强大的演奏阵容，足见宋时大相国寺梵乐的规模之大。"要完全恢复过去那是不可能的，国家交响乐团双管编制现在也就七十余人，要大相国寺梵乐队像宋时那样有三四百名乐僧那么庞大的演出阵容，实在是有些不大可能了。"刘震说。

刘震说，可以将大相国寺珍藏的6册手抄密谱、167首曲子的宋俗字谱和工尺谱翻译成简谱，但过去那种静谧的大社会环境却是今天无法复制的。以《相国霜钟》为例，下霜的时候，天气干冷，钟声敲响，开封全城都能够听到。那时一口钟的声音能传遍全城，这种在特定环境下达到的效果在目前浮躁的社会里最终难以再现。

此外，乐器也是一大障碍。"今天的大相国寺梵乐队基本上是仿唐、宋古制而建立起来的，乐器也应采用唐、宋宫廷音乐和古代音乐中的乐器，但这些乐器已失传或近于失传，现代弓弦乐器多数无法达到梵乐应有的效果。"刘震说。

今天，大相国寺的声乐包括梵呗和劝世曲两种。梵呗是指修心颂佛，安然清唱佛经，赞颂佛之功德；劝世曲多为高僧和文人所作，内容涉及民族英雄、历史名人、历史事件、民间故事以及二十四孝、三纲五常等传统道德范畴，主要用于僧人做法会时，宣传佛教，教诲世人扬善止恶。

不管是起源还是历史变迁，大相国寺梵乐千百年来都在秉承佛陀的意旨，弘扬佛法，引人向善，因此也有人称，大相国寺梵乐也可教化民众、普度众生。

（河南省开封市"大相国寺梵乐"入选《第二批国家级非物质文化遗产名录》，编号Ⅱ—13）

---

【小贴士】

梵乐又称"佛乐"或"梵呗"，是佛教弘扬教法和赞颂佛菩萨等美好事物的一种独具宗教特色的汉族声乐。大相国寺梵乐包括梵呗和劝世曲两种，演奏乐器包括法器和乐器，法器如振金铎、木鱼、钟鼓等；用于单独演奏，也可诵经时伴奏的为乐器。

传统曲目：《白马驮经》《相国霜钟》《驻云飞》《锁南枝》《菩提树》《小八板》《感佛恩》等。

传承人：释隆江（国家级非物质文化遗产传承人）。2002年恢复成立的大相国寺梵乐团现已培养专职乐僧二十余人。

民—间—音—乐 · 民—间—舞—蹈

# 遂平大铜器

佚 名｜文

新春时节，在嵖岈山脚下的集会上，人山人海般的人群正围着看一场精彩的表演。

场地内，24名精壮汉子，或持锣，或持镲，或持钹，在四面黄色龙纹三角牙旗的引导下，闪转腾挪，跳跃出各样优美的舞姿。场地正中，又有12名身着彩衣的壮年汉子，手持直径近一米的大铙，随着一面直径超过一米的大鼓敲出的节奏，一边跳着各样优美的舞姿，一边做着各种击打动作。正击、闷击，似虎啸狮吼；闪击、旋击，如凤鸣龙吟。耳听得一阵阵锣鼓喧天，气壮山河；眼见得一个个神采飞扬，异彩纷呈。几十件大小锣、鼓、铙、镲相互配合，敲打起舞，场面壮观，情绪热烈，气势恢宏。忽然，随着一阵鼓声，但见12名持铙者一齐将手中的24面大铙抛向高空，又同时接住再打，那惊天动地的乐声响彻山乡，谷鸣峰应，如同炸雷一般，引来周围观众一片叫好声。

这就是被称为"豫南一绝"的遂平大铜器表演，2006年，它已被列入《河南省第一批非物质文化遗产名录》。

据考证，大铜器是中华民族古乐打击器的一个分支，其起源可追溯至三千多年前的殷商时期。在遂平当地广为流传的一个说法是：古人打仗时，一手持矛，一手拿盾，取胜的一方将士，有以矛敲盾的，有以盾相击的，有以盾击地的，以此表达胜利的心情。由此，后来的能工巧匠做成了铙、镲、鼓等，敲击为乐。流传至今，就形成了大铜器表演。

遂平大铜器属闹年锣鼓，流行于遂平西部及周边的西平、舞阳等地，这里80%的自然村都曾有其表演队伍，稍大的村庄还不止一班两班。在20世纪30年代，仅分别相距五十里上下的玉山、槐树等三大活动

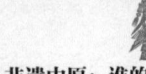

中心，灯节时每晚就分别有一百多班大铜器表演队在活动。

大铜器演出人数不限，少则一二十，多则几十上百，其规模以铙数量多少而论，传统以四至八大扇（铙）的铜器队较普遍，新中国成立后逐渐发展至十六大扇、二十四大扇、三十二大扇等。1992年，槐树乡杨楼大铜器表演队集中一百多人，以八十大扇、四十对大镲、三面大擂子（鼓的俗称）的空前规模，由本村村民杨成任编导兼指挥，别开生面地改边鼓指挥为小旗指挥，恰当运用现代舞蹈动作，大小方阵有分有合，旋转流动，气势恢宏，撼天动地，带给观众空前强烈的听觉和视觉震撼。

大铜器表演前，队前设各色绸制三角牙旗二十面，旗杆丈许，旗面五尺，排列左右。起舞时，火铳轰鸣，鞭炮不断，表演者手中，鼓、锣、铙、钹、镲各持一色，随着锣鼓节奏的疏密、力度强弱，迈出不同舞步，变换出各种画面，高潮时抛槌、举锣、飞镲、扬钹。其舞姿古朴典雅、粗犷奔放，其音色洪亮震天、气势磅礴。

大铜器表演以大鼓、大铙、大镲为主要乐器，并配有大喇叭、大笛等乐器。

大铜器表演中，鼓是精神的象征，舞是力量的表现，鼓舞结合开舞蹈文化之先河。据古文献记载，最早的鼓，是进入陶器时代用陶土烧制的"土鼓"，土鼓标志着农耕文化型舞蹈之开端。从《周易》中"鼓之舞之以尽神"的记述可知，早在商周时代不仅出现了原始的鼓舞形式，而且鼓与舞相结合的乐舞形式，已成为鼓舞、激励人们团结奋进的精神力量。

大铜器表演以鼓为魂，乐队所有活动都要随着大擂子的节奏而动；乐队的舞蹈动作，则全靠二鼓指挥。一般一个演出队伍，设大鼓一面，径长100厘米，高55厘米，重30公斤；设二鼓（俗称"边鼓"）一面，径长60厘米，高30厘米，重15公斤。大鼓、二鼓与大锣、二锣、小镲合称"小五件"。

铙是大铜器表演的主体乐器。铙为一钵形金属体，铜质，中间隆起部分似帽，帽根向内凹进，铙面较薄并呈弧形，边部翘起。帽是铙的固定点，帽顶中心钻孔系以绸布，以便用手持握，两面为一副，相击而发音。铙与钹近似，但铙面薄而翘，帽小而顶平，帽径为全径的1/5～1/4；钹面厚而平，碗大而顶圆，碗径约为全径的一半。故民间将碗大的称"钹"，帽小的称"铙"，大小相同的铙与钹，铙音低于钹而余音较长。铙有大铙和中铙之分，规格较多，各地大小不一。大铜器演出所用的铙径长一般为五六十厘米，重有五六公斤。

演奏时，表演者将帽顶所系绸布缠于手指或用手指捏住帽根，两手各持一面互击发音。铙属于无固定音高乐器，中铙发音高，大铙发音低。演奏技巧有平击、闷击、磨击、边击、交击和捶击等。互击的轻重、接触的部位和角度的不同，音响效果也迥然各异。传统技法有撂铙镲、传铙镲、翻铙镲等。此外，还常伴有扬臂、抛铙、胯下拍击、翻手腕、立转铙面等各种表演动作。

大铜器属曲牌体音乐，其音乐形象鲜明。据初步调查统计，不同名称的大铜器传统曲牌（曲谱，俗称"点子"）有149支，常用的约四十支，对民族优秀文化传承，中外文化交流，音乐史、民族迁徙史研究等有"活化石"功能。其音乐情绪上可分为三种类型：热烈型，如《六十铙》由缓变快，奔放豪迈，振奋人心；轻快型，如《花招》以女队员演奏为主，轻松愉快；诙谐型，如《老母猪吃蜀黍》《猪八戒背媳妇》等。乐器可兼作道具，运用打击技巧，让人听觉、视觉都能得到愉悦。

民间音乐·民间舞蹈

　　大铜器独特的艺术品格，在传承过程中，既坚持了传统，又在重塑中锦上添花。诸如，在曲牌结构基本不变的情况下，把"小五件"揉入其中而增色；在传统的蹲裆步、弓箭步、十字步、跃步、跺脚基础上，增加了跑跑步、跨步和当代舞步；在传统打法的正闷、旋、闪、挪的基础上，加进了传、撂、劈等。其中坚持以器乐打击为主，摆为次的原则；以击铙者为轴而少舞、以击镲者为辐而多舞的原则，避免了因舞和撂、传而影响打击，或拖沓音乐节奏。演奏起来时，铿锵激越，气势磅礴，响彻云霄，深受广大群众喜爱。每逢"双节"期间，遂平西部乡村是村村铜器响，处处闻歌声，各铜器队走村串户，欢庆丰收的喜悦，祈盼来年风调雨顺、五谷丰登、人财两旺。

　　新中国成立后，遂平大铜器得到快速发展，在省内外多次重大活动上，都有遂平大铜器队的身影，并为越来越多的外地人所认可和喜爱。1955年，遂平玉山铜器队参加信阳地区民间音乐调演，获一等奖；1982年，玉山大铜器参加河南省民间音乐调演，荣获一等奖；1990年，槐树乡大铜器队参加河南省第二届艺术节，获特别表演奖；1991年，在焦作锣鼓大赛中获一等奖；2002年，槐树乡大铜器队受邀参加河南省举办的北方十省旅游展览会，受到省长的亲切接见和赞扬。

　　（河南省遂平县"大铜器"入选《第四批国家级非物质文化遗产名录》，编号Ⅱ—123）

【小贴士】
　　大铜器是我国北方地区汉族传统打击乐种的典型代表，是世界上最响亮的打击乐器和乐器最多的打击乐种。主要分布在河南省西平县，辐射到遂平县、襄城县、禹州市、宝丰县、汝州市等周边县市。河南省先后有西平、郏县和遂平的大铜器表演被列入《国家级非物质文化遗产名录》。
　　传统曲牌：149个，目前民间常用的有四十多个。曲目有《猪八戒背媳妇》《七仙女》《哪吒闹海》等。
　　传承人：刘青云、杨天成、邱宝军、薛宗峰等。

107

# 黄河号子：
# 咆哮大河的民间配乐

王永记 | 文

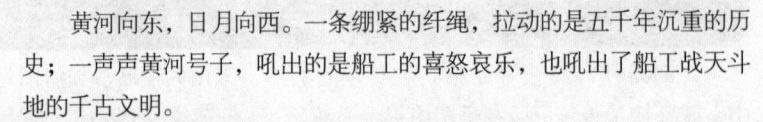

黄河向东，日月向西。一条绷紧的纤绳，拉动的是五千年沉重的历史；一声声黄河号子，吼出的是船工的喜怒哀乐，也吼出了船工战天斗地的千古文明。

作为大运河的通道，黄河从开封向西，自古难行，江南一船一船货多靠纤夫一点一点地向前拉动；南北的大小船只，也多仰仗船工渡河。在过去的两千多年间，黄河上靠拉纤、打桩、拉捆枕绳为生者不在少数，然而历史对他们几乎没有只言片语，也只有在现在，号子才被作为非物质文化遗产保护了起来。

自古黄河不行"哑船"，湍急的河水、混浊的巨浪，是船工声嘶力竭的呐喊，船工号子是对黄河咆哮的蔑视。如今，它与秦腔、京戏一样，被视作是中国音乐史上的一朵奇葩。

## 行船规则是对大自然的敬畏

"黄河从来不行哑巴船"，在黄河岸边走访，不管是濮阳、郑州，还是洛阳、三门峡，老船工嘴里的这句话出奇的一致。

从船下水到船上岸，每一个过程都伴有不同的号子。船下水时是"威标号"，起锚时是"起锚号"，搭篷时是"搭篷号"，扬帆时是"扬蛮号"，掉头时是"带冲号"，撑船时是"跌脚号"，快到码头时是"大跺脚号"，在两船之间穿行时是"车挡号"，拉纤时是"喂喂号"……

令人不解的是，本应在扬帆时的"扬帆号"，无论在濮阳、郑州，还是在洛阳、三门峡，皆被船工称为"扬蛮号"。

【作者简介】

王永记，河南洛阳人。现供职于中国新闻社河南分社。先后在《人民日报》《光明日报》及《侨报》《大公报》《明报》《澳洲新报》等国内外媒体发表作品百余万字。

年近七旬的李富中出自治河世家，在他的记忆中，祖父的祖父就是船工。虽说与黄河打了一辈子交道，并成了黄河号子的非遗传人，但他早已不是传统意义上的"船帮"成员了。他解释说，这关系到旧时行船的一条规矩，是为了避讳。因为"帆"与"翻"是同音，为避讳计，"扬帆"被说成了"扬蛮"。

在黄河上行船，同样的忌讳有很多，无论是行者还是渡者，上船之后，言谈中不能有"扳"，不能有"散"，不能有"搁到那儿"。对于渡者来说，不能"提拉腿"，即不能坐在船帮上，两脚悬空乱踢。

可笑也好，愚昧也罢，但在老船工的心里，这些规矩是神圣的，是必须要不折不扣地执行的，这是他们对大自然的敬畏，是与自然相抗相争的一种妥协，也是他们内心的一种安慰。就是这种安慰，却在行船中有着神奇的力量，能起到不可估量的作用。

## 号子字字如金石、声声冲云霄

船工号子的内容和节奏，随着河道的变化而不同，随着行船时劳动强度和劳动节奏的变化而变化。谷深峡险，水流湍急，需逆流而上、步步艰难之地，号子则短促有力，几乎没有歌词，只有一个"嗨"字，字字如金石，声声冲云霄，让人血脉偾张，任水多急，浪有多大，也要一冲而过。而在平缓之处，则增添了许多诙谐幽默的内容，既有历史故事、神话传说，也有生活场景、顺口溜，甚至还有荤段子。

船工号子的呼喊方式主要是"领和"，有人领、有人和，一呼一应，铿锵有力。领者，句子较长，有实际内容；和者，虽有长句，但大为衬词，无实际意义。

李富中说，据老辈船工讲，旧时黄河每一个船上都有一个"号头"，就是领唱。这个"号头"不是谁都能当的，须是聪明伶俐、思维敏捷之辈，能触景生情，情生歌起，因为黄河号子的许多内容不是现成的，都是现编的，一草一木、一人一山、一水一浪都在编料之中。编好了的号子，"号头"唱，众人和，一唱一和中，万千韵味随之产生，船工的诸多心情都飘扬在浩荡的黄河上空。

如果两艘或多艘船同行，船工们有时还会"赛号子"。号子此起彼伏，浑厚有力，声声震天。

## 不同地段，号子腔调也不一样

在三门峡，张均厚是最后一代老船工的代表，他年近八旬，声音虽然沙哑，但却低沉、洪亮："哎嗨，脚蹬地呀；哎嗨，手扒沙呀；哎嗨，挣俩钱呀；哎嗨，养活家呀；哎嗨……"瑟瑟寒风中，老人兼了"号头"与和者，一边唱一边比画，尽管激情昂扬，却令人心酸。

没有现场的气氛烘托，加上老人年事已高，他有模有样的哼唱，显得单薄、无力，但从留下的录音来听，黄河号子是那样气势恢宏、荡气回肠。黄河号子响起，似惊涛骇浪劈空而来，号声骤然响起，声裂云天。

黄河号子在不同的地段，内容不同，腔调也不一样。三门峡号子是黄河中上游的代表，使用最多的是"拉纤喂喂号"。张均厚说："同样是拉纤号，又有清早拉纤号和晚上拉纤号之分，曲调虽同，但歌词内容是不一样的。"

"船行三门峡，如过鬼门关。"三门峡是黄河最险恶的地段之一，明礁暗石，水势凶猛，曾有不少船只在这里葬身河底。所以，船工们在这些河段里行船，须有同舟共济之心、力挽狂澜之胆。这时，船工号子几乎不用歌词，全用"嗨、嗨"的衬词组成，紧张的气氛几乎让空气凝结，似乎少一声呐喊，船就有沉没的危险。向东进入华北平原后，黄河没了奔腾无羁的气势，船工们的号子也多缓慢悠扬，颇具情趣。

## 老船工最后的"遗产"

如今，曾拉过纤、喊着号子渡河的船工虽有不少，但大多年事已高。新船工不用拉纤便能让船轻松前行，他们再也不用靠号子助威壮胆。不同地域黄河大桥的修建，让民众不用乘船便可渡河，黄河号子便成了老船工最后的"遗产"。

无需拉纤的时代，号子注定要失传；不需要用船渡河的今天，老船工注定要退出历史舞台。当得知要把吼声录制下来且成为非物质文化遗产传承下去时，他们不顾年老体迈，个个精神抖擞，似乎又回到战天斗地的年代。

黝黑的脸庞，粗糙的手指，一看就像是整日扑腾在治黄一线的河工。二十多年前，李富中的祖父李建荣手把手地传授他抢险技术，从此，他在黄河上一干就是几十年。每每提起黄河，他都会有一种难以按捺的激动。

李建荣是黄河上有名的老河工，独创了"风搅雪""埽工堵口"等多种黄河抢险技术。为了将黄河号子传承下去，2002年，已经九十多岁高龄的李建荣召集老河工董全修、胡太法等人，亲自到拍摄现场指导喊号。

"祖父把黄河号子教给我后，说我喊号合格了，但他会的黄河号子并不全，黄河号子都是口口相传，还有很多号子需要去搜集整理，确定号种和号词。"李富中说。

自1993年起，李富中骑着自行车，在业余时间里东奔西跑，文化馆、图书馆、戏校都成了他经常光顾的地方，字典、词典成了随身携带的必需品。"跑了快一年，终于把号词问题解决了，一些弄不清楚的问题也通过走访老河工一点点弄明白了。"

"当时非常担心啊，一些老河工年纪上都70岁了，有的都八九十岁了，当时天气炎热，万一有个闪失，那就麻烦大了。"提起当年的拍摄，李富中至今仍心有余悸。

在河南，从濮阳到郑州，从洛阳到三门峡，各地都在精心寻找老船工，想最大限度地将号子保留下来。老船工最后的"遗产"内容是丰富的，有历史故事、神话传说，也有民风民俗、生活细节，当然，不乏生活最底层的民众的"荤号"。

走访中，洛阳92岁的程大欣经不起"软磨"，吼了起来："山东好来济宁州，济宁州里出丫头，大丫头二丫头三丫头，姊妹三人卖风流。大丫头梳的是盘龙戏，二丫头梳的是盖苏州，剩下老三没啥梳，梳个泰山压顶五棚楼。"这类号子，没了条条框框，没了功利欲望，鲜活、生动，至今仍能闻到新鲜的青草气息、泥土气息、河水气息。

### 音乐奇葩将成"绝唱"

黄河奔腾了五千年，船工的号子响彻了五千年。五千年的爱恨，洒满了滔滔的黄河水；五千年的悲喜，融入一声声的黄河号子里。黄河号子是黄河的另一种咆哮声，是中国音乐史上的一朵奇葩。

与其他音乐形式不同的是，黄河号子不拘于任何题材、任何格式，是一种"土得掉渣儿"的艺术。

黄河船工祖祖辈辈生活在黄河上，漂泊的木船、沉沉的纤绳，是他们赖以生存的基础；丰富多彩的号词、独具特色的号调，是他们复杂的感情结晶，喜、怒、哀、乐、忧、怨、悲、欢，皆在其中。

黄河号子从形式上可分为"骑马号"（快号）、"绵羊号"（慢号）、"小官号"（慢号头、快号）和"花号"四种，主要用于打桩、拉骑马、拉捆枕绳、推枕等。"骑马号"节奏明快，声调高亢激昂，催人奋进；"绵羊号"节奏缓慢，使船工的紧张情绪得以舒展，常在船工们疲倦困乏时使用；"小官号"节奏先慢后快，柔中有刚，融紧张气氛于娱乐之中；"花号"曲调优美，鼓舞斗志。

黄河上的船工号子内容有多少，没人能统计得清，各地的抢救虽能延缓它消失的脚步，但没了船，就没了号子生存的阵地，没了船工，就没了号子传承的载体。愿老船工的离世不至于让这朵音乐奇葩完全凋零，若干年后，当民众再次提起黄河号子时，不至于只有光盘和视频资料可翻阅，不至于成"千古绝唱"。

（黄河水利委员会河南黄河河务局"江河号子"入选《第二批国家级非物质文化遗产名录》，编号Ⅱ—98）

非遗中原：谁的记忆，绵长又轻轻

# 响器声声

晨之风 | 文

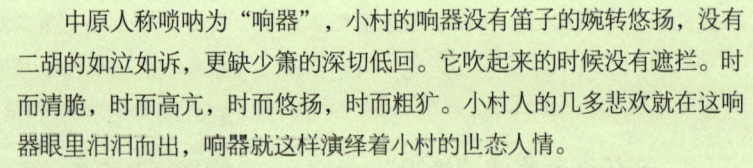

【作者简介】
晨之风，本名李涛，河南淮阳人。中学教师。河南省作协会员，淮阳县作协秘书长。出版有散文集《从小村上路》《情漫陈州》《我在旅途读风景》等。

　　中原人称唢呐为"响器"，小村的响器没有笛子的婉转悠扬，没有二胡的如泣如诉，更缺少箫的深切低回。它吹起来的时候没有遮拦。时而清脆，时而高亢，时而悠扬，时而粗犷。小村人的几多悲欢就在这响器眼里汩汩而出，响器就这样演绎着小村的世态人情。

　　小村人婚丧嫁娶离不开响器，日子再紧巴，也要请班响器。孩子落地儿要请班响器助兴，娶新嫁女绝对少不了响器，老人入土也要借助响器来送行。抑扬顿挫悲悲欢欢的响器经常在小村人心底回响，一声声百折悠长的响器伴着小村人走过春夏秋冬。

　　农事完了，小村人闲了，趁这段时间，不是张家嫁女，就是李家娶媳。小村人称娶媳妇为"红事"，在红事上小村人不喜欢播放响器磁带，因为听着不够劲儿，不够振奋人心。只有锣鼓真家伙儿敲起来，沸反盈天，那才像回事儿。

　　娶媳妇前主家要精心挑选最好的吹手，先交好定金，到了娶亲的头一天，新郎要亲自去请，并且对着吹手三鞠躬，以示吹手地位之高。主家把吹响器的人待若上宾，好烟好茶好酒好菜好生款待。主家往往爱在响器上摆阔，有钱又有势的，红事要请三四班子响器，以示排场。

　　红事的当儿，响器头天晚上就摆场，先是一阵紧锣密鼓，响器手正式亮相，接着不同的曲调轮番登场，单吹，对吹，混吹，合吹。现在富了，庄稼人心里高兴，响器手就吹《在希望的田野上》《春天的故事》《走进新时代》，很有陈州地方特色的《老包下陈州》，响器手们百吹

112

不厌，围观的村人更是百听不厌，不时传出一阵阵叫好声，有叫好声推波助澜，响器手显得更是激情昂扬。响器声震天响的同时，喝喜酒同步进行。有响器助兴，酒下得分外快。直吹得喝喜酒的一步三摇心满意足地归去，主家脸上才倍显光彩。

到新娘家迎亲更是响器手大显身手的时候，打扮一新的响器手响器上缠上了红绸，踌躇满志，走在迎亲的路上吹，路过村庄时吹得更是起劲儿，有故意炫耀的嫌疑，因为这会影响到日后响器手的生意，响器手是很注意社会效应的。同行是冤家，响器行当里也有这样的规矩。两班迎亲的队伍若是相逢在路上，那就意味着响器手双方免不了一场苦战，双方互不相让，充满杀机，犹如两军对垒，拉好阵势比赛吹响器，这也是小村人大开眼界、大饱耳福的时候，交战双方使尽浑身解数，围观的人会用掌声给双方打分。

新郎新娘拜天地时吹手的表现更是不俗，古为今用，《天仙配》名段《夫妻双双把家还》是不可少的，也有现代派的《纤夫的爱》《大花轿》《爱你一万年》《知心爱人》等，当然更少不了民歌里的情歌。充满着柔情蜜意的情歌都会被响器吹奏出来，亲朋们立定在周围，听得如痴如醉，不住鼓掌欢呼。碰上娶亲的主家相邻，那又是响器手对台较量的时候，响器手铆足了劲儿吹，听得人心里舒舒服服十二分的满意，可怜有时吹响器的师傅要付出嘴都肿起来的代价。

在小村，婚嫁和丧葬是人生中的大喜和大悲。婚嫁，有响器助兴，欢快的曲调会将人生大喜推向极致；丧葬，请响器致哀，呜呜咽咽如泣似诉的哀声会熨平人们心中痛苦的褶皱。

办白事时，响器手把前来悼念、送别的亲友吹得泪如雨下，不悲也悲，响器声、哭声混成一团，整个村落刹那间都笼罩在一片悲哀中。奠祭之后，管事儿先生读祭文。读罢祭文，管事儿先生大喊一声"哭"，于是响器一响，悲声大放，孝男孝女边转纸边哭得死去活来。那声声响器凄绝哀怨，遥远而又近在耳畔，似呜咽，似哭泣，像锯子在锯拉着人们的肝，像刀子在割扎着人们的肺，像爪子在揪挠着人们的心，把悲哀的氛围烘托到了极点。

旧社会的响器手属"下九流"，响器手行业里儿女成媒都很难，按祖上规矩，响器手成媒只能在"下九流"里找，似乎响器手永远被打上了"下九流"的烙印。响器手百年后不得入祖坟，以免祖先脸上无光。陈州地周家口一带有个叫"胡瞎子"，是有名的响器手，他代表了旧社会响器手的命运。听村里老一辈的人说，胡瞎子命运凄苦，3岁就成了孤儿，在缺吃少穿的年月里，村里最早的鳏夫猫瞎子主动收留了他，猫瞎子无儿无女，吹得一手好响器。于是，在生存困难的日子，老鳏夫就领着小孤儿四处流浪，靠为方圆几十里村子连连绵绵的婚丧事吹响器勉强度日，虽然没文化的他读不懂曲谱，识不得曲牌，但响器却吹得熟练自如。胡瞎子学会了吹响器，吹响器也因此成了他谋生的手段。解放后胡瞎子焕发了青春，成了陈州地一名吃商品粮的响器手，彻底告别了遭人歧视的日子。

如今响器手的地位已是今非昔比，吹响器成了受人尊重羡慕的行业，出门到哪里，不但有好酒好菜款待，走时还有不菲的辛苦费，不出门时还可以干农活，两不耽误。

和其他民间文艺一样，随着现代娱乐形式的兴起，吹响器这门古老的手艺显得有点力不从心，响器手也越来越少；但由黄土地哺育出的小村响器却是一笔民族的文化遗产，它会永远扎根在小村人的心底。

（河南省沁阳市"唢呐艺术"入选《第一批国家级非物质文化遗产名录》，编号Ⅱ—37）

【小贴士】

唢呐，俗称"喇叭"，是一种在我国各地广泛流传的民间乐器。沁阳唢呐属木制双簧管乐器，它的特点为音量大，音质明亮、粗犷，演奏方便，善于表现热烈奔放的场面及大喜大悲的情绪。近年来逐步增添了闷子、手搁（大咪）、卡腔（小咪）、管子、口哨等附属乐器。

依照地域和技艺风格，沁阳境内的唢呐整体上可分为四大家两大派。以沁河为界，分为沁北派和沁南派；沁北派以张家、贺家、马家为代表，沁南派以贾家为代表。在四大家的影响下，沁阳境内的唢呐班社和艺人队伍规模不断增大，数量十分可观。

沁阳唢呐分文吹和武吹，文吹是指在笙、笛、弦、梆的伴奏下平和细腻正规地吹奏，形式可分独奏、领奏。文吹中还有吹戏，即用不同的呐子吹戏。武吹也叫"花吹"，是指情绪热烈、带有一定魔术杂耍性质的吹奏。

民——间——音——乐·民——间——舞——蹈

# 深山窝里飞出的西坪民歌

李 晋|文

西峡县西坪镇地处豫西南边陲，西接秦壤，东连吴楚，历史文化悠久，境内山高林密，民风淳朴。自古以来为"通陕甘之孔道，扼秦楚之咽喉"，南来北往的旅人多会聚于此，秦风楚俗相交，南北语言混杂，各种文化杂交在一起。如此独特的地理、人文环境，也使得西坪民歌的历史悠久，地方特色浓郁。

据考证，汉时西坪地区民间已有歌谣传唱，到了唐代开始盛行。该处深山区从很早以前就有"唐将"班子在一起干活的习俗（就是换工班子）。传说李渊建唐后，怕有功的兵将居功自傲、造反，就把他们集体留在河南西部和陕西东部的深山里开荒种地。因生活单调枯燥，他们就在劳动时唱歌、打哑谜、喊劳动号子等，以消除疲劳，解除苦闷。到明末清初，皖西大旱造成当地人烟稀少，山西洪洞大槐树下先后六次移民，与安徽、湖北等江南地区的移民相汇于西坪。各种文化在西坪得以杂交、碰撞，背井离乡的人们通过民歌表达生活中的喜怒哀乐，更加促进了西坪民歌的大繁荣、大发展。于是民歌这种民间传统艺术就在西坪这块古老的土地上持续发展并流传了下来。

西坪人太爱唱民歌，太离不开民歌了。有歌道："山歌本是古人留，留在凡间解忧愁。三天不把山歌唱，七岁顽童白了头。"在西坪，人们不拘时间地点，深山打柴、田野放牧、田间劳动间隙，随时随地自由吟唱，庙会、春节时进行集中演唱。西坪民歌具有直率坦白、纯真质朴、不事雕琢、浑然天成的特点，以及长于"赋、比、兴"的表现手法，内容涉及生产、生活、爱情、物产、风景名胜、历史故事等，涵盖整个社会生活，传唱形式有独唱、对唱、合唱等。

【作者简介】
李晋，河南西峡人。现供职于西峡县县委宣传部。

西坪民歌的类型有山歌、劳动歌、爱情歌、生活歌、儿歌等，其中劳动歌、爱情歌、生活歌地方特色浓郁。

西坪民歌的劳动歌中有劳动号子、夯歌，具有协调动作、指挥劳动、鼓舞情绪的作用；有田歌、渔歌，描绘劳动情景，诉说劳动感受；有工匠歌、采茶歌，以反映社会生活、抒情见长。如《正月采茶正月嗦》：

> 正月采茶正月嗦，新来媳妇拜公婆；
> 红绸大袄绿绢袖，八幅罗裙顺地拖。
> 二月采茶二月嗦，二月小燕来得多；
> 燕子停在过梁上，今年做得来年窝。
> 三月采茶三月嗦，三月牡丹开得多；
> ..........

有的劳动歌形象表达了劳动的辛苦，还不乏幽默感，如《一天一挑柴》：

> 一天一挑柴，不黑不回来。
> 要得回来早，除非镰掉了。
> 回来打二更，吃饭要点灯。
> 出去尿泡尿，回来鸡子叫。
> 烧水洗洗脸，亮星还在闪。

西坪民歌里的情歌，表达方式朴素、生动、幽默、风趣，颇具画面感和形象感，无论是抒发爱情的炽热、相思的缠绵，还是别离的凄婉和对爱情的渴望，都表达直率，情真意切。另外西坪境内河流密布，淇河、峡河、黑漆河三条大的河流交汇，大姑娘小媳妇爱在河边洗头、洗衣，男青年在河边田里劳动，水边的情歌就诞生了，也许一首情歌就能牵出一段美好的姻缘。如：

> 黑漆河里流水欢，姑娘洗衣在河边。
> 东张西望干什么，一件小褂洗半天？
> 等俺情哥来相逢，这个地方最适应；
> 山高风大河水响，说句情话两人听。

西坪民歌的生活歌中，对歌形式较多。其中仅"对花"系列就有《大对花》《小对花》《对花》等，《小对花》经过整理，多次在省市民间文艺会演中获奖——

> （甲）我说那个一来哟，
> 谁么谁来给我对上一。
> 什么子花开在呀么在水里？
> （乙）你说那个一来哟，
> 我呀么我对上一。
> 莲花开花在水里。
> （合）说呀么说得好，对呀对得妙。
> 三枝莲花开，十枝莲花落，
> 咱二人对花好不热闹……

另外，西坪因境内地势险要，古来为中原西南之屏障、门户，战时为兵家必争之地，平时为屯兵之所。至今西峡境内许多地名与"关""营""寨"字相连，即与历朝历代屯兵营盘相关。这些来自四面八方的屯兵士卒相聚吟唱怀乡思亲之意，畅谈各自家乡的风土人情，也极大丰富了西坪民歌生活歌的内容。有一首《马夫受苦》歌，特别形象：

> 呀呀哟，柳叶青，驾走黄沙去发兵。
> 发兵不往旁处去，一道文书下西坪。
> 白日铡草喂牲口，黑了拌草定三更。
> 扑通坐下打个盹儿——
> 一梦爹娘，二梦兄长，
> 三梦嫂子抱儿童，四梦妻子泪盈盈。
> 想起吃粮无下场，受苦在外有谁疼。

在西坪镇，村村寨寨都有人会唱民歌。

在西坪民歌普查中，像袁香华、魏秀菊、包信刚、姚书成、李香兰等老歌手，每人都能演唱民歌几十首甚至上百首。特别是在农村每年正月十五灯会上，老歌手能根据情景，以物起兴，见什么唱什么，天文地理、历史故事、民间传说、周围景物等都在演唱范围之内，正如西坪民歌中所唱：

　　　改了调改了调，改了梆子唱二黄。
　　　从前唱的梆子戏，现在又唱花鼓腔。
　　　大戏唱的有朝代，唱这花鼓现编来。

但西坪民歌也不容易唱好，有歌为证：

　　　樱桃好吃树难栽，花鼓子好听口难开。
　　　要吃樱桃早栽树，要唱花鼓你下场来。

可是随着岁月的变迁、时代的进步，原有的农耕生产方式发生了改变，加上现代文化的冲击，以及民间老歌手的相继谢世，现在会唱西坪民歌的人很少了。

近年来，为让西坪民歌重放异彩，西峡县通过整理出书、录音、制光盘等手段，对它进行了抢救性的保护，并进行非物质文化遗产项目的申请。2007年2月，西坪民歌进入《首批河南省非物质文化遗产名录》；2008年6月，又进入《第二批国家级非物质文化遗产名录》。目前，西峡县设立了西坪民歌保护基金，对现存民间老歌手进行保护，组建西坪民歌演唱队，举办西坪民歌大赛、西坪民歌大家唱等活动，培养西坪民歌传唱队伍，组织人员在农村灯会、庙会上演唱西坪民歌，在中小学生中教唱西坪民歌，在全县各旅游景点演唱西坪民歌，让更多的人了解西坪民歌，演唱西坪民歌，使西坪民歌飞出深山，走向世界。

（河南省西峡县"西坪民歌"入选《第二批国家级非物质文化遗产名录》，编号Ⅱ—80）

非遗中原：谁的记忆，绵长又轻轻

# 走进商城民歌

乐祥涛 | 文

　　一朵鲜花开在那个女子的口中
　　引无数蜜蜂嗡嗡作声
　　如歌的季节
　　随八月如期而来
　　飘桂花的馨香
　　飘开花的声音……

　　这是一位诗人在了解商城民歌以后写下的诗篇，也就是这首诗作引我走进了让人如痴如醉的商城民歌。

　　记得那是20世纪80年代中期，河南电视台拟定拍摄音乐电视片《歌乡行》，摄制组到信阳主要是到商城拍摄了大量的素材，这个时候我才了解商城民歌。后来河南电视台、中央电视台分别播出了制作后的《歌乡行》电视片，结果有多首由商城人自己演唱的商城民歌被选用，从那时起我就开始关注起商城的民歌来。

　　后来一个偶然的机会我结识了商城的词作家叶照青和曲作家张德光，随后我就走进了商城民歌那浩瀚的海洋。

　　商城民歌是丰富的，是多彩的。她缘于风光旖旎的自然景观，她缘于朴实、勤劳的商城人民的劳动成果，她缘于商城人民那不屈不挠的斗争精神。她的歌词活泼、欢快，她的曲调优美、绵长。她受着楚文化和中原文化的双重熏陶，形成自己的地方特色，散发着江淮流域所拥有的泥土芳香，给人以享受、以启迪、以力量。

　　商城的民歌分为爱情歌、劳动歌、生活歌、时政歌、仪式歌等。无

【作者简介】

　　乐祥涛，河南商城人。河南省作协会员。出版有诗集《那人·那泉·那月》，散文集《走笔豫南》《打开心灵让风吹》《乘着蝉声的翅膀》等。

论你走到哪里，不论你在什么场合，一有闲段就会有民歌扑面而来。

一阵太阳一阵阴，一阵狂风进竹林。
俺把山歌当媒人，狂风吹断林中笋，
山歌唱动小妹心。

这是情歌中的山歌。当你走在山上，走在田间地头，走在街上，都会有浓浓的情歌包围着你。情歌中不仅有大胆的对白，还有相思，还有倾慕，也有对心中恋人的描述：

十八大姐站街头，扇子遮脸假怕羞。
虫吃栗子心里啃，风吹杨柳笑摆头，
哪个女孩不风流？

同时，也有撩人心弦的情妹回声：

油菜花开满田金，蜜蜂采蜜绕花心。
飞来飞去不下瓜，撩得情妹难安宁。

商城民歌的劳动歌又分田歌、牧歌、采莲歌、夯歌、号子等，是在劳动的过程中让人们身心获得愉悦的一种民歌：

你车水来我栽秧，人儿勤快地不荒。
今日车水俺帮你，明日栽秧帮俺忙，
白米干饭豆腐汤。

商城的生活民歌，主要反映生活当中的酸甜苦辣和生活哲理。例如：

一杯酒，说贤文，郎打戒指送情人。
郎的钱财如粪土，妹的人情值千金。

二杯酒，说贤文，粉壁墙上画麒麟。
画虎画皮难画骨，知人知面不知心。

三杯酒，说贤文，江边杨柳倒发根。
有意栽花花不发，无心插柳柳成荫。

这些民歌既有思想性又有艺术性，联想丰富，让人百听不厌。同时还有像《十月怀胎》《奴劝情哥莫赌博》《小白菜溜地黄》等民歌，都能揭示生活的艰辛和哲理。

要说商城民歌中最有影响、最具特色的就是时政歌了。为了庆祝商城起义的胜利，由吴焕先等人作词，商城民间艺人王霁初根据商城民歌《八段锦》改编作曲的《八月桂花遍地开》，不久就回荡在庆祝大会的上空，回荡在商城大地之上。这首民歌后来经红四方面军和红二十五军传唱到江西后，迅速传遍了全国，最终成为中国民歌经典，写入民歌史诗，至今还被人们广为传唱：

八月桂花遍地开，
鲜红的旗帜竖啊竖起来。
张灯又结彩，张灯又结彩，
光辉灿烂现出新世界。

这一时期还有许多让人难以忘怀的民歌，如《打商城》《送郎当红军》《豁出命来闹翻身》《刘邓大军真勇敢》《支援大军到江南》等。这些民歌都展现了商城人民的斗争精神和取得胜利后的喜悦心情。

全国解放以后，商城民歌也像商城的精神面貌一样有了崭新的发展。无论是在内容上，还是在形式上，都有很大程度的提高，一大批文艺人员开始收集整理商城民歌，使商城民歌整体水平得到了升华。这个时期的商城民歌在贴近生活的前提下，更注重曲的优美和词的凝练。同时还有很多的文学家、艺术家加入民歌的创作当中。他们一改过去有调无曲的局面，采取在继承的基础上创新

和发展商城民歌的曲调；在歌词方面也拓宽了民歌的内容，注入了时代特色，从而使商城民歌达到思想性和艺术性的完美统一。

"文革"期间，商城民歌一度萧条。直到十一届三中全会后，被压抑的商城民歌才犹如火山一样爆发出来。1977年、1978年河南省文化厅、河南电视台、河南广播电台到商城连续举办了两场河南省民歌工作现场会，省广播电台录制十余首民歌，连续播放了一个多月。1979年9月，全国举办了民族民间民歌独唱、二重唱会演，商城的老歌手石体洁、新歌手罗国柱入选河南省代表队参演，他们演唱的商城民歌《一朵茉莉花》《我对太阳唱山歌》《社员爱唱吆喝歌》等获得了专家和观众的一致好评。

随后，在信阳地区举办的音乐、舞蹈、戏曲会演及各类艺术节当中，商城歌舞一直占主导地位，还不时有精彩的节目亮相于省电视台和广播电台。

然而，随着时代发展和社会进步，人们对民歌的欣赏要求也在逐步改变。为了适应这一新形势下的需要，商城的词曲作家和歌手联手，共同打造商城民歌的精品。他们在不断创新和丰富着商城民歌的曲调和歌词的同时，还最大程度地给商城民歌赋予时代的气息，从而使商城民歌再次取得骄人的成绩。这当中最典型的就是《我随歌声画中游》了。

山歌一曲乐悠悠，曲曲伴着泉水流。
家乡春光唱不够，撒满田野丢满沟，
我随歌声画中游。

姑娘采茶云中走，翩跹起舞好风流。
巧手摘下五彩霞，化为花开满枝头，
引来百鸟放歌喉。

当你聆听这首民歌时，你的身心就会走进诗的意境、画的色彩和劳动的快乐中。这首民歌把商城民歌的特点和商城的山川景物表现得淋漓尽致，难怪中央电视台转播河南电视台拍摄的音乐电视片《情满大别山》中

民　间　音　乐 · 民　间　舞　蹈

的《我随歌声画中游》《要问阳雀为啥乐》《四季乐融融》三首商城民歌时，在导语中评价说："这里山美水美歌更美。"

这样的评价对商城歌手来讲，起到了振奋和鼓舞作用，接着，他们就昂首挺胸地走上了全省乃至全国的舞台。

1989年，商城歌手尹本禹的一曲商城民歌《祖国把粮库交给我》在全省粮食系统职工歌手大奖赛中获一等奖。

1990年，商城农民歌手金旭功带着《我随歌声画中游》参加中央电视台第四届全国青年歌手电视大奖赛，获"优秀歌手奖"。随后该歌又获得"河南省十佳歌曲金杯奖"，又与另一首商城民歌《春歌》一同录制，于1991年在中央电视台《百花园》栏目中播出。

2000年，在信阳市十佳民歌手比赛中，商城有金旭功、尹本禹等五位歌手荣获"信阳市民歌演唱家"称号，还有年轻一代的李扬、曹黎黎等四名商城歌手获得"信阳市优秀民歌手"称号。

2003年，商城歌手李扬参加了亚洲音乐节、第六届中国新人歌手声乐大赛，分别获得陕西赛区一等奖和全国总决赛金奖，并代表中国参加亚洲总决赛，最后获得"优秀新人歌手奖"。

2004年9月，中央电视台音乐频道推出了《民歌·中国》。在讲到信阳民歌时，共播放信阳民歌18首，其中商城民歌占9首。商城歌手金旭功、李扬等在节目中再一次放开他们的歌喉，那激情的演唱、那优美的旋律、那诗意的歌词，还有那美丽的山水画卷通过电视屏幕一起走进了千家万户，走进了亿万人的心中。你听，那支优美的歌再次响起：

　　小伙捕鱼浪里走，风催云帆荡轻舟。
　　长篙搅碎千顷浪，好似山河抖绿绸，
　　逗得鱼儿跃沙洲。

　　播种正当好时候，抓把细雨滴出油。
　　春从指缝往外飞，落入心田把芽抽，
　　春色永在心中留。

（河南省信阳市"信阳民歌"入选《第二批国家级非物质文化遗产名录》，编号Ⅱ—79）

非遗中原：谁的记忆，绵长又轻轻

# 开封盘鼓威名扬

清净心 | 文

我的家在开封市柳园口乡，这是个紧邻黄河的乡镇。从小喝着黄河水长大的父老乡亲，骨子里有着一股激荡澎湃的情，有着一种铮铮不屈的魂。

小时候生活在农村，由于20世纪80年代农村精神生活的单调，敲鼓成了大家所喜爱的一种娱乐方式。除了农忙季节，大伙便聚集在打麦场上，隆隆地敲起这盘鼓来。

谈到开封盘鼓，总要说起她的历史。孟元老的《东京梦华录》中便有关于盘鼓的文字记载，而著名画家李抱一的国画《旱天雷》则以另一种方式表现了盘鼓的粗犷豪放、激情四射的表演场景。这种流行于城乡的民间鼓乐舞蹈在开封老百姓心里留下了深深的印记。每个盘鼓队有旗手一名，镲手4至8名，鼓手10至16名，也可以更多。演奏时，将鼓带斜挎在左肩，鼓置于腰前，随着令旗的起落，鼓队时进时退，鼓声时大时小，鼓点的节奏不断在平衡与不平衡之间转换，使人百听不厌。

那时的我还是一个七八岁的孩子，和村里年龄相仿的孩子总是风一样地跑来跑去。可每到晚上听到盘鼓声，躁动的心便激荡起来，几个伙伴相约来到谷场，爬上麦秸垛看起盘鼓来。而柳园口乡最有名的盘鼓队还属离我们村约有两公里的王周庄盘鼓队。记得有次和大人一起到王周庄看盘鼓，那时的场景至今历历在目。

表演的场地位于临路的一片空地上，过往的行人远远地就能听见那喧天的锣鼓声。等走近了，再看那击之如雷、动之如涛，舞中有鼓、鼓中有舞的鼓队，更加具有感染力。如此震撼的场面，怎能不吸引路人驻足观看呢？

围观的人越来越多，里三层外三层，所幸的是当时路上汽车很少，不然放到现在肯定会引起交通堵塞。我和几个伙伴仗着个子低、身材瘦

【作者简介】

清净心，原名张文，河南开封人。中学教师。

小，便从大人们的腋下挤了过去，围坐在场地周围。

听！场地中间，随着令旗的挥舞，这群热腾腾的汉子们使劲地击打着牛皮鼓面，伴随着雄健的吼声，鼓声激昂、浑厚，似乎有种压不倒的英雄气概。令旗不断地变换着姿势，鼓声也变换着，时而像滚滚的黄河水从天而降，势不可当；时而像猛虎下山，狂热的声响聒噪着人的耳朵；时而又归于短暂的宁静，但顷刻间又响起来。

看！场地中间的队形也在不停地变换着。八卦阵、长蛇阵、天门阵随着令旗的指挥不断演变着，甚至凌空而起，将鼓槌高高地扬过头顶，随后又狠狠地落下，使劲地捶击着鼓面。这时，天与地似乎都被震得颤抖起来，人们的心也沸腾起来。场地中间擂鼓的汉子们，此时变成了龙，变成了虎，他们挟裹着旷古的阳刚之气，迎着浩荡的黄河之风，用鼓槌敲出了百姓欢乐的生活。

后来从大人的口中了解到，王周庄的盘鼓队会首叫李景洲，那是个了不起的人物。当时的李景洲四十多岁，从村里老一辈那里听到了一些鼓谱，便自己琢磨练习，逐渐掌握了鼓点套路和基本步法。接着，李景洲在村里组织起了盘鼓队，他希望村里的年轻人加入进来，便挨家挨户地做工作。功夫不负有心人，凭着他对盘鼓的热情和执着，不断地有小伙子加入到盘鼓队，盘鼓队初具规模。这群黄河边的汉子们，把开封盘鼓敲出了气势、敲出了名堂，不仅在开封具有较高的声誉，而且还应邀到省外参加比赛，获得了大奖。

盘鼓不仅仅是爷们儿的专利，很多妇女也加入了进来。记得有次春节过后，在一次庙会中看到了这样的景象。一群年轻姑娘身着火红的表演服，肩挎盘鼓，既潇洒又健美。她们步法灵活，跳跃多，速度快。聚拢时如花团锦簇，散开时如天女散花，配上葫芦炮、大得胜等欢快跳跃的鼓点，充分显示着开封姑娘们不让须眉的豪情。

世代居住在黄河故道边上的开封儿女，正在以其爽朗、刚烈、质朴的性格，舞动着手中的鼓槌，将雷霆万钧、气势磅礴的开封盘鼓变成响彻中原的"旱天雷"。

（河南省开封市"开封盘鼓"入选《第二批国家级非物质文化遗产名录》，编号Ⅱ—123）

非遗中原：谁的记忆，绵长又轻轻

# 狮舞九天

佚 名 | 文

"有狮则兴，有鼓则盛。"狮子，被中国百姓视为瑞兽，象征着吉祥如意，舞狮活动寄托着人们求吉纳福、消灾除害的美好意愿。

河南省巩义市鲁庄镇小相村的狮舞就是在百姓的各种美好意愿下茁壮成长起来的。

小相，春秋时称"胥靡邑"，后因西汉丞相萧何在此歇马得名"萧相庄"，再后来，更名为"小相"。

关于小相狮舞的起源，有这样一个传说。

传说玉皇大帝印玺上的小狮子修炼成仙后，下凡降落在嵩岳凤凰山脚下（现在的小相村）。狮仙在这一带除妖镇宅，造福百姓，颇受群众拥戴。玉皇大帝发现狮仙后，将其收回天宫，但狮皮却留在人间。后来，人们想念狮仙时就拿狮皮玩一玩，想不到能够辟邪造福，使人兴财旺，从此，狮舞渐渐盛行。

当然，这仅仅是个传说，我们查看历史可以发现，中国的狮舞活动历史悠久，可追溯到汉代百戏之一的"狮戏"。小相的狮舞活动兴起于何时，已经无人能说清楚。村中老人说，清初某年，村中霍乱流行，死人很多，村人在求医无门的情况下，自发组织起来，寻求自救。当时民间崇尚迷信，认为是有妖魔作祟，因为狮子被称为"天禄、避邪、神兽"的吉祥之物，于是大家就用舞狮来驱病、辟邪。

霍乱过后，狮舞活动就保留了下来，每逢庙会，小相人便会热热闹闹地组织一次声势浩大的狮舞。

据村中崔永仁老人讲，小相狮舞可能源自西域。小相狮舞需三人合作表演，两人穿上"狮衣"表演狮头和狮尾，另一人持彩球引逗。持彩球者称为"回回"，应是小相狮舞源自西域的明证。

124

中国狮舞按区域以长江为界分南狮和北狮。北狮舞法的基本动作有趴、爬、蹲、退、滚等，配合柔顺、活泼、灵巧、轻盈的步法，把狮子舞表演得惟妙惟肖。

通过武术家的改良，狮舞中的狮子已不是凶残的山野猛兽，而是一头亲切可爱、被驯服的家畜，它们有时表现得像一个深谙世故、沉着持重的老者，有时表现得像一个天真顽皮的孩童，这是北方狮舞的特点。

北狮造型与真狮酷似，但不若南狮庞大，头部亦没有南狮那样五彩缤纷的装饰，唯头顶加一独角以示其为不同凡响的兽类。表演者的裤子与鞋的颜色都和真狮子腿部毛色一样，表演起来十分逼真。

从表演特点看，小相狮舞属北狮。

按表演形式来划分，狮舞可以分为文狮和武狮，这是两种不同风格的表演形式。文狮以舞蹈为主，兼以杂技。"双狮抢球"是文狮狮舞中的传统节目，即两只狮子争抢一个彩球，动作激烈、惊险而又生动有趣，很受欢迎。

武狮又叫"刣狮"，"刣"为"杀"，也就是"杀狮子"。这是少林武术与狮舞的完美结合。表演时，两人套上"狮衣"扮作狮子，多名武士手持刀、枪、剑、戟等十八般兵器，包围着狮子"大打出手"。狮子则时而左躲右闪，回避兵器的攻击，时而腾空而起勇猛出击，扑向人群。一时间，刀光剑影，吼声阵阵，惊心动魄。

最初的小相狮舞走的是文狮路线，而后夹杂武狮的表演形式，最终走出了自己的道路，创造了高空狮舞表演套路。

据崔永仁讲，母狮通常用皮毛把刚出生的幼狮裹成球状，无论走到哪儿都带在身边，当有人或动物来抢夺幼狮时，母狮子必然奋力抢夺。这是文狮表演的起源。

小相狮舞最初走的就是这样的路线，后来加入了刀、枪、剑、戟、棍等，用兵器斗狮，而狮子则用腾、跳、蹿、扑、伏、回旋等动作配合，加之锣鼓齐鸣，观众呐喊助威，形成一种威武、震慑的气氛。早期的驱病辟邪活动大抵如此，这也是小相狮舞"地摊"表演的早期形式。

当小相狮舞进入庆典表演阶段时，便逐渐有了程序与规矩。狮舞队出演时，旗队在前引路，旗手手持各色旗帜；狮子的前面是四面或八面大鼓和成排的大锣、大铙、大镲等乐器组成的演奏队伍，狮舞表演时，这些乐器同时演奏以壮声威，雅称"雷音"；小套锣鼓和圪塔锣，在表演暂停和转移场地时演奏；此外，队伍中还有放炮、吹螺号和

尖子号等造声势的服务人员。狮子是鸣炮起舞，周围所有人在狮舞表演时，都要在鞭炮声中不断呐喊或吹口哨助威。

渐渐地，小相人不再满足于"地摊"狮舞的单刀、双刀、哨子棍、九节鞭等表演形式。清末，小相狮舞逐渐发展成"高台"与"地摊"并重。

所谓"高台"，就是每两张板凳为一层，然后层层上摞，摞到12层。先是一个狮子舞，后双狮舞，其间有"板凳架""踩独绳"等表演，每个套路都有固定的动作，一招一式都令围观者惊叹不已。

1950年，为庆祝穷人翻身，河南偃师县夏侯寺村特邀各地名狮集中表演，小相狮子以"三棚四顶"式绝技赢得数万观众的喝彩，从而声名远播。

如今，小相村又创造出了独特的新的狮舞表演形式，分空中表演和地面表演。

空中表演主要形式是，在地面上竖起二十多米（以年份定尺度）高的牢杆；在牢杆顶端安装一个直径9.6米（寓意中国960万平方公里土地）的大转盘，在大转盘上设三层共34处（寓意中国34个省级行政区）舞狮支架。

地面表演主要是鼓、大镲和大锣的表演。56副大镲，象征中国有56个民族；13面大鼓，代表中国有13亿人民；5面大锣，代表五岳；两条舞动的青龙和黄龙，分别代表长江和黄河。空中和地面同时起舞，寓意在中国共产党的领导下，中华民族全面复兴。

如今，小相村的绝技——高空狮舞已经成为中国狮舞的一个代表，它将伴随着中国的不断进步而走向世界。

小相狮舞的传承特点，主要有腊鼓传承、家庭传承、暗地学练和学校教练。

在巩义、偃师一带，腊鼓习俗一直保持到新中国成立以后。冬季是农闲季节，一入腊月，外出的人都陆续回家，这是传教狮舞的最好时机，各村都把大鼓（当地称为"腊鼓"）拿出来，集中在一处公共场所，"咚咚"的鼓声传出数里。与其他村相比，小相村开始得更早，一种过麦，村民便开始练习狮舞。

小相村有条件的狮舞艺人，一入冬便在家中教孩子学习舞狮。最著名的狮舞艺人崔四箴，祖上几代舞狮。他有五个儿子，20世纪30年代，全家约五十口人，每年冬夜，他便在自己家几孔大窑里点灯教子舞狮。别家子弟甚至外村的也到他家学舞狮。至今，崔四箴的子孙中仍有舞狮高手，全村像崔四箴这样的舞狮世家有好多。

小相村代代都有突然冒出的舞狮"黑马"。大家平时没见他练过，但一出手功夫则令人称奇。这些人都是在背地独自练习的，群众称其为"下闷功"。第十一代艺人张西令的高超技艺就是这样练成的。

第十一代舞狮艺人中年龄最小的崔西金是中学教师，从1985年开始，他在教学之余，组织学生课余练习狮舞。1992年在郑州市青少年艺术节上，他带领小相村的"小狮子"夺得郊县唯一一个一等奖。

如今，小相村的村委会主任李金土成立了巩义市金王狮鼓文化传播有限公司，专门进行狮舞表演和培训，以期这项高空狮舞的绝技能薪火相传，后继有人。

按照文化部的安排，小相村正在加紧培训人才，希望小相狮舞能早日走出国门，套用李金土的一句话："终有一天，我们要狮舞'九天'。"

（河南省巩义市"小相狮舞"入选《第二批国家级非物质文化遗产名录》，编号Ⅲ—5）

民——间——音——乐·民——间——舞——蹈

# 非同一般麒麟舞

靖哥儿 | 文

麒麟是我国传说中的一种神兽，与凤、龟、龙共称为"四灵"，居"四灵"之首。它似鹿非鹿，似牛非牛，头顶生角，遍体鳞甲，尾端毛长，形状奇异，在民间有能驱鬼辟邪之说，历代人民群众都把它当作祥瑞的象征。

"麒麟舞"是我国最早的拟兽类舞蹈，是现今稀有的、产生于春秋战国之前的汉民族图腾舞种，具有珍贵的民间舞蹈史研究价值。

麒麟舞不同于舞狮，也异于舞龙，所舞麒麟的造型为"龙头、鹿角、蛇身、羊蹄、牛尾"，舞动时，一人舞麒麟头，一人舞麒麟尾，两人配合默契，以此把传说中麒麟的喜、怒、哀、乐、惊、疑、醉、睡等动静神态表现得栩栩如生。逢年过节人们舞起麒麟，以表达迎祥纳福，祈求风调雨顺、国泰民安的良好愿望。因为麒麟队往往就等于武术队，不仅舞麒麟者大都身怀武功，而且麒麟套路本身就和武功套路一脉相承，所以，麒麟舞也被称作"武"麒麟。

明末清初，迷信活动盛行，当地老百姓最为信奉火神。当时大刘寨村西有一座火神庙，村民举办火神会，定期祭祀、朝拜，祈求火神爷保佑全家平安、人寿年丰。人们把麒麟奉若神明，平时藏麒麟于火神庙中，作为火神爷的坐骑，每逢正月初七（火神爷的生日），火神会的信徒们焚香、烧纸、叩头，尊请麒麟下驾，开始舞玩。直到二月二，众人敲锣打鼓，才将麒麟送回庙中，复请麒麟上驾。

麒麟舞的传统表演形式可分为三段，分别是盘门、平地表演和桌上表演，其中桌上表演最为惊险，一场麒麟舞全套下来，表演者往往是大汗淋漓。

【作者简介】

靖哥儿，河南商丘人。自2005年起在新浪博客安家，建立"靖哥儿的博客"；2006与博友豫美人、仲公、观博海、潘多拉一起创建了"锦绣河南博友联盟"，希望能和各位热爱河南的兄弟姐妹一起，把优秀的河南推荐出去，让更多人了解河南、信任河南、热爱河南。

非遗中原：谁的记忆，绵长又轻轻

麒麟下驾之后，两人手执"明棍"从庙内蹿出，开始盘门表演。"明棍"长五尺，两端点燃火香，舞动时呼呼生风，火光四射，上下翻腾，似流星追逐，如光环套叠。然后以"盆炮"为令，两人持内燃蜡烛的绣球引麒麟出庙，此段礼仪表演全在庙门外举行，故曰"盘门"。

麒麟入场后开始平地表演，一对麒麟，一张一弛，刚柔相济，生动有趣；持绣球者或站立，或蹲伏，或前瞻，挑逗着麒麟。麒麟表现出有时乐，有时怒，有时腾空而起，有时匍匐在地等各种舞蹈动作。

平地表演后，开始桌上表演，13张方桌摆成三层，两只麒麟做着各种动作往上跳跃，把整个舞蹈推向高潮，动作惊险。群众无不屏息观看，等回过神儿来便争着放鞭炮、吹口哨等，场面很是壮观。

据睢县蓼堤镇大刘寨村《冯氏家谱》和《杞县志》记载，麒麟舞最早的传承人是冯玮。冯玮（1623—1711）祖籍考城（属睢州），初籍杞县，后居仪封。明末中进士，后封文林郎，掌管宫廷文化娱乐事宜。南明灭亡时（公元1661年），掌管宫廷文化娱乐的文林郎冯玮归隐故里，将一对"麒麟皮"带给睢县大刘寨村的冯氏族众，并亲授演舞之术，距今已有三百多年。截至目前，从冯氏家族起源的麒麟舞已传了十五代，传承脉络清晰，具有很好的社会基础，是当地民间文化艺术的代表和瑰宝。

大刘寨村位于睢县西北角，北临民权白云寺，南靠重镇蓼堤。从前，大刘寨村每逢庙会，麒麟舞必去表演。遇有重大集会，也多请麒麟舞演出。因为人们一直期望麒麟来驱赶一切邪恶与灾难，所以麒麟舞被视为民间舞蹈的上乘珍品。

麒麟舞在数百年的发展过程中，内容不断丰富，形式不断革新。最初仅限于平地表演，至清末时，随着当地武术水平的提高，麒麟舞第十二世传人冯永汉、徐延瑞、韩克顺等，开始增设并逐步完善了桌上表演。

麒麟舞的师承关系特殊，世代传授均不举行拜师收徒仪式，而是以冯氏家传为主，吸收本村有武术功底的亲眷，在选拔青年演员时条件相当严格，组成表演团体，世代延续。但他们在收徒时条件相当严格，首先要求武术功底厚实，其次根据身材等自然条件，每个行当（穿头、穿尾、执绣球）只选二至四人，并强调所学技巧不准外传，所以大刘寨村冯氏被称为"麒麟世家"。

在1984年开始的全国《民舞集成》工作中，曾经普查统计全省共有14个麒麟舞表演队（班），时隔二十多年，现今仍存活在豫东地区的开封兰考、商丘睢县一带，仅兰考就有七个班。从古至今，同样生活在中原大地的睢县和兰考人却没有玩"龙"舞"狮"的习俗，麒麟舞一直是他们的最爱，并保留着非常传统的表演形式和内容，地方文化特色非常鲜明。

大刘寨村冯氏第十四世传人冯明义，现已78岁高龄，是麒麟舞穿头高手，绰号"活麒麟"。

据冯明义介绍，他从小就练武术，有较深的武术功底。当时学起麒麟舞来很是痴迷，往往是在地里干一阵活把农具一扔，拿起筐子罩在头上就练起来，磕磕碰碰更是常事，到现在老人腿上还有那时留下的伤疤。

冯明义老人主要是穿头，就是把麒麟头举在自己的头上舞动，他的双腿当成麒麟的前腿，后面还有一个人抓着他的腰当身子和尾巴。麒麟头有二十多公斤重，加上后面连着的身子，冯明义说他表演时经常是负重三四十公斤。

冯明义回忆，麒麟舞晚上表演最好看，一红一青两只麒麟威风凛凛地在人们的欢呼声中出场了，浑身的麟甲闪闪发光，脖子上的挂铃和腰上的系铃随着舞动"哗哗"作响。玩到上桌子时最激动人心，等他们上到第三层桌子时，观众齐声叫好，鞭炮声加上燃放的烟花，把节目的气氛渲染到了极点。

麒麟舞因动作难度大、活动剧烈而很消耗体力，他们往往表演十多分钟就要歇上一歇。冯明义记得1958年那次他表演完后回家，离家一公里的路程他硬是歇了三四歇。用他的话说，他那时"正是壮年，玩得正凶"。

当介绍到麒麟提腿的动作时，老人情不自禁把一条腿提了起来，然后笑着说："不行啦，几十年不玩，站不住啦。"

1958年，冯氏传人请人做过一套新的麒麟道具。冯明义老人说，麒麟道具做起来很是烦琐，老人记得当时请的是外庄扎纸的两三个能人，他们仿照老麒麟扎了一两个月才做成，在那个年代他们共给了人家两千多斤的麦子。

麒麟道具上最有技巧的是绣球。绣球为双层，外壳是用竹子编的。一米左右的圆球，内壳糊以红纸，里面点着蜡烛。神奇的是，无论绣球怎么滚，蜡烛一直都朝上。

几十年时间里，那套麒麟道具随着冯明义老人搬家搬了几个地方，因时间太久，最终还是破烂不堪而散了架，直至找不到它的一丝踪影。试想这村里除了冯明义老人还有谁能描绘出它繁杂的工艺和威武的式样？

至于那套明末的老麒麟道具，冯明义老人说，他想了好多天才想起来，当时他们做了新道具后，明末的那套道具让他们村的韩姓村民带到了外乡，至今没有消息。当问到为什么不把那套老道具保存起来时，冯明义老人说："有新的啦，旧的还要它干啥？"

和庄稼打了一辈子交道的冯明义老人到现在也没明白：那套明末的麒麟道具价值要比他的全部家当高得多。

我的一个同学就是刘寨村的，据他介绍，他就是看着"武"麒麟长大的，小时候的年前年后，武麒麟演出频繁，在村里找块空地就可演出。附近像他一样30岁以上的，没有不知道冯明义的，可近二十年来，已没有"武"麒麟了。冯氏第十四世传人冯明义已经年迈，第十五世传人也是五十多岁的人了，到现在为止还没有找到第十六世传人。且麒麟道具因多年不用，已遭毁坏，时下的年轻人连见都没见过，如再过几年，还怎么能学得上来？麒麟舞亟待抢救和保护。

（河南省兰考县、睢县"麒麟舞"入选《第二批国家级非物质文化遗产名录》，编号Ⅲ—43）

非遗中原：谁的记忆，绵长又轻轻

# 苏家作"龙凤灯"

樊瑞楠 | 文

  每年的农历正月十五，苏家作龙灯都要到市里、县里表演一番，引来万人瞩目。

  苏家作龙灯分红、绿两条，红色称"火龙"，绿色称"青龙"。每条龙体长二十余米，由九节八灯组成，需27个舞龙人。舞龙全凭手上功夫，一托一举、一收一回皆有章法和技巧，在他们的默契配合下，随着家伙鼓点，龙灯在人群中一会儿如游龙过江，一会儿如蛟龙入海，一会儿又如脱缰的骏马飞奔驰骋，一会儿又似霹雳闪电横划长空。龙的风骨、龙的性格、龙的气质、龙的精神被舞龙人表现得淋漓尽致。

  苏家作龙灯源于该村的农历二月十九灯会，创始人是民间艺人毋黑蛋。据说，有一年村里的老财们为了省钱，把农历正月十五的大戏停了，穷杆子不愿意，就闹腾着起灯会，先是有人在村东贴一张告示（类似现在的海报）："二月十九，在村东耍火龙。"村西积极响应，也贴出告示："二月十九，在村西耍青龙。"村里的老财们怕花钱，夜里就偷偷地将告示揭去。穷杆子们就接云梯把告示贴在村东村西的寨门楼上，并糊了一个无头乌龟，一群穷哥们儿提着它穿街过巷，一边打锣一边喊："缩头乌龟，看你出头不出头。"老财们被"敲打"得心疼了，只好纷纷出钱出粮，遂起二月十九灯会。

  灯会这天，三五十里的人都赶来观灯，家家户户都住满了亲戚，有的外乡人没有亲戚投靠，便提上十根"麻糖"（油条）随意往哪家门鼻上一挂，便算认作了亲戚，主家便殷勤招待管吃管住。乡人们早早吃罢晚饭，穿戴整齐，只等有人喊"起灯"，便纷纷挑出自家做的花灯。花灯各种各样，品种多达几百种，观灯的人山人海。村东的火龙、村西的

【作者简介】

  樊瑞楠，网名"兰汀梅子"，河南博爱人。河南省作协会员，在国家、省、市级报刊及网络发表诗歌、散文、小说等一百多万字，多次获省内外大赛奖、优秀成果奖、"五个一工程"奖。出版有诗文集《在风中歌唱》、长篇小说《乡镇政府》。

青龙由铜锣开道穿街过巷，会合在约定好的一块宽阔的空地上，然后敲锣打鼓，且走且舞。那时舞龙讲究的是真功夫，一招一式都较着劲儿，数九寒天，舞龙人赤裸着上身，舞得满身大汗、热气腾腾，一场下来流在脊梁上的蜡油有铜钱厚。观灯的人如潮如涌，龙走人亦走，龙停人亦停，热闹的场面甚是壮观，这样闹腾了一夜，直到天近拂晓方才落灯。

有一年沁阳一老妇为了一睹龙灯风采，专程步行到苏家作观灯，晚上站在高凳上观灯，因被人拥挤摔下跌昏，她醒过来后说的第一句话就是："一辈子能看上苏家作龙灯，就是跌死也不枉。"十几年前我到村中采访，据89岁的毋传喜老人回忆："那时的人精神头儿特大，也不讲啥报酬，只要村里二指宽的小贴送到家，就有钱出钱，有人出人。衣裳口袋里揣上个窝窝头就进城去表演，而且还觉得特荣耀。"

苏家作龙灯距今已有二百多年的历史，在发展中不断丰富完善，融合了南北特色，身子骨架做得细腻典雅，既有南方风情，又不失北方豪气，特别是近年来现代科技的运用，加上了彩绘、亮片、灯光，增加了时尚的元素，更是美轮美奂。目前最长的龙单条有40米，最长能达到80米，有龙王、大龙、小龙。表演艺术上也不断推陈出新，由原来单纯的舞龙，发展为"龙凤呈祥""百鸟朝凤"，兼以秧歌、烟花和其他表演，很是热闹。苏家作"龙凤灯"传人毋启富笑言："万人的大村这样和谐发展，可能也因为空中有凤、地上有龙吧。"

2008年苏家作"龙凤灯"入选国家级非物质文化遗产，民间艺人毋黑蛋被认定为创始人，毋启富等三人被认定为传人人。

2012年在焦作市委宣传部、博爱县委和中央电视台的共同策划组织下，苏家作"龙凤灯"舞进了央视新闻直播《寻找中国龙》节目中。伴着强劲激昂的鼓点，先是两条龙腾云驾雾、戏耍宝珠，接着，一只大凤凰也伴着彩霞而临，龙凤齐飞，一派祥和，鼓点渐趋舒缓。喜鹊、鸳鸯、八哥等40只各样小鸟在两只小凤凰的引领下，前来朝拜"鸟中之王"，同时，另外大小10条龙也悉数登场。他们表演的"龙凤呈祥""双龙戏珠""龙奔云走""二龙相缠""二龙相斗""里外盘旋""龙跳坝"等让人叹为观止，但更让人惊叹的是舞龙人那泼天的豪气和宏大的气魄，展现了中国人——龙的传人的精气神儿。

(河南省博爱县"灯舞"入选《第二批国家级非物质文化遗产名录》，编号Ⅲ—45)

非遗中原：谁的记忆，绵长又轻轻

# 官会的响锣，艺术的舞蹈

付奎亭 | 文

我的家乡有个官会小镇，它近年来打造出了一张令国人瞩目的文化名片，那就是赫赫有名的"官会响锣"。

官会位于今项城市南部，距市区二十多公里，历史上有"荒芜店"之称。古时候民谚唱道："有女不嫁荒芜坡，庄稼少，槐草多，晒黄头发沤烂脚。"形象地刻画出了官会贫穷落后的历史生活图景。传说，清朝乾隆皇帝南巡私访途中在此地歇息，周边豫皖官员闻讯纷纷聚此接驾，为了营造声势迎接乾隆皇帝的驾临，当地很有名气的秀才王子由就把锣和舞巧妙地结合起来，精心编排了一套大锣的演奏，组织几十名打锣艺人，用响锣舞来欢迎乾隆皇帝。乾隆皇帝对这种迎接方式赞赏有加，老百姓和官员们也非常支持和认可。从此，官会响锣就流传了下来。

据专家考证，官会响锣至今已有三百多年的历史，是迄今为止在全国发现的唯一一个以锣为道具的舞蹈，它填补了我国舞蹈文化中缺少锣舞的空白。

现如今，官会响锣已经发展演变成为一种独具豫东风情的民间艺术形式，并一直活跃在豫东广大农村，深受群众的喜爱。

传统的官会响锣打击乐只有锣，但打法分为几种，具有不同的等级差别。7点锣的节奏4慢3快，为老百姓红白喜事时所用；9点锣的节奏6慢3快，为县级官员所用……依次还有12点锣、14点锣、16点锣和24点锣……而24点锣当时就是为迎接皇帝准备的。

演员以铜锣为道具，时而打时而舞，并用锣组成各种造型，变化微妙，达到似与不似、不似亦似的艺术境界。锣阵有大有小，最小的两人

【作者简介】
付奎亭，河南项城人。中学教师。

就可以表演，最大的需六十多人。表演形式也别具一格，充满了民间的智慧，像"青蛙唝泥""天女散花""寇准背靴""老鳖围窝""小两口亲嘴"等，形象逼真，充满了浓烈的乡土气息。

现如今的官会响锣舞蹈借鉴了戏曲、盘鼓等打击乐的演奏技巧，在乐器配置上改变了单一的锣响，加进了大鼓、大镲、大铙等打击乐器，并在表演过程中融入了原始和现代的舞蹈文化，形成完整的表演节目。演员少则几十人，多则一百多人。改变后的响锣表演又添加了一面特大的响锣，直径达一米多。

项城市文化馆根据官会响锣改编的锣龙舞，制作了龙头、龙尾等道具，把民间流传的龙舞、鬼舞及抬花轿舞巧妙地运用到官会锣舞中。锣鼓乐声气势恢宏，灵活多变，既能粗敲，又能细打，音量对比鲜明，音响色彩丰富。表演人员在鼓点的变化中时而演奏、时而舞蹈，队形变化多端，如蛟龙上下翻腾，气势雄伟，十分威风，被群众称之为"锣龙"。

改进后的官会响锣表演程式及演奏技巧更加多样化，精彩的表演套路有"二龙戏珠""龙摆尾""龙翻滚""龙盘柱""跳龙门""龙穿洞""青蛙唝泥""天女散花""寇准背靴""二郎担山""狮子滚绣球""张果老倒骑驴"等。每个套路都形象逼真，充满了浓烈的乡土气息。

重新发掘整理过的官会响锣越发地响亮起来。

1998年，官会响锣参加河南省第七届民间音乐舞蹈比赛一举荣获编导、作曲、表演、辅导四项金奖。

1999年，由官会响锣改编的《锣龙》，参加河南省"帝豪杯"舞龙大赛，荣获此次大赛所设的唯一一块金牌，并被授为"中原第一龙"称号；同年12月，《锣龙》赴京参加演出，荣获中国民间文化艺术最高奖"山花奖"，并应邀参加在天安门广场举办的庆澳门回归大型广场晚会。

2000年，官会响锣参加在浙江台州举办的全国第十届舞蹈"群星奖"比赛，荣获银奖。

2007年，"官会响锣"被列入《首批河南省省级非物质文化遗产名录》。

2008年，"官会响锣"入选《第二批国家级非物质文化遗产名录》。

官会响锣以其独特的形式、饱满的激情、丰富多彩的音韵深深地打动了每一个看过表演的观众朋友们。锣手们以强悍矫健的身姿、粗犷豪放的性格和朝气蓬勃的气势，表现出美好生活的热烈向往，激发我们建设家乡美好生活的无限热情。

愿官会响锣在今后给全国人民带来更多更大的欢乐，愿它早点走出河南，走向全国，走向世界！

（河南省项城市"官会响锣"入选《第二批国家级非物质文化遗产名录》，编号Ⅲ—51）

非遗中原：谁的记忆，绵长又轻轻

# 孟州火龙舞

荣辛渐 | 文

在河南省孟州市城区西北二十多公里处的盘龙岭脚下，有一村庄名为"龙台村"。这龙台村不仅是其所属的槐树乡里最大的行政村，而且历史悠久。

考古专家近期在龙台村发现四千多年前龙山文化时期的灰坑两处、周代以前的小型陶窑三处。古时分布有龙泉寺、皇极寺、五龙庙、祖始庙、土地庙、白衣庙、六棱七层宝塔和古龙台。古龙台在盘龙岭的最高点，海拔305.9米。立于古龙台之上，向北可远眺巍巍太行山，向南可俯视滔滔黄河水。古龙台是历朝历代天子及达官贵人祭天祭地的重要地点之一，被尊称为"岱岳"。

除此之外，这龙台村还有一样让世人既称道又叹为观止的"绝技"，那就是火龙舞。从古至今，在每年农历正月十五、十六，龙台村都要组织多条火龙闹新春。

"火龙舞"历史源远流长。相传以前，蜘蛛成精，污染天池，造成天旱，玉皇大帝先派青龙前去捉拿，青龙失败，被困蜘蛛网。众仙家建议，又派火龙前去交战，火龙龙口喷火，烧毁蜘蛛网，收降了蜘蛛精。

当地群众为了纪念火龙的丰功伟绩，每年春节锣鼓喧天，鞭炮齐鸣，舞动火龙灯追逐着逃命的红蜘蛛上下左右翻腾，见柱则缠，时而盘旋，时而追赶，不断口喷火焰。民众观看，无不喜笑颜开。

据传说，龙台村的火龙舞很可能起源于商周时期。据清乾隆五十七年（公元1792年）《孟县志·金石文》记载，在汉武帝时期，龙台村的五龙庙前的祭祀乡赛活动中已有火龙舞。而且在五龙庙前有一通元代的石碑，碑文记载，"自汉中兴，著名人民更递绵绵展祭，迄今不绝"，

【作者简介】

荣辛渐，河南焦作人。毕业于上海财经大学，从事企业财务工作。偶有文学创作，多关注中原地区传统文化。出版有个人作品集一部。

134

"咸称乡赛之神龙也"。汉武帝即位之初，博士董仲舒为汉武帝谏言献策，其中上表一书为《春秋繁露》，建议舞龙祈雨，造福天下苍生，并把春夏秋冬各季祈雨舞的龙的颜色、长度和舞龙人的服装都作了规定。董仲舒的素材即来源于龙台村，他的著作和建议则进一步促进了龙台村火龙舞的传承和发展。几千年来，历朝历代，祭祀风俗代代相传，保留至今，成为人们祈求风调雨顺，向往美好生活的精神寄托。

"火龙"的造型古朴，十分罕见，制作靠身传口授。龙头造型奇特，极像麒麟，龙口内巧设机关，表演时可以喷火。龙身较短，一般7至9节，龙脊上有15至18公分的上开口。龙皮原来用锅底灰画成，现在用颜料涂染。龙脊每节内装有两个油沽肚。

舞龙之前，舞龙人首先要到五龙庙前祭龙，然后走村串户开展表演活动。火龙舞在蜘蛛灯的带领下，左上右下，右上左下，翻腾着向前行进，遇柱则缠，有时盘旋，还不时向蜘蛛灯喷射焰火。特别是晚上舞火龙，将炸制的"油沽肚"插入龙体内舞动，犹如真龙下界，栩栩如生、奇妙无比。

每年的正月十五、十六，龙台村的火龙舞都要到附近各地参加会演。辘轳圈、三叠脊、龙上桌、龙口喷火、破四门斗、龙缠柱等造型奇特、动作惊险、招式丰富、气势宏伟，人在火中舞，龙在火中飞，场面十分热烈壮观。

龙台村的火龙舞代代相传，承载了每代龙台人向往和平、追求美好幸福生活的思想感情，为龙台村增添了深厚的文化氛围。

时代在进步，科技在发展。希望龙台村的火龙舞不要仅仅停留在当地民众自娱自乐的层次上，还要不断创新制作工艺和表演技巧，舞出龙台，舞出孟州，舞出更广阔的舞台，让火龙舞得更加鲜活、欢快。

（河南省孟州市"火龙舞"入选《第三批国家级非物质文化遗产扩展名录》，编号Ⅲ—4）

非遗中原：谁的记忆，绵长又轻轻

# 沁阳高抬火轿抬来红火

张国栋 | 文

高抬火轿是"布衣王爷"朱载堉怜悯百姓推行的表演形式，是"民贵官轻"思想的一种体现，更是当地民众农闲娱乐、庆祝节日的一种大型民间集体活动的舞蹈艺术。

高抬火轿诞生、传承、发展于沁阳市山王庄镇万南村，距今已有四百多年的历史了。逢年过节，万南村的村民们都会以表演高抬火轿这种独特的民间艺术形式来开展庆祝活动，每年从农历大年初一表演到元宵佳节，南到洛阳、巩义，北至山西泽州，方圆百里的群众经常骡驮马载、乘车坐轿、结伴步行前来观看，盛况空前。

万南村是豫西北地区著名古镇万善的一个村。万善古镇扼守着"太行八陉"之一的太行陉（又称"羊肠坂"），"南可通洛、陕，北能达晋、燕"，历来为兵家必争之地，并被官府辟为驿馆兵站。万善古镇分为北社、中社、南社等五大社。高抬火轿诞生于万善南社（今万南村）。

高抬火轿的历史可追溯到唐宋时期。当地居民在唐宋时期就有踩高跷、抬花轿闹新春的习俗，这种习俗在明代发生了脱胎换骨的发展变化，产生了高抬火轿。明朝万历年间，郑藩世子朱载堉七次向皇帝上疏辞去爵位后，隐居在丹水河畔的九峰山下著书立说，万善镇是他经常游历的地方。朱载堉十分同情被称为"下九流"的抬轿夫和唢呐手等民间艺人，竭力想为他们争取地位，大胆地把踩高跷和抬花轿两种民间表演艺术结合在一起，设计出了由八名轿夫脚踩着一米多高的高跷抬着花轿进行表演的形式。他的初衷就是要让人以仰视的角度高看抬轿夫，用艺术的表现手段来提高抬轿夫在世人眼中的形象和地位。

【作者简介】

张国栋，河南焦作人。焦作一中历史教师，中教高级，河南省首批学术技术带头人，焦作市首批名师。

随后，朱载堉不断地研究改进高抬花轿的表现形式和内容，将白天表演改为晚上表演，将花轿改为火轿，把原来的布轿改为纱轿，轿的周围插上蜡烛，还能喷出彩色的火焰，寓意火旺、财旺，预示着一年里的生活红红火火。朱载堉还把他创作的《醒世词》《情理词》等谱成曲调让艺人们在表演中演唱，打击乐器用的是《金鼓经》中的鼓谱等。整个表演团队要一百多人，表演起来人潮涌动，如行云流水，波澜壮阔。

由于种种原因，几十年来，高抬火轿这种独特的民间艺术表演形式中断了，许多精彩的节目及绝技也随着老艺人的相继谢世而几近失传。

在国家保护抢救非物质文化遗产的政策和行动的鼓舞下，万南村的老艺人们敞开了心扉，与村干部多次商议，决心重振高抬火轿艺术。在省、市文化部门的支持和指导下，万南人克服种种困难，竭尽全力复兴高抬火轿。万南村共有村民一千多人，是一个底子薄、经济条件差的村子，村里拿不出多余的钱置办道具，村民们就自愿捐资、献物。2006年6月，男女老幼齐上阵，在几名老艺人的指导下，仅用短短两个月时间便将濒临失传的高抬火轿基本恢复原貌，并利用各种节庆在多种场合进行表演。2007年春节期间，他们参加了河南省非物质文化遗产民间艺术会演，赢得阵阵掌声。2007年4月，万南村代表河南参加了由中国民俗协会和河北省邯郸市举办的中原四省第二届中原文化艺术节，沁阳农民将高抬火轿抬到了古城邯郸，充分展示了沁阳农民的新形象、新风采。

现今，在万南村又形成了学踩高跷、表演高抬火轿的习俗。无论是谁家的孩子，都要从小学习踩高跷，学习抬火轿和其他表演的基本功。走进万南村，就会看到有孩子踩着高跷走来走去，嬉戏玩耍。山王庄镇中心校万善学校已经将踩高跷列入教学课程，聘请经验丰富的教练进行辅导。学生们已经参加过多次大型演出和比赛，取得了骄人的成绩。

（河南省沁阳市的"高跷"入选《第一批国家级非物质文化遗产扩展项目名录》，编号Ⅲ—9）

# 山阳大地耍老虎

常作铭 | 文

在河南省的焦作市，有一项传承了数百年的非物质文化遗产，名为"耍老虎"。2014年7月，焦作的"耍老虎"被列入《第四批国家级非物质文化遗产名录》。在焦作，耍老虎的地方很多，其中被列入"非遗"名录的有四家：焦作市东冯封村的常家武虎、小尚村的小尚虎舞，以及温县西周村斗虎和沁阳言状老虎。每个地方的耍虎都各具特色，每年春节前后都会为乡亲们献上一份文化大餐和视觉盛宴。

焦作盛行耍老虎，是有着较深的历史渊源的。焦作，古称"山阳城"，素有"河朔名邦"之谓。山阳大地多名山大川，古时山中虎患寻常，当地百姓畏虎、敬虎，想尽各种办法，举行各种带着祭祀意味的仪式以荡平虎患，久而久之，这些活动在当地民间兴盛，便形成了独具当地特色的"虎文化"。耍老虎，便是山阳大地"虎文化"中的典型代表，成为独具地域特色的民俗文化。

焦作耍老虎传统舞蹈所耍"老虎"，头部用竹、铁丝做骨架，用彩布制成虎皮，虎尾用钢鞭制成，形态逼真，活灵活现。

焦作耍老虎的表演主要以两人合作为主，一人举虎头，一人撑虎尾，伴随着锣鼓点表演各种动作，有扑、跌、甩等，或凌空扑咬，或就地翻腾，或嬉戏打闹，神气活现。

东冯封村常家武虎，初创于明朝万历年间，距今已有四百余年的历史。常家第九世祖常一显、常一贵等，在练技期间，有感于生活的单调、习武的枯燥和局限性，结合当地盛行的"虎文化"，便从老虎的习性中受到启发，取出家中藤笼、床单，加以美化，结合常家武术，模仿家猫的腾、跳、扑、卧等动作，独创了常家武虎。

【作者简介】
常作铭，河南沁阳人。教育硕士，中学语文高级教师，全国优秀班主任、优秀语文教师。全国中学语文优质课竞赛一等奖得主，全国教育科学"九五"科研成果奖获得者。

民——间——音——乐·民——间——舞——蹈

　　数百年来，常家武虎代代相传，世传三十余代，经久不衰。如今，常家武虎已传至第三十代，第三十代传承人赵祥、常海涛皆为二十余岁，正当年。

　　常家武虎由武虎和仪仗两部分组成，演出人员多达百人，仪仗、武虎交相呼应，极具民间舞蹈纯朴、热烈的特性。每逢表演时，五张方桌和两把椅子搭成了一座"山"，其中两把椅子在最高处。赵祥为"虎头"，常海涛为"虎尾"。老虎先在山下小憩，忽闻一阵巨响，老虎被惊醒，向四周张望，乍见一个打虎将执手柄从远处而来。老虎见势头不对，起身上山。上山时，威风凛凛的老虎不时伸伸懒腰，做出各种让人惊呼却又让人忍俊不禁的动作，赢得父老乡亲的阵阵掌声。山腰处，老虎忽见有一对父子正在农田里干活，老虎一个猛扑蹿至孩子身边，张口咬住孩子的腰部。打虎将闻讯而来，与猛虎展开殊死搏斗。最终，孩子被救，老虎狼狈而逃。

　　小尚村虎舞初创于清朝道光年间，距今也有将近二百余年的历史。焦作市中站区的小尚村，是当地著名的武术之乡。张氏第十九世人张书庭，自幼习武，拳艺精湛。1850年左右，张书庭集多年武艺之大成，将武术和民间舞蹈、民间传说融为一体，创编了"耍老虎"的民间舞蹈。从1850年至今，小尚村虎舞经十代传承，逐渐提炼成了由刀、枪、钗六路虎架，平地虎、丘陵虎、高山虎三种表演形式组成的经典民间舞蹈项目，由仪仗打击乐队和虎架两部分组成。

鼓乐声中，各路武术演员呐喊助威、打场，而后，高执手柄的耍虎者先行进场，以武术套路逗虎入场。随着激越的鼓点节奏，舞虎者在场内或高台之上做出扑、咬、腾、挪、跃等各种惊险动作；绕场表演时，或急速奔跑、跳跃，或缓步腾挪。小尚村虎舞表演场面宏大、热烈，场内场外遥相呼应，极具观赏性和艺术性。

温县北冷乡西周村的斗虎，亦是初创于清朝，代代相传从未间断，至今同样也已有近二百年的历史了。传统的斗虎表演套路是老虎蹦方桌、蹬大椅、上三米梯，表演的老虎只有一只。如今的西周村人在前辈斗虎表演的基础上不断加工演练，开拓创新，由传统的单虎表演变为群虎表演，表演节目有平地斗虎、单桌盘虎、群虎盘桌、虎盘单桌、虎盘单椅、虎盘双椅、虎跃龙门、虎上高塔等十几个，不同形式的表演可达两个多小时。在表演形式上增加了上梅花桩、上

民　间　音　乐　·　民　间　舞　蹈

高桥、高空踩钢丝绳，高度和难度都大大增加，惊险性和观赏性极强。

沁阳市王召乡言状村的虎舞，于每年的二仙奶奶的祭拜仪式上都会有表演。言状虎舞表演，首先是开场白"疾三鞭"，由拜四方和参神等动作组成。除了必备的老虎之外，还需要直径100厘米的羊皮鼓一个、直径70厘米的大锣一个、直径50厘米的二锣两个、直径40厘米的大钹两面、直径30厘米的小钹两面，另还有单桌、方桌、古式大柳圆椅、梅花桩、铁丝绳，以及两架5.6米的高梯等搭成的天桥。

非物质文化遗产的传承主要靠艺人的口传心授，因此，那些掌握着传统技艺的传承人，成为非物质文化遗产代代相传的核心与纽带。正是历代传承人的不懈努力，这些优秀的非物质文化遗产才得以传承至今。但是，随着社会形态的转变和经济大潮的冲击，时至今天，焦作耍老虎的传承与发展又不免让人担忧。

常家武虎的第三十代传人赵祥、常海涛虽二十来岁，正值当年，但同样也面临着现实生活的压力，不得不长期在外务工。耍老虎的操练与表演，也只有每年的春节前后才会进行几天。而上一代传人，则多年事已高，因为耍老虎表演对身体素质要求较高，更是已几十年没有再进行过耍老虎表演了。同样的窘状，小尚虎舞、西周斗虎和言状虎舞的传承人，也不同程度地面临着。建立非物质文化遗产保护的长效机制，大力提升人们的非遗保护意识，吸引更多的人主动学习，已是迫在眉睫需要解决的问题了。也只有这样，这些传承了数百年的文化遗产，才能够绵延不绝。

（河南省焦作市"耍老虎"入选《第四批国家级非物质文化遗产名录》，编号Ⅲ—118）

非遗中原：谁的记忆，绵长又轻轻

# "中原奇舞"跑帷子

韩 奇 | 文

在"全国艺术之乡"的河南省汤阴县，流传着一种古老的民间祭祀舞蹈活动——跑帷子。

跑帷子又名"帷子舞""经纬舞"，它从古代战争中演变而来，距今已有两千多年历史。据传，跑帷子是春秋战国时期将士为纪念齐桓公的爱妃长卫姬而举行的祭祀活动。卫姬聪明善良，随军作战，侍奉帐前，深得桓公喜爱。她爱兵惜将，视如兄弟，深得兵士爱戴。后来她积劳成疾，病逝在汤阴西隆化村。悲痛欲绝的将士们，擂起战鼓，挑起衣衫、铠甲作幡，招魂盟誓，纪念卫姬。声势浩大，威震军营。这一王室祭祀活动继而演变为模仿行兵布阵的娱乐活动，久而久之，最终成了一种古老而独特的大型民间舞蹈，成了宽泛的乡民求神拜庙、欢庆节日的娱乐性活动。

帷子舞与其他舞蹈相比，它的舞步、阵势、道具、配乐等都别具一格，有着独特的艺术魅力和历史价值，被称为"中原奇舞"。

目前，跑帷子仅存于汤阴县古贤乡支村和白营乡西隆化村，以支村为主。当地群众每逢农历正月十五、十六以及农闲时节，都要自制帷子表演帷子舞。

作为一种汉族民俗文化，最初的帷子舞共有24杆，象征着一年24个节气。每根帷头上的12幅画面，象征着十二属相；帷头上的144个绣球，象征着宇宙漫天星辰。另有两面分别绣有太极图和日月祥云的彩旗，称为"彩子"，象征着天地间阴阳交泰、化生万物的气象。持彩子的男青年称为"彩头"。此外，还配有18面威风锣鼓、马号、三眼炮等。表演时，当锣鼓响起，马号吹动，24杆彩帷分为两队，在两位

【作者简介】
韩奇，河南安阳人。现供职于北京一广告公司，新媒体设计师。

民 间 音 乐 · 民 间 舞 蹈

彩头的引领下，踏着锣鼓的节奏，相互回环穿行，奔走如飞，远望如万马奔腾，近观似雄兵列阵。每当一场跑完，炮手立刻鸣炮定格。倘若在帷伞内安上灯火，晚上表演也十分引人。身着彩装的小伙子们手执帷杆，虎虎生风，两队帷灯在夜空下穿行，犹如火云变幻，金龙起舞，场面非常壮观。跑帷子，寄托着国泰民安、人间升平的理想和百姓对风调雨顺、五谷丰登、百业兴旺的祈盼。

经过历代艺人的演绎加工，如今的帷子舞形式与内容都已有了极大的丰富。由72架帷子、24面扭鼓、24根彩旗、24架銮驾、24名执侍、24个铜锣以及大号、小号、罗伞、大战鼓等组成。帷子舞的阵势有黄河阵、五星阵、八字阵等，阵阵出彩，变化多端；清泉阵、桃花阵、红日阵等，层层花样，穿梭不断，近两百名舞者按照《易经》中的八卦阵法不断变换出一百多种阵势。千百年来流传着"支村的帷子道口的阁，彰德府里好烟火"这句俗语，就是对支村帷子舞最好的赞赏。

跑帷子规模宏大，内容丰富，形式完美，在民间舞蹈中实属罕见。舞前，"龙头"开道，舞后，"凤尾"告终，这与中国传统文化中的"龙飞凤舞""龙凤呈祥"不谋而合。

演出伊始，只听三声统呼，两名衙皂打扮的开道者手提大筛锣鸣锣开道，伴着洪亮而浑厚的锣声，跑帷子活动便拉开了序幕。

两名壮士手持令旗身跨大马绕场开道，銮驾分站两旁助威，大号吹得震耳欲聋，锣鼓敲得惊天动地，彩旗在空中猎猎飘舞。近两百名身着古代战士出征时的服装，手举饰以红黄蓝黑褐绿的幡状彩带、上面挂着人工仿古绣成的花瓣图形和叮当作响铜铃、象征招魂幡的帷子的表演者列队进场，舞步或苍劲粗犷，或柔润似水，透着军人的威武气势，表现出祭祀神灵的虔诚心态。"太极

143

潮。这时，两名手持龙头的帷子头带领由彩旗手和鼓手组成的乐队，在低沉、浑厚的打击乐中依次进场，分列两旁，随着乐曲节奏的变换，鼓手们跳起了粗犷欢快、热情奔放的民间舞蹈，那优美动人的舞姿，构成了一幅淳朴美丽的民族风俗画。

伴随着帷子队伍进入场地的还有充满着皇家威严气势的全副銮驾以及衙皂簇拥下的扮成丑角的七品县令。严肃与活泼、庄严与诙谐相映成趣，在一片幽默欢快的喜剧氛围中，一面凤尾彩旗被扛出，跑帷子活动结束。

阵"圆场潇洒如流水，"两仪阵"阴阳大气分真理，"河图阵"有序穿插多花样，"五行阵"状似五星容万象，"红日阵"晨辉初沐照万物，"清泉阵"潺潺清水映日月，"黄河阵"鸳鸯戏水随波流，"五星阵"星星点点光闪烁，"矫龙阵"二龙戏珠有分合，"蜡梅阵"梅花怒放傲冰雪。还有"仙姑拜月""仙女散花""先天八卦""后天八卦""三请诸葛亮""围魏救赵""炮打香烟城""火焚香草寺""草帽搬兵""南唐救主"等阵势，舞影婆娑，蔚为壮观。表演者或屈膝或微蹲或小跑，阵势或方形或圆形或椭圆形，经纬穿梭，阵阵相连，层层蜕变，环环相扣，妙趣横生。帷子彩带翻飞，铃声叮当，气势磅礴，赏心悦目，引人入胜，令人赞叹。扭鼓队的对打、蹲打、扭打、跨打、转打，有张有弛，活跃在帷子队中，构成了和谐美观的民族风俗图，展示了当地淳朴善良的民风，揭示了人们祈求五谷丰登的美好愿望。

紧接着，乐声四起，锣鼓笙笛合奏出节律铿锵的民间乐曲，或高亢激昂，或婉转悠扬。那热热闹闹的乐曲将跑帷子推向了高

历经两千多年的传承，汤阴县帷子舞已由民间祭祀转向祭祀与民间娱乐相结合的民俗活动，表演帷子舞的艺人有老人、妇女，但大多都是老人，最年轻的也都小四十了。表演者主要以当地的村民为主，村民们靠种地养家，表演帷子舞都是在农闲时节，参加跑帷子都是自发的。支村村民说，每年他们都是参加过跑帷子表演后，才出去到外打工，"我们不图任何报酬，这是老祖宗传下来的东西，我们这些年轻人应该传承下去，不能富了口袋，穷了脑袋"。

"我组织演出已经十几年了，年龄大了，快跳不动了，这两年培养了许多年轻艺人。"古贤乡村民冯希福说，他自己出资买了四匹马，专门用于跑帷子，"希望帷子舞能够一代代传下去，能跑到世界舞台，被全世界人民认识。"

（河南省汤阴县"跑帷子"入选《第二批国家级非物质文化遗产名录》，编号Ⅲ—50）

## 民间技艺·其他

宋瓷、汴绣、方城石猴、浚县泥咕咕、淮阳泥泥狗……这些手艺若非传承，我们又怎能在今天得见它们非同一般的风采呢？中原人一双灵巧的手，把大自然的馈赠演绎得五彩缤纷。而诸如少林功夫、太极拳术等名闻天下的功夫绝学，我们这些善写文字的人又该如何去书写它们的异彩纷呈呢？

非遗中原：谁的记忆，绵长又轻轻

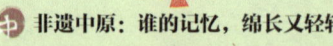

# 开封有个"灯笼张"

尹春明 | 文

【作者简介】

尹春明，河南开封人。商丘市作协会员。供职于商丘市某文化公司，非物质文化遗产传承志愿者。在各级报刊发表散文作品达七十余万字，个人作品集《因为爱你，所以沉默》即将出版。

自宋代以来，开封便是一座休闲宜居的城市。

宋乾德五年（公元967年），太祖赵匡胤登上汴梁宣德门城楼，诏令天下："开封府更放十七、十八两夜灯，后遂为例。"在此之前，最早可以追溯到汉代，中原地区的百姓们已有张灯祭神的习俗。后道教盛行，正月十五恰逢上元天官火官诞辰，百姓们更是把正月十五称为"上元节"。宋时，因了太祖的御令，上元观灯更是成了宋都万民同乐的好日子。

因为有观灯盛会，也便催生出了一大批手艺精湛的制灯艺人。制灯艺人和制灯作坊相传不辍，代有发展，直至今日在旅游休闲市场上再放光芒。开封的"灯笼张"即是其中的佼佼者。

一

"灯笼张"可考历史可以追溯到清代中晚期。其时，在古都开封的理事厅街西头的一个院落里，出了一家"灯笼张"，以制作宣纸花灯、宋式木版画灯为主业。灯笼让人眼前一亮。一个名叫张太全（1743—1803）的，便是这"灯笼张"的创始人。

最初，张太全只是在书画装裱方面技艺精湛，颇受推崇，被时人尊为名家。后又涉足彩灯制作，因为他不但会画、会刻、会印，还能扎糊彩绘，尤其是对宋代精品彩灯有着自身独到的研究，继承与创新结合。更重要的是，张太全制作出的灯笼，不仅造型精美，而且善于从民间传说和戏曲选材设计画面，如小放牛、大定缸等，画面生动有趣，群众喜

闻乐见。一时之间,"灯笼张"的灯笼供不应求。其中的代表作有木版画灯、绢纱花篮灯、宋式宫灯等。

张艺广(1772—1842),张太全之子,"灯笼张"的第二代传人,在彩灯制作和揭裱名人字画方面更是青出于蓝而胜于蓝,技艺出众,尤擅雕版,在继承的基础上再发展,尤其是彩灯图案雕刻堪称一绝。他聪明过人,想象力丰富,代表作有彩灯图案雕刻、鲤鱼跳龙门彩灯等。其中,鲤鱼跳龙门彩灯利用走马灯原理,使旋转产生的灯影达到鱼进龙出的动感视觉,其下部的水纹图案木版雕刻,更让该灯有着皮影戏的艺术效果。因此,鲤鱼跳龙门灯也被认为是晚清时期开封彩灯的代表作。

"灯笼张"第三代传人张精业,善于从休闲游乐中选材,其风车灯迎风转动,速度甚快,但灯内蜡烛在重力作用下,并不倾斜、不歪倒、不影响彩灯发光,这种设计明显已有了科技含量。

到了第四代的张弘,以宣纸竹篾彩灯制作见长,该灯也是中原地区在塑料灯出现之前春节时的玩灯。清光绪二十七年(公元1901年),张弘与三个儿子率领工匠参与了开封行宫的装修。慈禧太后和光绪皇帝观赏后,对行宫装修赞赏有加:"行宫陈设壮丽,俨然有内廷气象,甚为满意。"由此,"敬文斋灯笼张"也成了开封彩灯行业响当当的品牌。

"灯笼张"的第五代传人张嘉义,一生致力于彩灯研究与制作,把民间玩具与彩灯结合起来,创新制作产品几十种之多。其折叠拉合灯、瓜灯等作品,用时方便,能开能合,便于保存携带,使灯玩在市井之中大大普及。

"灯笼张"的第六代传人张金汉,生于1941年,8岁随父学艺,用心钻研,颇得真传。他涉猎广泛,学过多种技术,掌握了机

非遗中原：谁的记忆，绵长又轻轻

械、电器、美术、雕塑、电脑平面制作等技艺，并全面应用到彩灯的研制开发上面。

## 二

所谓非物质文化遗产，大都是以口口相传或者动作教习的方法传承的。"灯笼张"的彩灯制作也是如此。张金汉的祖父、父亲珍藏有《宋式花灯图考》，另有大量的彩灯制作工艺笔录文稿和近百块灯画木印版。

如今，当你走进"灯笼张"的灯坊，院落不算宽敞，颇像一个小天井。百余平方米的彩灯制作阁楼里挂着各样刚制作好的彩灯，旁边是各种原材料。张金汉和家人都在投入地制作着彩灯。说是制作，其实各有分工，做出的灯品实际上是多项艺术品的合成。一道道工序、一项项技术，张金汉总是亲自对儿女们口传和做示范，毫不马虎。儿女们的制灯技艺已相当高了，但在父亲面前依旧是规规矩矩，耳听心记，精益求精。

"灯笼张"彩灯的制作技艺就这样代代相传，此技艺充分体现了民间艺人的心灵手巧、技法严谨。

"灯笼张"彩灯在扎制工序上使用的材料主要是竹篾、芦苇、秸秆、棉线、糨糊等。使用的工具主要有竹刀、尺、笔、锉刀、刮刀、铲刀、剪刀、带罩煤油灯等。首先画出作品图案的基本轮廓，即"放小样"，修正后放大到实际尺寸并勾出骨架线。再将劈篾、平节、打磨后的竹篾按设计进行捆扎，用棉线和纸捻涂糨糊作十字捆扎（需弯曲的还要进行热处理），最后作整体修正。

接下来，就是合褶造型工序了。在这一工序上，使用的材料主要有宣纸、绵纸、透

光纸、细铁丝、棉线和糨糊。使用的工具多为篑（折纸模具，制作透光纸上的宽褶）、轧纹工具（制作透光纸上的细小褶纹）、花瓣烙子（制作各种花型的花瓣，全套18件）、勒花工具（用牛筋制成，制作对折的纸花）等。将剪裁整齐的纸张作轧纹处理，百折纸用篑合成各种形状，如半圆、长圆、S型等。

最后，就是着色绘图工序了。在这一方面，"灯笼张"有两大特色：一为木版画灯印版；二是浸染技术。木版画灯的木版画印版现存有一百余块，既有单色版，又有套色版；既有人物戏，又有花鸟虫鱼。现存的水印桃色版有"宫灯纹饰""动物折叠灯纹饰""白猿明团""鲤鱼戏水图"等。这一工序里，需要的工具除了印版之外，还需要排笔、晾纸杆、晾纸架、趟子、刷子、案子、夹子等。所需材料为各种染色、篑褶后的绵纸。先将篑褶后的绵纸用棉线捆扎成把，放入染色格子中用牛筋固定，再用排笔、毛刷点蘸染料分层次着色，置于避光处阴干，人物、动物等便栩栩如生地显现了出来。

"灯笼张"世居开封，是著名彩灯世家。张金汉继承祖业，决心把宋代彩灯精品恢复出来，再现千年梦华。《燕京岁时记》记载："走马灯者，剪纸为轮，以灯（烛火）嘘之，则车驰马骤，团团不休，烛止则顿止矣。"张家其实也是宋代走马灯技艺的传承世家。

文化只有在传承中不断创新，才有生命力。宋式宫灯在"灯笼张"几代传人的努力之下，变得更加精美别致。圆角宫灯宛如风姿绰约的仕女，双喜宫灯后面仿佛有一位出水芙蓉般的新娘子，吉庆有余宫灯则是从宋代大晟府的音乐编钟中获得的灵感，仿磬灯下悬着一条红鲤鱼灯……各样宫灯构思之巧妙，令人叹服。

花灯出自民间，势必采用民间生活题材。神话传说往往脍炙人口，"灯笼张"以此制灯又怎能不人见人爱？齐天大圣灯、猪八戒吃西瓜灯、天将神犬灯、文武财神灯、龙王祝福灯、戏剧脸谱灯个个能说会动，活灵活现。最有代表性的杰作当属千手观音千手千灯了，该作品取材于开封历史名刹大相国寺内的千手千眼观音佛像，高三米五，宽两米五，四面与原物相差无几，体内有大灯，每只手上还有一盏小灯，灿如星辉。下面的莲花宝座也是盛开的荷花灯，辉煌亮丽，祥光瑞气，一尘不染。这个灯中极品，是现代科技与民间艺术相结合的产物，已被载入彩灯发展的史册。

（河南省开封市"汴梁灯笼张"入选《第一批国家级非物质文化遗产扩展项目名录》，编号Ⅶ—50）

# 大宋钧瓷

王剑冰 | 文

一

清明上河园里有一家店铺，名字叫得气派——大宋官窑，似乎里面展示的都是北宋皇家的窑瓷。门脸上一副对联是：青琼紫玉鳝红奇，丽质纹衣麟釉俏。真个儿就将大宋钧瓷的特点说了个明了。

钧瓷是宋代五大名窑瓷器之一，位居"五大名瓷"之首。其名贵在于釉质深厚透活、晶莹玉润，有明快的流动感。更重要的是，釉色是自然形成，而非人工描绘。海棠红、梅子青、茄皮紫、天云蓝等色彩大气而夸张，令人想象无穷。宋徽宗时钧瓷是御用珍品，被封为"神钧宝瓷"，每年钦定生产36件，禁止民间收藏。所以现在墓葬出土的钧瓷甚少。虽世界著名博物馆有收藏，但为数寥寥。"黄金有价钧无价""家有万贯，不如钧瓷一片"的说法即从此出。到了后来，即使钧瓷在民间流传，也都是至上宝物，正所谓"雅堂无钧瓷，不可自夸富"。

那时的官窑是个神圣的场所，皇上要指派专人负责督造。离开封不远的禹州境内已发现北宋钧窑遗址四十余处，大多集中在神垕镇大刘山下。神垕有秉承天地之灵气的孔雀岩、豆腐石、玛瑙岩、虎皮绿等名贵矿石和独特土质，又有含自然精华的颍河水，所以构成了生产钧瓷的天然要件。

作为最本质的泥土，经过无数次摔打、成型、上釉，从一千多摄氏度高温烧烤，慢慢降至几十摄氏度的低温冷却，就窑变成了一个全新的形象。当时在窑上干活是十分牛气的，先期工作做得再好，也还是要看烧窑这最后一关。烧窑师傅不是神人，他也不知道会烧成什么样子。气氛、温度的波动会使窑内不同区域的产品形成不同的艺术效果。没有谁能掌握一件瓷器的命运，完全靠它自身对火的感应。因此说"钧瓷无

【作者简介】

王剑冰，河北人。河南省作协副主席，河南省文艺评论家协会副主席，河南省散文学会会长，中外散文诗协会副主席。曾任《散文选刊》副主编、主编。已出版散文集《苍茫》《蓝色的回响》《有缘伴你》《绝版的周庄》和长篇小说《卡格博雪峰》等多部。

民　间　技　艺·其　他

对，窑变无双""入窑一色，出窑万彩"。一出来，它也许奇丑无比，也许亮丽异常。烧制过程中有七成的产品会报废掉，一件钧瓷在精挑细选中脱颖而出，如皇宫选秀。

烧窑用柴，后来也用煤。老师傅还是讲究用柴，柴窑烧出的釉色渗化自然。柴硬、柴软都有说头，起火、灭火也有讲究。就此窑温还是难以达到均衡，从而影响钧瓷釉彩的成色。像有人所赞"出窑一幅无人画，落叶寒林返暮鸦""雨过天晴泛红霞，夕阳紫翠忽成岚"的，都是百千里挑出来的。

当时的神垕镇，周围都是围绕着官窑生存的，起土的、运瓷的，开脚店的、做买卖的，各行各业。还有专门砍柴的，那时树多，只要掏力，不愁没饭吃。通往神垕的路上，多的是担着花柴的挑子。人们说，在神垕，再不济去砍柴，实在懒得不行才讨饭。

## 二

钧瓷在复杂的窑变之后，似乎还没有达到至善至美，要再经过一次开片。

我带一件钧瓷回家，头一天不知道那细微的开片声，竟然美丽地响了一夜。它从炉中一诞生，就被赋予了灵动的生命。等我知道了这个奇妙的事情，半天没有说出话来。白天听不到它的动静，带有某种神秘的焦虑，还有不可名状的情感，等待夜间那个时刻的到来。

我像一个偷窥者，屏气静心，瞄着小桌上的瓷瓶。不大明亮的月光透进窗子，我看不大清楚它的模样，它只有一个腰身婀娜的暗影。我不能到达它的内部，不知它有着怎样的内质，但我似乎觉得它是有情感的。

我真的听到了那美妙的声响。像庄稼拔节的声音，呲呲恰恰，噼噼叮叮，它似乎在悄悄蜕变，或轻轻吟唱。不知它有没有疼痛。我不忍开灯，怕影响了它。童话里有个蜕变的美丽姑娘，换装时不能被人看见，一旦让人看见，就变不回原来的自己。天亮以后我看见钧瓷上出现了纵横交错的不规则的冰裂纹路。有人告诉我，这种纹路，还会在无数次的开片之后变得斑斓异常。

据说宋徽宗也曾看到过钧瓷开片，他一时兴起，给那些纹路起了"蚯蚓走泥纹""冰裂纹""鱼子纹""百极碎"等好多的名字。有人说，一件钧瓷，开片的生命有60年之久。一个人从小到老的过程，它全经过了。那样说来，宋徽宗没有看到一件瓷瓶开片的全过程。他自己将一件大宋瓷器打碎了。

我曾经不经意间打破了一件瓷瓶。瓷瓶上插着干花，我手里的东西挂住了干花，干花带翻了瓷瓶。一刹那间，我以为会如银片乍迸，然而我却没有听到那声脆响，它只是发出了一声疼痛的低吟。此后很长时间，我都不忍想到那个场景。

又一件瓷瓶伴在了我的床头，自此后，我不再寂寞。

（河南省禹州市"钧瓷烧制技艺"入选《第二批国家级非物质文化遗产名录》，编号Ⅷ—93）

非遗中原：谁的记忆，绵长又轻轻

# 蝶舞的汴绣

王剑冰 | 文

## 一

一只手在飞舞，像蝶，我的眼睛花了。

我还记得随着那只手飞舞的眼睛，是一双能够照亮黑夜的眼睛。只是那双眼睛一直跟着手飞，并没有朝我扫一下。那是她的职业使然。若是来一个扫一个，虽然能扫倒一大片，手中的活却给扫黄了。

在清明上河园里走进汴绣苑，我依然看到了那只手和那双明亮的眼睛。我似乎觉得她们都是相同的。不是一样的巧手一样的眼睛，能绣出那么漂亮的作品吗？

手在翻飞，上飞一下，随之又下飞一下，要不是一条线相连，哦，那只手，不，那只蝶就飞到屋外去了。

## 二

我在多少年前，第一次孤陋寡闻地知道还有汴绣，说实在的，那时对开封也是知之甚少。那个年代，似乎对汴绣不太重视，更不要说宣扬，再倒回去十年八年，那就归为"封资修"的筐子里了。汴绣还有一个名字，就是"宋绣"，可见宋时最兴盛。

听说了就想看看，看看有没有这样的一个厂子，能不能一饱好奇的眼福，对汴绣有个真实的了解。就约了朋友，在周日穿街过巷，去寻访汴绣。后来看书才知道，宋时的汴绣是不用寻访的，当时大相国寺东门外有一条街叫"绣巷"，不知道是不是现在的马道街，那可是专卖刺绣品的市场，也是绣姑们聚居的地方。穿过那样的一条街，会是什么感觉？满眼繁华锦绣。

【作者简介】

王剑冰，河北人。河南省作协副主席，河南省文艺评论家协会副主席，河南省散文学会会长，中外散文诗协会副主席。曾任《散文选刊》副主编、主编。已出版散文集《苍茫》《蓝色的回响》《有缘伴你》《绝版的周庄》和长篇小说《卡格博雪峰》等多部。

我们只是凭着感觉在狭窄的一条条巷子里走，因为听说汴绣厂就在这个区的哪个巷子里。

巷子都很古老了，估计那种巷子现在都不存在了。那都是砖头加石头加瓦构筑的巷子。砖头已经出现粉化，黛瓦的墙在逐渐被掏空，倒是为巷子增加了空间。

转了多少巷子了？就像两个地下工作者，一直也没有找到接头地点。我有些失望了。难道一开始就搞错了？那个独一无二的汴绣厂，根本就不在这个区。问了很多的人，都以摇头告知我结果。

巷子里的门都很窄小，开着的不多，关着的也跟开着差不多，门多老朽了，油漆斑驳，露出了灰白的木质，木质在下面已经颓坏，腐朽一点点漫上来，有的将门漫成一个可以钻进狗的孔洞，有的干脆漫得半扇都不见了。

我犹豫着对朋友说，要不问准了再找吧。

你知道我朋友说什么？我朋友说，我早想说这句话了。

可我在这个时候愣住了，朋友的身后的门上有一个小牌子，上面随性地写着：开封汴绣厂。

吓着我了，怎么会这样？怎么敢是这样？鼎鼎大名的汴绣厂啊。就像我后来去北京见一位著名人物，走进他的住室让我惊呆了一样。那个人的名字我还是说了吧，他的名字是"廖沫沙"，一个同汴绣一样有名的人物。这个人物怎么会住在北京前门的小小的两居室里呢？

## 三

走进去没有人拦阻，小小心心之后就直接进入到了车间，就像是以前，掀起了哪个闺房的珠帘，立时看见了那只蝶在舞，看到跟着蝶舞的那双眼睛。而那绣品呢？不用我说了，听听明代大学者屠龙怎么说的吧，屠龙有一部《画笺》，其中讲道："宋之闺绣画，山水人物，楼台花鸟，针线细密，不露边缝，其用绒一二丝，用针织发细者为之，故眉目毕具，绒彩夺目，而丰神宛然，设色开染，较画更佳，女红之巧，十指春风，回不可及。"那天就是那么一看，就将那蝶那眼睛长久地存在于我的记忆中。回到学校，一头扎进图书馆去看汴绣，才知道了更多的东西。

在我的想象里，开封汴绣厂，太应该在一个高墙大门里边，在宽敞透明的一个个车间里面。1959年，一幅《清明上河图》让汴绣重新名扬天下。在宋代，汴绣差不多就是国绣了。《东京梦华录》记载：开封作为北宋都城，皇宫内设有文绣院，聚集全国杰出绣女三百余人，专为皇帝王妃、达官贵人绣制官服及装饰品，因而也被誉为"宫廷绣"或"官绣"；而在十里都城，也到处都是民间的绣坊，哪家的珠帘后面，说不定就有一只巧手在凤飞蝶舞。

清明上河园里，汴绣可谓出尽风头，一路走去，织锦院、汴绣苑之类一个挨着一个，莫不是宋时"绣巷"的再现？"云霞分五色，锦绣累千丝"的对联挂在汴绣苑的门口，文绣院的门口挂的是"经纶事业从针下，锦绣文章任手中"。每个店铺里都是人头攒动，一个个喜形于色，各式绣品在手中水一样流颤，而后大包小袋地走出门去。

十指春风翩然霞彩的汴绣真正地被人喜欢着。

（河南省开封市"汴绣"入选《第二批国家级非物质文化遗产名录》，编号Ⅶ—74）

非遗中原：谁的记忆，绵长又轻轻

# 方城民间"好时候"

吕晓丽 | 文

2002年，在《民间玩具》中第一次见到南阳方城石猴，很喜欢。同时，又伴着深深的遗憾，以为这种古朴的民间玩具已经失传。

三年后的一个偶然，知道方城的古庙会上还有这种古老民玩，很激动，遂前往。此时离庙会还有一星期的时间。

每年的三月三，方城县的小顶山上起庙会。

土里刨食的岁月里，人们看万物都有灵。其中，掌管温饱的土地神灵特别被人们看重。怎样讨土地神的欢心，以换得秋天里的好收成？这是庄稼人经常要考虑的事儿。想来想去，想到大家都喜欢看的戏，那土老也应该爱听。就这样，春天里热热闹闹唱大戏、发愿就是很多地方举办庙会的初衷。

庙会上，看戏的、赶集的、做买卖的、以物易物的从四面八方赶来，热闹得很。

小顶山的庙会上有一种当地特产的石猴，是过去赶庙会的人必买之物。石猴谐音"好时候"，请个"好时候"回家，图个吉利嘛。围绕着"好时候"，有"辈辈封侯""马上封侯"等众多的微型石雕更是应运而生。

后来，人们的生活发生了很大的改变。庙会尽管还在按时举行，可被赋予了吉祥祈福的"好时候"却越来越被年轻人视为陈旧。没有了需求，石猴的生产也就急速萎缩。

石猴的产地——砚山铺村位于两县交界处。村子不大，一条条用脚踩出来的土路连着各家。在当地一朋友的带领下，我们在村里东拐西

【作者简介】

吕晓丽，河南泌阳人。自幼伴家乡的青山秀水长大，对自然对农耕文明有无法割舍的情感。1995年开始关注家乡生态、民俗风物、民俗收藏、探访古村落。先后在河南省内各类报纸上发表相关文章三十余篇。

转,看到了最老的石猴雕刻艺人——84岁的王忠义老先生的家。这个家,没有院墙,只有两间破旧简陋的瓦房,堂屋西墙还是借用邻居家的东墙。

堂屋的门大开着,在艳阳天下,像个黑洞。老先生正坐在门口卖力又专心地刻着石头。

听到我们的招呼声,他抬起头来,放下手中的活儿,拍拍手上、身上的粉末,想扶着门框起身给大家找凳子。见此景,我们这些腿脚灵便的哪能站在那里无动于衷呢?一阵寒暄推让后,每个人都找到了自己的小板凳。一起来的朋友正在写中原民俗的系列文章,简单介绍后,她蹲在门口开始和老人聊,我就站在一旁尽情地看,时不时地听。

别小看这两间老房子,这里可是"全球化"的劲风吹不透的地方。屋里唯一的电器是灯泡,正当门儿墙上贴着灶王爷奶的画像,房间内的隔断是高粱秆编成的箔。泥土地面坑坑洼洼,想放稳个凳子都得看运气。不过,我对这场景很熟悉,二十多年前我的老家也是这样的。

像往年一样,过了正月十五,老人就开始为赶庙会刻石猴了。这样的日子他已重复了六十多年。老伴身体不好,先生每天里外忙活完才能坐下来刻几刀。一个多月下来,刻好的小猴、小老虎、小狮子、小青蛙全都在这个不大的荆条筐内,大半筐。它们你压着我,我挤着你,像一群凑热闹的顽童。

之前,多次翻看方城石猴的图片,自以为对石猴的样子很熟悉了。到了现场才知道:心灵的空间有多大,小石猴的样子就有多少,下一个永远未知。有人说,贫瘠的生活总是与灿烂的想象力为伴。也许正是这相对封闭又远远落伍于时代的生活,才使得小石猴可以保持这么原始古朴的样子,以各种各样很趣味化的形态从老艺人的心中走出。

非遗中原：谁的记忆，绵长又轻轻

门口堆着被刀砍斧劈过的石头。这种石头叫"滑石"，是生产滑石粉的原石，它有硬度但绵软细腻，很适于雕刻。我们很想看看他修炼了六十多年的指上功夫，老人也欣然答应，顺手拿起一块滑石，用一把老旧的平头刻刀，直接下刀。每一刀都果断利索还很准确。

小村里的鸡儿、狗儿，各叫各的，东一下，西两声。村头一块块的油菜花都在叫声中黄亮起来了。

刀子刻着滑石，"噗噗"前进。

一支烟的工夫，一个小石猴诞生。它，带着道士帽，嘟着嘴，双手扶膝，端坐在那里。我问老人：为什么这个小猴戴尖帽呢？有什么讲究么？老人笑了，说：哪里有什么讲究，这块石头是尖的，就刻成尖帽子了。

原来是因势象形。

这样，老艺人手下的小石猴是不重复的，也没有可比性。个个爱不释手，最后全部买下。

老先生看到有外地人这么喜欢自己的小石猴，很高兴，他告诉我，这筐里的小猴还有几道活儿没完成。要放到锅里蒸（易于上色、固色），涂上颜色，最后还得罩上一层桐油。

手工廉价的产品，如果想达到养家糊口的目的，制作过程一定要尽可能精简、粗放。在过去，小石猴不止在庙会上出现，还会在当地人外出要饭时充当消减尴尬的助手。这些决定了刻制石猴的刀法要简洁，再简洁。

简朴古拙也成了方城石猴明显的地域特征。千百年来一直如此。

读它能读出远古的原始经验，也能看到这门手艺的祖辈传承。

一个星期后，方城的朋友把我们买的小石猴装到一个纸箱内捎了过来。按捺住激动的心情，缓缓打开纸箱，仿佛掺了硫酸般的大红、浓绿、鲜黄、漆黑全部蹦跳着跑到了我的眼中。色彩刺激单纯明快，繁简适度很和谐。大笔率性的勾画圈点间既体现着规则又不知道规则。王老先生不认为自己是艺术家，可谁能说他的这些小石猴不是艺术品呢？

（河南省方城县"方城石猴"入选《第二批国家级非物质文化遗产名录》，编号Ⅶ—56）

民　间　技　艺 · 其　他

# 灵宝剪纸：指尖的灵动

黄坤舒 | 文

一

剪纸是用剪刀或刻刀，在纸张、金银箔、布、皮、革等片状材料上镂空雕刻的一门艺术，是中国汉族最古老的民间艺术之一，是中国传统文化的代表，是活的化石。

坐落于河南西部的灵宝市，风光秀美，历史悠久，是"黄河金三角"上一颗璀璨的明珠，因为与中国古代圣人老子有着千丝万缕的联系而被世人所知。就连当地最有名的手工艺品——剪纸，也与老子颇有渊源。传说春秋末年，老子骑青牛过函谷关，被关长尹喜留下著书。恰逢当地流行瘟疫，一天，青牛吐出牛黄，老子就用牛黄炼出仙丹，分发给百姓，救了众人性命。从此，百姓就把老子奉为"太上老君"，把青牛奉为神牛、金牛。从那时起，每年春天，村民都会用黄丝帛、金银箔剪成牛形图案贴在门窗上，并用朱砂写上四句咒语："新春正月二十三，太上老君散仙丹。家家门上贴金牛，一年四季保平安。"以此来驱病辟邪。

在中华文化里，能够流传千年的，最初的用途多是祈福。尽管"老子救人"的故事是传说，却可以为"剪纸起源于古人祭祖祈神活动"的论断提供佐证。

唐朝诗人杜甫曾作"暖水濯我足，剪纸招我魂"的诗句，从中也可以看出剪纸的渊源。

传说有演绎的成分，不可全信。但灵宝剪纸在汉代已经出现却是有据可查。汉唐时期，当地的人们就开始用金银箔或彩纸剪成各种花草图案，用来美化生活。科技的进步自然而然也带来了剪纸的繁荣。在明清代服饰中，云头鞋面、门窗亮方、顶棚、枕头等剪纸作品大量出现。

【作者简介】
　　黄坤舒，现供职于中国新闻社河南分社，对中原地区的传统文化有着深入的研究，并创作有多篇相关作品。

民国以来，灵宝剪纸艺术又进入新的领域。舞台布景、商品橱柜、建筑物等，常有剪纸的装饰。20世纪50年代末，有机构曾收集民间剪纸艺术珍品三百余幅。90年代，焦村镇、函谷关镇、阳平镇、五亩乡、西阎乡都涌现了不少剪纸专业户与剪纸世家。

20世纪末，随着农村经济的发展、民众文化水平的提高，一些有文化、有思想的农村妇女已不满足于传统剪纸的表现形式，她们更注重生活和美的结合，用剪纸来再现生活，创作了一大批生活气息浓厚、风格古朴、凝重大方、装饰味浓又不失传统意味的优秀作品。

在灵宝，剪纸水平的高低甚至可以成为判定一个家庭主妇是否合格的标准。在这种氛围下，每个村落都有几位剪纸能手。她们言传身教，代代相传，使这一艺术沿传至今，并日臻完美。

## 二

"雪圃乍开红果甲，彩幡新剪绿阳丝。殷勤为作宜春曲，题向花笺贴绣楣。"唐代诗人韦庄在《春盘》一诗中，描述了古人春节时在院门上挂门笺的情景。门笺是剪纸的一种形式，好像旌旗一样，逢年过节挂在门上，用来驱灾辟邪、招财纳福。

每年过了腊月二十三以后，灵宝的大姑娘小媳妇就会"放下锄头上炕头，拿起剪子剪虎头"。"二十八，贴花花"这句谚语便是对春节贴花简单凝练的概括。春节所用的窗花、顶棚花、门笺等都要在年前剪好。数九寒天，剪纸一片片成型，不仅能烘托过年气氛，更在缺乏日照的寒冬里抚慰、温暖着人们的心灵。

正月初一这天，乡民们成群结队，呼朋唤友，串门拜年，互致问候。当然，欣赏窗花剪纸，也是拜年的一项内容。大家指指

点点、评头论足，大姑娘小媳妇们嬉笑成一团。在这时，如若谁的剪纸受到众乡邻的夸赞，这位剪纸的作者就会荣耀无比。

不仅春节需要剪纸，其他节日同样也要剪纸。正月十五过后，人们要用黄裱纸剪个金牛贴在大门上，以提醒人们春耕即将开始，要爱护耕牛，做好春耕的准备。也有人说，这是为了驱邪除病，同时也是为了纪念老子。

夏季如约而至，农历六月初六，中原大多数地区称它为"望夏节""炒面节""闺女节"。而灵宝人却认为这是"鬼哭日"——天鬼在地下难忍酷暑，便嘤嘤哭泣。女人们便剪把扇子插在坟头，安慰魂魄，祭奠先人。

秋季，知名的灵宝苹果到了收获的时节。农历十月初一是传统的"鬼节"，灵宝人用纸剪成衣服，烧给长眠在地下的亲人。

每逢旱灾、涝灾，又有求雨、祈晴的习俗。人们则剪个"扫天娘娘"挂在树上。"扫天娘娘"随风飘荡，把人们的无限希望带向远方。当地人坚信，挂了"扫天娘娘"，求雨、祈晴的目的就可以达到。

剪纸还是灵宝姑娘出嫁时别具一格的嫁妆。新婚的第一天，新娘要将自己准备好的剪纸送给婆家人。三天回门后，新娘还要把剪纸赠给婆家的亲戚邻居。人们会根据这些剪纸来品评新娘是否心灵手巧。

所以，准备剪纸是灵宝姑娘们结婚之前备受重视的人事，也许她一生的名声都维系在这稚巧的剪纸上。

结婚用的顶棚花、窗花、喜字花、嫁妆花等礼花，一般都是用整张纸剪裁，不用碎纸拼凑。在人们看来，拼凑起来的礼花是不祥的预兆，新娘和新郎很难白头到老。所以，人们用连绵不断的回纹图案——"喜鹊闹梅""鸳鸯戏水""连年有余""双喜临门""鸾凤和鸣"等剪纸，表达夫妻和好百年的美好愿望。

《灵宝民间文学集成》收录了一首剪纸的民谣——《十剪纸》："巧大姐，坐炕上，手拿钢剪忙又忙。一剪蜻蜓来戏水，二剪蜜蜂闹海棠；三剪小燕飘大海，四剪鲤鱼翻长江；五剪羊儿吃青草，六剪莲花满池塘；七剪牛郎配织女，八剪桂花满院香；九剪鸳鸯交脖睡，十剪莺莺会张郎。巧姐剪到三更后，黄绸包好放进箱。单等腊月过门去，把它送给心爱郎。"像这样表现闺阁情趣的剪纸歌谣还有很多，它再现了姑娘窗下剪纸的情景，也是灵宝淳朴少女美好心声的自然流露。这些与剪纸、民俗相依的歌谣，使剪纸充满了如诗如画、如歌如舞的情调。

三

灵宝剪纸以剪刀制作为主，在技法上分叠剪、单剪、阳刻、阴刻。剪纸的种类有窗花、墙花、顶棚花、纸扎花、礼花、灯笼花等。剪的方法有单、叠、拼、点、勾、衬、

159

双。正是这些古老的技法，使得一张张剪纸完美地呈现在人们的面前。

黑色是灵宝地区最为推崇的颜色之一。黑色剪纸在中国其他地方，特别是在喜庆场合是十分忌讳的。但在灵宝民间剪纸艺术中，黑色剪纸却被广泛使用在春节和结婚等喜庆场合，与其他地方的剪纸"喜红"形成了鲜明的对比，十分罕见。尚黑不仅是一种习俗，更重要的是它具有生活实用性，因为黑色耐晒，不易褪色。

灵宝剪纸的题材大都是人物、动物、草木花卉这些十分常见的事物，然而聪明的灵宝人却可以通过谐音、象征等手法，构成寓意性的艺术画面。当地的艺人们常说："画上要有戏，才能看不腻。出口要吉利，才能合人意。"在众多题材中，最知名的当属求子的"抓鸡娃娃"，"手抓鸡，吉祥幸福永不离；脚蹬莲，连生贵子乐年年"就是给这幅剪纸最佳的"配音"。

已被列入《国家级非物质文化遗产传承人名录》的王蓬草，每天还坚持剪纸。从王蓬草记事起，剪纸就一路伴随她成长。自创的"富贵不断头"可谓她的独门绝技。

## 四

灵宝民间剪纸形式各异，有菱形、圆形、多边形的大团花，也有一两寸见方的小窗花，是农耕文化的典型代表。剪纸的图案多是些"吉祥符号"，它表达了人们追求幸福、平安、美好的愿望。在这些作品中，丝毫看不到悲凉低沉的情调，总是饱含着乐观与自信，洋溢着幸福与祥和。

民俗专家认为："豫西一带的剪纸是与先民们的生产方式、生活方式及思想观念密切相关的原汁原味的原生态艺术，豫西是一个民间文化遗产的宝库。豫西剪纸粗犷豪放、质朴夸张、构图简洁、厚重凝练、内涵丰富，极其生动地体现了中原农耕文明的美学特征。"

在剪纸艺术天地里，民间的巧手剪纸艺人凭借自身的想象描绘出理想中的一切。飞剪走纸间，时光过得仿佛很快。已经走过千年的灵宝剪纸，继续着她的传奇，并且生机勃勃。

（河南省灵宝市"剪纸"入选《第一批国家级非物质文化遗产扩展项目名录》，编号Ⅶ—16）

民——间——技——艺·其——他

# 寻踪滑县木版年画

魏庆选｜文

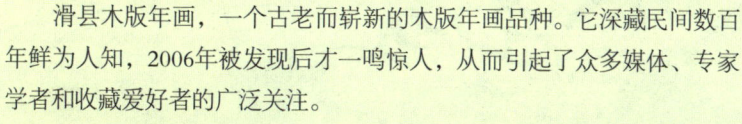

滑县木版年画，一个古老而崭新的木版年画品种。它深藏民间数百年鲜为人知，2006年被发现后才一鸣惊人，从而引起了众多媒体、专家学者和收藏爱好者的广泛关注。

2006年初夏，慈周寨乡一个叫韩建峰的农民被该乡党委书记带到我办公室，拿了一捆没有涂色的木版年画，还从一个破编织袋里掏出两块木版年画老面板。韩建峰把那捆木版年画放在地板上，一张一张地展开来给我介绍。韩说这是他们村里的东西，他们村的木版年画起源于

【作者简介】

魏庆选，中国民间文艺家协会会员，河南省作协会员，滑县木版年画研究会会长，滑县文化局原局长，现任中共滑县县委老干部局局长。曾出版《滑县民间故事集成》《滑县饮食文化》《滑县民俗文化》《滑县木版年画》等，发表中短篇小说多篇。本文即是《滑县木版年画》的节选，有删节。

明清时期，解放前产销量很大，远销河北、山西、山东等地，后来由于种种原因逐渐衰落，现在已经失传了，不知这些东西有没有价值，韩还说最近外地常有人来村里收购。

我听后觉得很奇怪。既然这些东西有这么悠久的历史而且影响那么大，为什么这么多年我就从来没有听说过？然而，待我仔细审视这些古版年画的内容之后便不难发现谜底了。原来，这些木版年画画的几乎全是头上罩着光环的神像、族谱、八仙等。这样的内容，从新中国成立以来就被视作封建迷信。虽然过去在民间广为流行，家家张贴供奉，但始终是悄悄的。当然，制作这些木版年画的家庭作坊也都是"地下作坊"。除了一些经营多年的木版年画批发商之外，谁也不可能打听到那些木版年画究竟是哪里制作的。像我这样新中国成立后出生的滑县人当然不可能知道内情了。我对木版年画了解不多，但我早就知道杨柳青年画和朱仙镇年画都是很有价值的艺术品。所以，我看了之后觉得也许这些破旧东西应该属于文化遗产。天津杨柳青年画和开封朱仙镇年画都已被列入《国家级非物质文化遗产名录》，我们这里有着这么古老的东西居然还"养在深闺人未识"，岂不是太遗憾了。但是，它究竟有没有价值，这得专家说了算。于是，我想到了中国非物质文化遗产保护的倡导者和推动者冯骥才先生。

与冯先生电话预约非常顺利。我给他说我有老木版年画给他看。他问是老版的还是新版的，我说是老版的。他听说滑县有老木版年画感到很惊奇，就爽快地答应我一周后见面。这使我感到既意外又高兴。冯骥才先生是中国文联副主席、全国政协常委、中国民间文艺家协会主席、著名作家……这么大的名人竟被我这个不起眼儿的小人物轻而易举地预约了？

7月24日下午，我带着慈周寨乡乡长和农民韩建峰在天津大学冯骥才文学艺术研究院如约拜见了冯骥才先生。简短的寒暄后，我把一卷木版年画摆在冯先生面前的地板上，并为冯先生一一展开。冯先生把十多幅年画一一审视后兴奋地说："有价值，有特色。"冯先生问滑县在哪个位置，又问离开封的朱仙镇有多远，又问我们的木版年画在历史上销量如何。听过我们的介绍后，冯先生流露出好奇的神色，说："想不到滑县离朱仙镇这么近，画的风格居然相差这么大。"

冯先生当即表示要把滑县木版画收入他亲自主持编纂的《中国木版年画》丛书。当我邀请冯先生到滑县指导时，冯先生爽快地答应说他要到滑县实地考察。

四个月后，冯先生就急匆匆地来滑县了。这一年的冬天来得特别早，冷风搅着雨雪在中原大地上已经肆虐了三天，而且丝毫没有停止的迹象。寒风凛冽，道路结冰，这样的天气里长途行车是要冒很大风险的。然而，冯先生真的来了。

要考察的村子叫"前二村"。尽管天气寒冷，但那一天的前二村却显得特别热闹，村里村外聚集了很多人。前二村正在修路，汽车只得停在村口。因为修路，村口的路都被翻了起来，一摊泥一坑水的，不穿雨靴根本就没法进村。冯先生从容地把两个塑料袋子套在脚上，从小车里钻了出来，他魁梧的身躯立在了中原乡间的田野上。我忽然想起伏天里我和他通电话时他说过"最近身体不太好"。但在他从小轿车里钻出来的一刹那，他那种略显憔悴的面容就再也找不到了，全然不像一位六十多岁的老者。他在我们的簇拥下一脚水一脚泥地艰难行进着，从麦田边，从水沟上，从小胡同里，扶着小树，扶着断墙，深一脚浅一脚，每一脚都很艰难，每一脚都很坚定。

冯先生一边艰难地行走，一边风趣地对我们说："那次去武强考察木版年画也是这样的天气，也是这样的泥路。"他身边的弟子们笑着说："看来现在要想发现点儿文化遗产，就非得走点儿这样的路不可。"

在农民韩建峰的家里，冯先生看得非常仔细，既看画，又看老印版，最后还看了印制过程。他边看边问，还不时拿出相机亲自拍照，有的画反复看，看过一遍回头又看，足足看了两个小时。

冯先生对滑县木版年画的评价很高，高得出乎我的预料。他向我们发表了他对这次考察的感受，从木版年画的内容到制作技艺到画的风格进行了全面分析，把滑县木版年画与杨柳青年画、桃花坞年画，特别是朱仙镇年画进行了对比，足足谈了七八分钟。他说："滑县木版年画是抢救民间文化遗产的一个惊人发现。经过这么长时间的历史冲刷，滑县还保存着这么丰厚的文化遗产，还有这么活态的印刷，这是罕见的。从内容到技艺、刻版、文画结合再到手工活体印刷，整个儿是一个独立的系统，是豫北地区重要的民间文化发现。"

次日以及随后的几天里，《大河报》、河南电视台、安阳电视台等媒体纷纷对此事予以报道，滑县木版年画沉寂了这么多年，终于再次一鸣惊人。

（河南省滑县"木版年画"入选《第二批国家级非物质文化遗产名录》，编号Ⅶ—65）

非遗中原：谁的记忆，绵长又轻轻

# 洛阳宫灯传奇

陈旭照 | 文

元宵节，少不了观灯。洛阳宫灯，远近闻名。

正月十二上午，我见到79岁的洛阳宫灯传人王福信时，老人正在老城十字街口自己的宫灯摊上招呼生意。

王福信是老城王家宫灯的传人，也是洛阳现在唯一继续用传统方法制作宫灯的老人。因为是宫灯世家，他摊位上的宫灯格外漂亮，不但有常见的圆形灯，还有老样的蛋圆形长明灯。纯手工制作的宫灯用材考究、造型精美。王福信老人说，从摆摊到现在，他的宫灯少说也卖出去了三四百对。

一

洛阳老城东大街83岁的朱家宫灯传人朱学愈给我们讲了几大宫灯世家的简历。

鼓楼杜家是洛阳最早做宫灯的，杜家做宫灯始于明朝，此后从清初至道光年间，四代人中不断有举人、司训等出现，家里有钱有权了，用不着再靠手艺养家糊口了，做宫灯在杜家也就荒废了。但在道光年间，可能是家庭条件逐渐不行了，杜家后代中的杜占元又捡起了祖宗的老手艺。传到光绪时期，杜占元的儿子杜振玉不但灯做得好，"灯体字"也写得甚为出色，声名居然传到了北京，以至于北京不断有达官贵人派人到洛阳，专买杜家的宫灯。

继杜家之后，洛阳做宫灯有名的还有东李家和西李家。两家都住在东大街，只不过一个在西头，一个在东头。

东李家宫灯始于清康熙年间，先是李炜，后有其子李钰和孙子李绍武，都是靠做灯为生，技艺高超。李绍武命途多舛，婚后不久就因病去世，多亏了其能干的妻子，带着工人做灯不息，东李家的技艺才得以传

【作者简介】

陈旭照，《洛阳晚报》记者。

承下去。当时的东李家宫灯，品种全、质量好，四方购买的人络绎不绝，东李家收入激增，家境渐至富裕。后李绍武妻认同姓人李谟为子，继承了东李家的宫灯作坊。

李谟有三子七孙，都会做宫灯。东李家兴旺时，据传有七间门面房，常年生产六角龙头宫灯、罗汉白绢灯和纱绸宫灯，是当时的灯业首户。至清末，东李家几个后代先后改行，都不做宫灯了。

西李家宫灯，有名的当属清嘉庆、道光年间的李文林。李文林继承的是父业，其四子九孙都参与做宫灯，加上雇用的工匠学徒，鼎盛时，传说西李家常年有二十多人从事宫灯生产。1894年，慈禧与光绪从西安回北京时路过洛阳，李家献大宫灯一对，慈禧奖铜牌一枚。

朱家宫灯则是在光绪初年由朱文田创立。朱家宫灯质量好，式样美观，长期不走形，很受买家欢迎，陕甘宁等地到洛阳买灯者，往往非朱家宫灯不买。

此外，还有田家宫灯、赵家宫灯、张家宫灯等，都在洛阳宫灯发展史上留下过灿烂的足迹。

## 二

洛阳宫灯在品种上分为四大类，即张合架纱绸宫灯，拼装架方形彩绘宫灯，拼装架多角彩绘宫灯和玩灯、花灯类。

具体来说，张合架纱绸宫灯分三种形式：圆样宫灯，老样宫灯（蛋圆形）、清化样宫灯（长圆形）。

圆样宫灯，也叫"门灯"，主要用于大门的装饰。老样宫灯，是老辈流传下来的传统式样，灯型自然流畅，主要作为商店的字号灯。清化样宫灯据传由清化县（今焦作市博爱县）流传而来，多为官衙灯和还愿灯。

拼装架方形彩绘宫灯呈方形，骨架由木头做成，能拆卸，收藏十分方便。分类有方白绢、方罗汉、粗方灯等。骨架用木有胡桃木、椴木、杨木等，也有富贵人家用红木、紫檀木的。

方形宫灯灯架有透雕花边，灯面讲究写字画画，一般由当地名人动笔，写古今诗词，画山水花鸟。

拼装架多角彩绘宫灯也是木架结构，能拆装，也有不能拆装的固定架。木质与方形宫灯相同，品种有六角龙头宫灯、扇面宫灯、蝴蝶形宫灯，及各种壁灯、桌灯、盒灯等。花边有透雕，有浮雕，也有不带花边的。

至于玩灯、花灯、纸灯类，则多为灯节中儿童提灯游玩所用，灯型多样，五彩缤纷，有固定型，有活动型，有操纵变换型。常见的有猴灯、羊抵头灯、走马灯，还有玉兔灯、仙鹤灯、龙头灯、三节龙灯、宝塔灯等。因为属玩物，此类灯一般做工粗糙，但也有做工细腻的。

据了解，旧时洛阳宫灯并不像现在所见几乎清一色的红灯。传统的洛阳宫灯，除了一些具有特定用途如还愿灯外，红颜色的很少，绝大多数为白绢或白纱做面。用白是为了最大限度地发挥宫灯作为灯笼的实用性，白灯显得更亮照得更远，而且灯面题字看得更清楚。

（河南省洛阳市"洛阳宫灯"入选《第一批国家级非物质文化遗产扩展项目名录》，编号Ⅶ—50）

非遗中原：谁的记忆，绵长又轻轻

# 泥土精灵"泥咕咕"

朱中月 | 文

大地是孕育生物的母亲，泥土是人类赖以生存的根本。浚县泥咕咕是民间艺人创造的泥土的精灵。

在柳笛和木马即将成为人们的记忆，在陀螺和铁环逐渐退出孩子们的生活，在电动玩具和电子游戏充斥孩子的世界的今天，在河南浚县这块古老的土地上，一种从远古走来、穿越数千年历史时空的手工泥玩具却依然焕发着青春。它不仅被孩子喜爱，还走进了人们的收藏橱柜，并且被国内外多家博物馆收藏。它形似咕咕鸟（斑鸠），用嘴吹其尾部的圆孔就能发出类似咕咕鸟的叫声，人们给它取了一个通俗而亲切的名字——"泥咕咕"。

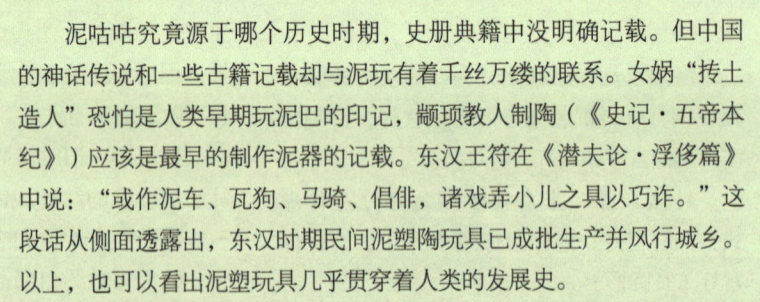

一

泥咕咕究竟源于哪个历史时期，史册典籍中没明确记载。但中国的神话传说和一些古籍记载却与泥玩有着千丝万缕的联系。女娲"抟土造人"恐怕是人类早期玩泥巴的印记，颛顼教人制陶（《史记·五帝本纪》）应该是最早的制作泥器的记载。东汉王符在《潜夫论·浮侈篇》中说："或作泥车、瓦狗、马骑、倡俳，诸戏弄小儿之具以巧诈。"这段话从侧面透露出，东汉时期民间泥塑陶玩具已成批生产并风行城乡。以上，也可以看出泥塑玩具几乎贯穿着人类的发展史。

泥咕咕和其他泥玩一样，是人类早期的产物，是在极为封闭的条件下世代传承的，在泥咕咕的集中产地浚县杨玘屯村，你随便问这里的老艺人手艺是怎么学的，他们几乎都会这样回答："自小跟俺爹学的。"正是这种辈辈相传的方式，保留了泥咕咕身上醇厚的原始意韵，承载了丰富的文化遗产信息。

早在六千多年前就有先民在浚县繁衍生息，这里还是颛顼帝的主

【作者简介】

朱中月，河南鹤壁人。河南省作协会员，著有《浚县大平调》《浚县美食名吃》《浚县古树名木》《活着的历史之树》《浚县文萃》《浚县泥咕咕》《文化名人与浚县》《根在浚县》《浚县历代诗词》《文化新镇》《大伾山石刻》等二十多部。

民——间——技——艺·其——他

要活动地,至今流传着颛顼帝在黄河岸边挖取胶泥,按照驯养的动物形象教人们捏制飞禽走兽、家牲六畜的故事。泥咕咕以黑色为基色。这其实仍与颛顼帝有关。颛顼生前崇尚玄色,玄色即黑色,所居宫殿为"玄宫"。古人说他是以水德为帝,称他为"玄帝"。浚县农村对主持公道的人称誉为"唱黑脸",也缘于此。在衣着打扮上,浚县人也常说:"要想俏,一身皂(黑)。"可见黑色在浚县人心目中的地位。浚县泥咕咕以黑色为底色,即是远古尚黑习俗的体现。

著名民俗专家倪宝诚先生,多年研究浚县泥咕咕。他认为:浚县泥咕咕是远古先民鸟图腾的存世物证;"泥咕咕"这个称谓源于史前人类的鸟图腾信仰,具有原生态文化意义;古代先民世代与鸟为伴,与鸟结下了不解之缘,产生了对鸟的无限眷恋与敬仰,最终形成遍及中国各地的神奇的鸟信仰文化。倪宝诚先生的论断很有见地,得到不少民俗专家的认同。浚县属于古代的鸟图腾区,这样的背景自然会反映到泥咕咕这种民间艺术作品之中。

在浚县泥咕咕中,英雄人物也常常是艺人们乐于创作的经久不衰的传统题材,如三国、隋唐等时代的英雄人物,这主要是人们内心深处的英雄情结所致,同时也是因为浚县自古便是孕育英雄、产生英雄的沃土,是上演英雄史诗的舞台。大禹治水、武王伐纣、诸侯争霸、三国博弈、隋唐更迭,以及抗击日寇,英雄豪杰都在这块土地上留下了悲壮的故事,都在史册上书写了辉煌的篇章。泥咕咕的人物作品记录着中原产生英雄的每一个历史时期。

泥咕咕是浚县庙会上一道亮丽的风景线。庙会上,路边随处可见销售泥咕咕的摊子。浚县正月古庙会至今已有一千六百多年的历史。一位老艺人直率地说:"泥咕咕给庙会添了乐、增了趣,庙会也养了泥咕咕,没有古庙会,恐怕泥咕咕就延续不到今天。"通俗浅显的话,道出了泥咕咕与古庙会相互依存、相映生辉的关系。

种种文化符号和历史遗存证明,泥咕咕反映着人类社会发展各个时期的生活,可以说是人类社会文明发展的活态化石。

二

浚县的泥咕咕作为浚县最为典型的历史文化符号,在漫长的历史发展过程中,得到

非遗中原：谁的记忆，绵长又轻轻

雄人物像，或古典文学中的典型人物，或拟人化的十二生肖等。艺人们根据不同人物的性格特点，运用简练概括的表现手法，表现形式上"有密有疏""有高有低"，有变化，有夸张，以小见大，注重形象特征以及人物神情、情趣的塑造，作品逗人喜爱。最能体现人物类泥咕咕作品风格特点的当数"骑马人"的造型。马多为昂首嘶鸣状，气势非凡。马的颈部经络夸张处理，显得宽大而有力，甚至比身体大出一两倍，以表现马的雄壮有力。而马的四肢则被省略处理得特别短，倒显得整齐而稳实；马鬃和马尾也都处理得很短，造型类似唐代的战马。

民俗风情类作品主要取材于豫北农村农民的生产生活、民风民俗，在艺术形式上吸取汉代泥陶之营养，运用简练概括大写意的笔法，抓住人物形象特征，大刀阔斧，概括简练，形态粗犷、豪放，从而塑造出一组组不同身份、不同年龄、不同神情的顽童和农民形象，如《卖瓜》《理发》《赶集》《孩子王》《歌唱家》等，个个生动有趣、栩栩如生，打破了浚县传统泥玩人物工整、面面俱到、着色一成不变的格局，从而赢得了民众的好评，为浚县民间泥玩艺术带来了新的生机。

浚县泥咕咕的用色属于民间色彩范畴，一般都用黑色作底，然后辅以高纯度、高明度的原色或间色。有的是在黑底上涂一块白色，然后再绘以花草纹，色彩对比强烈而协调，简洁稳重而又显得五彩斑斓，富于装饰性，具有十分强烈的视觉冲击力。装饰大多用花草纹，所用花草纹的种类繁多，还可以再次组合，构成一个新的兽类面形，这更增加了纹样的审美情趣。泥塑人物的面部刻画，则借鉴了传统木版年画和戏曲脸谱的表现形式。纹饰五彩缤纷，质朴奔放。精美点犹如国画中的工笔重彩，抽象处犹如国画中

延续、成长、嬗变、升华。

浚县泥咕咕根据题材和种类划分为飞禽、走兽、人物、风物四大类一百多个品种。各种题材的作品各具特色。飞禽类作品除斑鸠、燕子外，还有公鸡、孔雀、凤凰、雁、鸳鸯等。小的在方寸之间，大的高达40厘米，造型简练丰满、淳朴生动。色彩有的黑色铺底，简洁明快；有的大红大绿，施以彩绘，色泽艳丽。纹饰多以花草为主，在背部、胸部、颈部运用理想的装饰手法，笔法简洁，装饰性很强，具有浓厚的民间地方艺术特点。

动物类作品不仅有狮子、猴、马、牛、狗、老虎等，还有独角兽、麒麟。造型手法极为简练，风格淳朴，生动传神。在色彩上多以红、黄、绿、白为主。有的注重彩描绘，给人以鲜艳明快之感；有的追求朴实的风格，不事渲染，保持着原始的泥土色泽，给人以简朴美感。

人物类作品则粗犷淳朴，造型手法严谨，崇尚写实，人物造型性格鲜明、神态威严、气势逼人。在内容题材方面多为历史英

的大写意。

浚县泥咕咕的审美特征主要有两点：一是传神。浚县泥咕咕每件作品都表现出"略貌取神"的特点，不论禽鸟、动物、人物，还是民俗风情，都极具灵性。浚县泥咕咕在捏制、着色上都突出表现传神之美。二是随意。艺人们捏泥咕咕，多为即兴创作。一块泥巴在手，信手捏来，不论大小高矮，心中有数，共性中有个性，相似的造型也自有不同的神韵。浚县泥塑艺人善于以己度物，以自身的生命体验去体悟现实世界。在创作泥塑作品时，能把外部世界纳入到自己主观意念的秩序中，让客观对象服从自己的主观意志，重新组合构造。其间可以随意增添、删减，从不囿于现实实物的品格。在浚县泥玩具的造型中，物象原型、形式元素、内涵结构的处理，都呈现出高度的主观性和随意性，显示出浚县泥塑艺人崇尚主观表现的意趣。

浚县泥咕咕的制作流程主要有取土、和泥、捏制、窑烧、着色等。

浚县大伾山东是金代以前的黄河故道，浚县泥咕咕用的原料就是当地黄河故道的澄泥，浚县民间叫"黄胶泥"。艺人多在农闲时节或收秋种麦时取土，他们一般取地表两米以下的土，这层土十分细腻，可塑性好。艺人们将刨出的黄胶泥块运到家，晒干，用棍棒捶打或石碾碾碎，然后过筛，使土糁细如面粉。筛过的细土加上棉花或纸浆，掺水和匀，浸泡数日，再用木头捶打数遍，使胶泥变得柔软细腻，如和好的面团一般。浚县泥咕咕一般是手工捏制。泥咕咕艺人将和好的熟泥搬上案台，根据要捏制的作品的大小，用手切下泥料，然后用手团揉，粗略捏出大致轮廓，再用工具做细致加工。制作泥咕咕用的工具非常简单，一根竹棍儿，被削成一头粗一头尖；一个三寸长竹管，管口黄豆大小。双手搓、拉、捏、掐的同时，用这两样工具雕画泥玩具的鼻、眼、嘴和身上的花纹；再根据其形状，在不同部位打眼通孔。捏好的泥咕咕一般是晾干或放在锅台上烘干。现在大都采用窑烧。几乎每家作坊都有一个或多个小窑，用来烧泥咕咕。烧成陶质的泥咕咕，不怕水泡，不易破碎，更利于搬运携带和保存。最后一道工序是着色上彩。彩绘的笔，都是自己用狗毛制成，笔锋尖，弹性好，用起来灵活顺手。将晾干或烧好的泥咕咕用黑色或棕色颜料打底，再描绘上白土粉、大红、大绿、大黄、大蓝等颜色的各种花纹。黑色作底色，能让其他颜色鲜艳亮丽，这是民间艺人长期实践总结出来的经验。以前都用锅底灰掺点松香作底色，松香能让颜色起明发亮；红绿等色料最先是艺人自己采集植物制作而成，现在多用广告色，甚至清漆。

（河南省浚县"泥咕咕"入选《第一批国家级非物质文化遗产名录》，编号Ⅶ—47）

非遗中原：谁的记忆，绵长又轻轻

# 图腾时代的"活化石"
## ——泥泥狗

董素芝 | 文

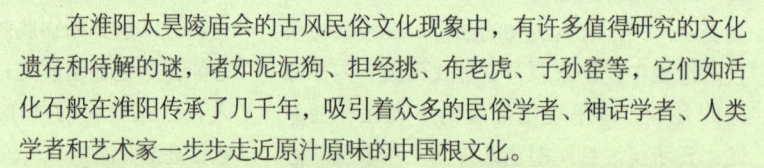

在淮阳太昊陵庙会的古风民俗文化现象中，有许多值得研究的文化遗存和待解的谜，诸如泥泥狗、担经挑、布老虎、子孙窑等，它们如活化石般在淮阳传承了几千年，吸引着众多的民俗学者、神话学者、人类学者和艺术家一步步走近原汁原味的中国根文化。

淮阳太昊陵庙会上，古风遗俗举目可见，琳琅满目的动物土偶——泥泥狗，最能吸引探寻者的目光。这些泥泥狗囊括了形形色色的奇禽异兽，大有尺余，小如拇指，造型奇特，古拙神奇，别具一格，奇禽怪兽达二百多种。各种图案，浑厚古朴，极具楚漆器文化的格调，因之被海内专家誉为"真图腾""活化石"。

泥泥狗属于泥玩具，但绝不同于一般的泥玩具。它是被当作祭祀人祖伏羲用的一种圣物、吉祥物。在豫东一带有一种古老的风俗，就是沿路的孩子可以拦路索要泥泥狗，并唱起歌谣："老斋公，慢慢走，给把泥泥狗，您老活到九十九。"不论走到哪里，碰到向你要泥泥狗的孩子，你都要赶快把它撒在地上，让孩子们拾，你趁机跑掉。因为把泥泥狗送给儿童或亲友，可以使人消灾祛病、吉祥平安。所以，南来北往赶会的香客，回去时，总少不了带一袋泥泥狗。

泥泥狗，又叫"陵狗"，是太昊伏羲陵泥玩的总称。然而，遍观这些形状各异的泥玩，很难发现一个形状是狗的泥泥狗。那为什么所有的淮阳泥玩都被称为"泥泥狗"呢？

"泥泥狗"这个名字可以追溯到远古图腾崇拜。伏羲是我国畜养业的始祖，狗是最早被驯养的家畜。在游牧渔猎时代，狗能帮助人类照看牧群、守护报警，忠诚地和人类站在一起共同抵御野兽的侵袭。因此，先民们认为狗是一种帮助人类的神秘力量，受到人类的崇拜。上古时，

【作者简介】

董素芝，河南淮阳人。中国作协会员，中国散文家协会会员，周口市散文协会副主席，现供职在淮阳县委宣传部。出版有散文集《渐行渐远的思念》《阳光来了》和伏羲文化专著《伟哉羲皇》。

先民们从图腾崇拜出发，认为狗是天上派来拯救生灵的，是人和畜群的保护神。因此，远古曾出现以狗为图腾的部落，最后亦加入了龙图腾的氏族部落。在中国古代神话中有不少关于犬戎国、犬封国、狗民国、狗国的记载，也留下了许多狗图腾的遗迹和传说。如北方的狄，《说文解字》有云："狄，赤狄，本犬种。"又如南方的盘瓠蛮，其祖先神盘瓠就是高辛氏的一条狗。淮阳民间也流传着"伏羲与盘瓠"的神话：大意是有狗为"五色犬"，被扣在金钟内，变成人首狗身，即伏羲氏也。

随着社会的发展，当人类的神话中有了作为人的主角——英雄祖先，狗的地位也逐步改变。《说文解字》解"伏"字又说："司也。从人犬，犬司人也。"注："司，今之伺字，伏伺即服事也。" 可知"伏"的本义是人带着犬趴在地上等待，又引申为"降伏""屈服"。狗从早期人类崇拜的先祖，渐渐降为被人类使用的仆役，但人们对狗的那份特殊的感情却一直延续了下来。人们选择伏羲时代最早驯服的动物为伏羲守陵，把所有的泥玩具统称为"泥泥狗"，也是情理之中的事情。因此，淮阳泥塑老艺人说，泥泥狗是人祖爷喂的狗，又叫"陵狗""灵儿狗"，是给人祖爷守陵的。

淮阳老艺人讲，泥玩具起初就是伏羲、女娲抟土造人时流传下来的。相传在洪荒时代，一场洪水劫难后，天下只存活了伏羲、女娲兄妹二人，于是他们奉天帝之命，遮面为婚，抟土造人，繁衍人类。他们用黄土抟成人形，经晾晒干后即可成活。于是，他们

就抟了许多泥人坯子在屋外晾晒,突然暴风骤雨降,搬运不及,就用扫帚往屋内急扫,结果把许多人扫成了残疾。细读"抟土造人"的神话故事,再看现在"泥泥狗制作之乡"的家家户户的院内,同样晾晒了许多泥泥狗坯子,现实与神话传说中的情节相似。

关于制作泥泥狗这一风俗的由来,淮阳还有一个传说。伏羲、女娲有了儿孙后代,伏羲便经常领着儿孙们在湖边柳树下玩耍,春天可以折柳枝编帽子戴,可以编罩子捞小鱼小虾。伏羲还用柳枝做柳笛来吹,孩子们玩得非常开心。到了冬天,孩子们还要柳笛吹,这咋办呢?伏羲就用水和泥捏制出他最喜欢的葫芦,又捏了许多鸟兽虫鱼,并染上五彩。泥玩虽好看,但吹不响,孩子们仍不满意。伏羲就比照可吹的柳笛空心、有两个眼的特点,也在"葫芦"上扎两个孔试试,果然不错,吹出了一高一低一中三个音。伏羲一高兴,在"葫芦"上又扎了三个孔,一吹声音变化更多。伏羲干脆按八卦原理扎上七个孔,又成功了,他便把所有的这些鸟兽虫鱼玩具都扎上孔,这样所有的泥玩都能吹了。直到现在,淮阳的泥泥狗都吹出三个音。泥葫芦有两孔的、三孔的、七孔的三种,一个孔可吹出三个音。吹起来声音是"哩哩喽"。因为这,群众叫它"哩喽"。

淮阳泥泥狗创作题材广泛,基本可以包罗脊椎动物分类学中的全部动物种类。极具考古意义的是,淮阳民间泥塑陵狗与《山海经》记载的众多神祇怪异如出一辙。

现择取具有代表性的加以阐述——

(1)人猴、人面猴、抱桃猴

人猴、人面猴是陵狗中最有代表性的造型,被视为人祖伏羲女娲的形象。陵狗塑造出的伏羲、女娲都是猿猴形象,并且做人一样的活动,因此群众称之为"人猴"或"人面猴"。虽然不同艺人的表现手法有所异常,但却都把它塑成头戴冠冕的正面形象,威严、庄严、神秘。绝无一般玩具中动物猴的顽皮姿态,究其原因,它是被艺人当作"神"来塑造、崇拜的缘故。

(2)猴头燕

猴头燕是猴、鸟相互结合的猴头燕身形象。泥泥狗中所谓"猴",即人也。"燕"也非寻常所说的燕,它是鸟类泛称,即玄鸟、玄燕,为神鸟。因此,猴头燕可释为"人面鸟"。《山海经》中至少有16处记载人面鸟。

(3)锦鸟

泥泥狗中的锦鸟,又称为"燕",以黑作地,饰以五色,又叫"五彩鸟""五彩燕",与《山海经》所记"五彩鸟"实为一物。五彩凤鸟是东方民族崇拜的神鸟,又是东夷部族的图腾(太阳神鸟)。陈是华夏、东夷文化的汇合地,淮阳民间泥塑伏羲氏、女娲氏和人面猴胸前至今仍以五彩凤鸟或女性生殖器纹样为主要饰绘图案,无可置疑,以五彩凤鸟作为饰绘纹样以及众多锦鸟造型的生成，当应有着鸟（五彩鸟）图腾符号的原始文化内涵。

（4）草帽老虎

草帽老虎又简称"草帽""草帽虎"或"扇面虎"。以兽身作躯干，头部为圆形泥坯，似草帽之状，饰绘人面纹，简洁生动。草帽老虎是人和兽形象相结合的神祇，又称"人面兽"。

（5）小香龟

以龟作玩具，在我国各地极少见。泥泥狗中的龟来源于伏羲养白龟画八卦的记载。香龟有三种造型。大香龟无四足却有八叉，似腿非腿，类似披风，造型怪异。小香龟造型精致，龟背上有类似八卦的彩色纹饰。还有一种小若拇指般的龟，又称"小泥鳖"，小巧玲珑，吹起来声音很好听，很受孩子们喜爱。

（6）埙

埙是古代的一种吹奏乐器。流传于淮阳民间的这种被称为"小渥笛"的泥泥狗，和已出土的埙完全一样。底色都是黑色，发音一致。形状像梨，大的如鸡蛋，五孔；小的如蛋黄，三孔。可吹奏出不同的音节，也可伴奏民歌。它与淮阳民间泥泥狗由来的传说中伏羲制作"小梨喽"相一致，也与文献中伏羲"绠桑为琴，灼土为埙"的记载相一致。淮阳埙有两孔、三孔和五孔三种，可吹奏较复杂的旋律，音色深沉、悠扬。

（7）双头兽

这一类包括两头狗、两头马、双头鸟、猫拉猴、猫驮猴、兽相驮等。此类皆属于生殖图腾崇拜艺术的再现。一物两头，或上下，或左右。泥泥狗中的这类形象，不仅反映了原始初民的生殖崇拜观念，同时也反映了原始初民的"万物同体，神人合一，物我两忘"的纯自然感性状态。把玩、观赏这类泥泥狗，可以把人引向童真未凿的天地，迎合人们返璞归真扑向大自然的心态。

..............

淮阳泥泥狗的产地集中在县城东2到6公里的12个村庄内，这一带距宛丘古城遗址仅4公里，距离太昊陵最近的地方仅有两公里。这12个村庄是金庄、武庄、陈楼、许楼、前后丁楼、石庄、段庄、王庄、刘庄、五谷台、白王庄（其中以金庄、许楼的艺人最多）。让人不解的是，在淮阳县城的其他三个方位均无制作泥泥狗的艺人。这种现象是与伏羲为东方大帝，子孙祭祀祖宗只认定东方有关，还是有其他原因，至今仍无人能揭开这个谜底。

淮阳泥泥狗是宛丘及伏羲陵庙附近数村民间艺人从古到今口传心授、手工捏制的泥塑艺术品。泥泥狗老艺人说："这些都是人祖爷和人祖奶奶造的人和狗，有模子，代代相传，谁也不敢改变，改了就不是人祖爷的人和狗了。"老艺人把泥泥狗看作是祭奉人祖爷的圣物，谁要是改了规矩就不是人祖爷的后代。正因如此，谁也不愿违背祖宗，谁也不会轻意改变，以至于始终恪守这一不变的模式。崇神思想构筑起的禁忌屏障足以使人们不敢轻易僭越。再加上这里的民间艺人没有受过太多教育，身处贫乏封闭的生活圈子里，心里深层仍沉淀着远古时的原始经验和幻想，因此泥泥狗的造型、纹饰和色彩都保留了祖辈传承的原始状貌。

（河南省淮阳县"泥泥狗"入选《第四批国家级非物质文化遗产名录》，编号Ⅶ—47）

非遗中原：谁的记忆，绵长又轻轻

# 朱仙镇木版年画

夏 伟 | 文

2015年的11月份，中原大地已有薄雪初降。有外地朋友来访，为尽地主之谊，我带他把洛阳、开封逛了个遍，待从开封清明上河园出来时，已是下午两点多钟。朋友忽然问及"朱仙镇可在附近"时，我尚有些发蒙，虽也能够顺口说出"朱仙镇是历史名镇，盛产木版年画"等要点，但到底是从未去过朱仙镇，甚至连它的具体方位都无法道明。因朋友拜谒朱仙镇木版年画心切，我立时手机上网，一边翻查朱仙镇方位及相关历史细节，一边听"懂行"的这位外来的朋友给我头头是道地讲述着关于朱仙镇及朱仙镇木版年画的种种。

朱仙镇在河南省开封城南十公里，虽然是个小镇，在古代却名列"中国四大古镇"之一。北宋末年岳飞曾率军在这里大破金兀术，更使朱仙镇威名大振。为纪念岳家军的功绩，朱仙镇建有一座规模不小的岳王庙，至今尚存。

北宋年间，逢年过节，都城开封家家户户贴门神已成为一种风尚。后宋亡，开封几经战乱，木版年画便衰落下来。到了明代，开封年画虽然又获复兴，但其制作中心已逐渐南移至朱仙镇。明朝末年洪水泛滥，开封被淹，百业俱废，朱仙镇更是成了木版年画的制作重镇。明清时期，朱仙镇已有三百多家木版年画作坊，其作品畅销各地，于是开封地区的年画被统称为"朱仙镇木版年画"，影响深远。

朱仙镇木版年画是中国木版年画的鼻祖，主要分布在开封朱仙镇及其周边地区，天津杨柳青、苏州桃花坞、山东潍坊等地年画均受其影响。朱仙镇木版年画有用色讲究、色彩浑厚鲜艳、久不褪色、对比强

【作者简介】

夏伟，河南郑州人。供职于河南省农业厅。偶有文学创作，作品散见于《大河报》《河南农村报》等报纸，以及《老人春秋》《黄河·黄土·黄种人》《华夏文明》等杂志。

民　间　技　艺 · 其　他

烈、古拙粗犷、饱满紧凑等特征，以传统技法构图，画面有主有次，对象明显，情景人物安排巧妙，有着匀实对称的美感。

朱仙镇木版年画的题材以门神为多。传说，当年秦王李世民率兵攻占开封后，遇到城中闹鬼扰民，李世民也连连被噩梦惊醒，不能入睡。大将秦琼、尉迟敬德得知后，一个手持双锏，一个紧握金鞭，威风凛凛分站在李世民寝宫门旁，夜来无事。李世民灵机一动，令画师画了秦琼、敬德像贴在两扇城门之上，以保百姓平安。朱仙镇一位巧木匠来到开封，看到城门上将军的画像，回去后把两人的像刻在梨木版上印成门神。门神画供不应求，后来门神发展成供喜庆节日张贴的年画，朱仙镇年画一举成名。

朱仙镇的年画，木版、颜色、宣纸各有高妙。木版年画雕版十分关键，一块好的雕版既要保持中国传统线描绘画的笔锋和力度，又要体现木版年画之木味。一块上乘的雕刻主线版就是一件独立的艺术品。色彩方面，普通年画有黑、黄、红、青、绿、紫六色，先淡后浓，依次套印而成。朱仙镇年画的神像及人物之眼睛、胡须、服饰需加套水墨、金粉，套色可多达九遍。朱仙镇年画选用的宣纸也都是上好的熟宣，据说此种熟宣可以使颜色保留持久，套色效果也好。就像一位学者感叹的那样：朱仙镇木版年画是刀与版的对话、色与纸的对话，更是年画艺人与传承在对话、人与岁月在对话……

和杨柳青等年画相比，朱仙镇木版年画有鲜明的特点：一是线条粗犷，粗细相间；二是形象夸张，头大身小；三是构图饱满，左右对称；四是色彩艳丽，对比强烈；五是门神居多，严肃端庄……

朱仙镇木版年画的制作工艺十分讲究，千百年来，他们世代承袭、师徒相传沿用至今。想要成为一名合格的木版年画工匠，先要在作坊里做三年苦工，察其悟性；然后，才可以学习绘稿、制版，学三年；三年后，才能上工作台，再经三年实习，看技能如何……要想出师，必须要经历这"十年磨一剑"的努力。

朱仙镇离开封城区本来就不远，似乎眨眼即到。或许是并不逢什么节假日，镇上行人寥寥，透着股子厚重历史的肃杀与苍凉。从岳王庙出来，我们急匆匆地去寻找传说中的朱仙镇年画。原本想，名声大噪的朱仙镇木版年画，在朱仙镇这方老镇上，定然会满大街都是的。只是，街上不仅行人寥寥，甚至连临街的店面都鲜有开门的。无目的地找寻，尚未寻到一位当地人细问去处，便折进了河道一侧一处开着门的书店。

各类学习用具、各样中小学教辅，落着灰尘，随意地躺在几排横七竖八的书架上。店门大开，店内却似无人。犹豫着步入其中，乍然得见，在这店最里的内墙上，挂着的，便是我们心仪已久的朱仙镇木版年画。而依墙而放的一排旧式售货柜里，隔了玻璃，赫然入目的，更是大大小小、五颜六色、或卷或展、数不清的宣纸年画了。朋友忍不住一声欢呼，直接冲奔了过去。

或许是听到有人进店，从最里的暗影里伸出一个脑袋来，便是店主了。店主并不招呼我们，只是冲我们淡淡地笑了笑，继续低头做他手中的活计。此时，我们才看到，在那店主的手边，有若干雕版，成摞地堆放着，有墨透着馨香。

原来，这书店内里，竟是一个小小的朱仙镇木版年画的作坊！或许是因了生计，我们的非物质文化遗产的传承者，在坚守着传统的同时，不得不做一些其他的营生，以贴补家用，以使这样的传统能够得以延续。

我和朋友小心翼翼地翻看着那些木版年画，生怕惊扰了它们深沉久远的梦。这些木版年画，颜色鲜艳，线条古朴。门神画中，两位武将衣着不同、形态各异：步下鞭、马上鞭、回头马鞭、抱鞭、竖刀、披袍等，样式不下二十种。除此之外，还有各种文武门神。文门神有五子、九莲灯、福禄寿等。朋友说，在过去，不同人的房门上贴的门神也内容不同：已婚子女辈房门贴天仙送子、连生贵子、三娘教子；中年人房门贴加官进禄、步步莲生；老年人房门贴松鹤延年和寿星之类；少年儿童居室房门贴五子夺魁、刘海戏金蟾等……

在这家小店，我们看到的朱仙镇木版年画，也仅仅是它的冰山一角。据统计，开封及朱仙镇年画艺人创作的老版年画大约有五百多种。迄今幸存的老版约有一百多种。众多历史名店、著名商号都有着时代的烙印——"二合永""天成德""二天成""天义德""万同""万通""敬德永""天顺德""高德隆""天信德""云记""汇川""泰盛源""福盛长"……品读着这些老店的名称，如同品读着一本厚厚的朱仙镇木版年画的史册，真有一种沧桑的感受……

一代文豪鲁迅先生也曾这样说："河南朱仙镇年画，刻线粗健有力，不染脂粉，人物无媚态，很有乡土味，具有北方年画的独有特色。"鲁迅先生的话准确地道出了朱仙镇木版年画艺术的精髓。

虽然经历了这样那样的历史变幻，朱仙镇木版年画还是得以延续传承到了今天。如今，这项古老的艺术在艺人们的保护和开发下，不仅传承着历史的内涵，也更新着内容题材。近年来，朱仙镇木版年画已加入了国家非物质文化遗产保护工程，种类得到恢复，以更加完整的面貌展示着中国博大精深的文化内涵。相信，随着人们对传统文化的了解加深，朱仙镇木版年画的发展前景定会更加广阔。

我和朋友流连于这家小小的书店里，看年画，看店主埋头在那里"沙沙"地作画，听他轻轻道着传承这项文化的酸甜苦辣。那"沙沙、沙沙"的印刷声催生着染色后掀动的年画，像一页页翻过的历史岁月……

古往今来，朱仙镇木版年画都是以这样深情的线条、快乐的色彩，描绘着中原大地这块古老的文明沃土上的老百姓们的幸福与向往。抱着购得的那一张张年画，我们相信，未来的日子里，朱仙镇木版年画描绘的景致将更美，展示的情意将更浓！定会让我们在风情和岁月间缓缓而行的时候，能够在年画作品和年画故事里流连忘返……

（河南省开封市"朱仙镇木版年画"入选《第一批国家级非物质文化遗产名录》，编号Ⅶ—7）

民间技艺·其他

# 青禾的江湖

成城 | 文

我觉得，青禾天生就是属于江湖的。

青禾大我六岁，我叫他哥。小时候，哥哥弟弟叫得亲热；长大后才知道，我和他之间其实并不属于什么亲热的关系。

青禾他爸叫满堂，年轻时当过兵，正好分到了我大舅的连队里。满堂是遗腹子，他娘唯一的儿子，单传。这在那个年代，家家户户动辄弟兄六七个、姊妹兄弟十几个的农村，满堂着实是混得憋屈且窝囊。没办法，他娘就送他去当兵，想让性情也偏懦弱的他到部队里历练历练，长些男子汉气魄。无奈，部队里满堂依旧混得窝囊，两年后就哪儿来回哪儿去了。因在部队受了我大舅的关照，满堂回到老家后，就跑到我姥面前，直接认了干娘。这辈分要论起来，窝窝囊囊的满堂竟是我舅了。满堂的儿子青禾，我就得喊哥了。小时不知这些，长大后，越来越觉得疏远，好些年都没想过要见一面。

青禾是满堂的二儿子。满堂是单传，便一门心思想要儿子，老大是儿子，叫禾青。满堂喜欢得不得了，便宠得不像样子，家里但凡有好东西，都让禾青先吃；结果，长大后的禾青竟像满堂的复制品，不仅性子弱，连身子骨儿都弱不禁风起来。见老二青禾又是个儿子，满堂就有些不大稀罕了，而且青禾出生后未满10个月，青禾的弟弟青良就出生了。青禾夹在中间，注定是姥姥不疼舅舅不爱。家里有了好吃食，只要他不主动伸手，就会被父亲拿给大儿子禾青，被母亲塞给小儿子青良；有时，睡至半夜，父母才会陡然惊觉，这二儿子青禾竟然还没回家睡觉。

甭看满堂窝囊，但打起自己的亲生儿子青禾来，却是极其下得去

【作者简介】

成城，河南扶沟人。中学教师。

非遗中原：谁的记忆，绵长又轻轻

手的。少年时的青禾曾在我面前不无炫耀地说过，他被他爹方满堂用皮带抽过、用钳子夹过，就差坐老虎凳灌辣椒水了。说起这些时，青禾那表情，就好像自己是英勇无比的地下工作者似的。

9岁那年，青禾曾被他爹满堂狠打了一顿之后，又赶出了家门。拐着一条腿，踢着一只鞋，一只手被钳子夹得有些血肉模糊……当青禾就这副模样出现在我家门口里，3岁的我一下子被吓哭了。我的母亲心疼青禾，一边帮他处理伤口，一边同我的父亲唠叨，想让我父亲出面去找满堂说说，养儿子可不能这么打，打得狠了，弄不好就飞了，要么就匪了。当着青禾的面，我父亲并不说软话，只是说，不打不成器。但直到三天后，满堂晃晃悠悠出门找儿子，来到我家院外，问我父亲，青禾来这儿没？我父亲说，没见。满堂又骂，这个秃孙，找着了看我不扒他的皮！我父亲说，方满堂，你长本事儿了啊现在。满堂便讪讪地笑，并不敢接话。

我母亲问青禾，这次是为啥，打你打这么狠？青禾说，没啥，就是从"小喇叭"家的鸡窝里拿了俩鸡蛋！我母亲就说，拿人家的东西可不对。青禾梗了脖子说，谁让她"小喇叭"骂俺爹那么厉害的？把俺娘都气犯病了，我拿她俩鸡蛋，给俺娘补补身体。

我母亲一听，就眼角湿润了，抚着青禾的头说，孩子乖，算你有情义。谁都知道，青禾他娘早产生了青良之后，身体算是落下了毛病。窝囊又自私的满堂也不知道心疼自家媳妇，还一个劲儿地埋怨，就生了这仨儿子，咋就再不见开花结果了呢。结果，青禾13岁那年，他娘就去世了。

青禾他娘去世的时候，有一部名为《少林寺》的电影正在中原大地上如火如荼地上演着。李连杰扮演的觉远小和尚，一下子就催醒了那时几乎所有青春少年的功夫梦。甭说十二三岁的青禾了，就是五六岁的我，看了那电影之后，也是天天拿着根柴火棍儿，哼哼哈哈地，追得自家的鸡和兔子吱哇乱

178

叫。

　　青禾入学晚，快14岁了，小学还没毕业。他娘一死，满堂几乎是第一时间就让青禾退学回家帮他一起收拾那几亩坷垃地，一门心思只供已快高中毕业的哥哥禾青和刚进初一的弟弟青良读书上进。退学在家那两年的青禾，农忙时，就跟家里的骡子一般没钟没点地干，还动不动被满堂追得满庄子跑；农闲时，青禾就跟一些同样辍学在家的少年们混到一起，十里八庄地四处跑着追看那个年代里寻常见的露天电影，看电影是小事儿，主要是看观众席里同样十几岁、水灵灵的小妮子，起哄、逗乐子……只是，这种事儿时常会引来其他庄子上小青年的不满，都是年轻气盛，闲极无聊，为着异性争风吃醋，最后大打出手，两个庄子打群架甚至几个庄子混战，都是常有的事儿。

　　从小就被摔打惯了的青禾，出手狠辣。没真正练过，却无师自通似的，招招到人要害。很快，就打得十里八庄远近闻名了。再去看露天电影，人家一看是他方青禾的"队伍"，也多是不敢再过来招呼。只是，这样的"露头橡子"，也多是招人忌恨的。16岁那年的一天，青禾一个人去集上闲晃，遭遇仇家带了自家兄弟恰好对面晃过来。狭路相逢，人家一看见他独自一人，便仗着人多，故意找碴儿，转眼工夫就撕打到一处。那一次，青禾吃了大亏，一根手指被人掰折，额头上也留下了一道长长的、一辈子都无法消掉的伤疤。

　　吃了亏的青禾，回到家之后，谁也没说，关门在家憋了几天之后，没跟任何人打招呼，拿了满堂给禾青与青良准备的春季的学费，一共二百多块钱，突然就消失了。

　　从小就自我拯救、生命力顽强的青禾，长大后这种顽强演变的结果就是：凡事皆自作主张，从来没觉得行事之前，是有家人可以依靠、可以商量商量的。

　　青禾这一走，就是两年。谁也不知道他

去了哪里。他离开后最初的两个多月,他爹满堂都没露出着急巴慌四处寻找的样子,只是骂他不该把大儿子小儿子的学费拿走。转眼开春,要开始春耕,满堂才好像突然惊觉"自家的大骡子丢了"似的,开始一把鼻涕一把泪地四处托亲戚寻找青禾。可20世纪90年代初期那会儿的农村,连自行车都不是家家户户都有的,能找多远?坐汽车、火车到远处找,满堂又没钱出路费。最后,满堂说,只当他死了。再不寻找。

两年后,青禾自己回来了。人长高了许多,身体也壮实了许多,只是面庞不像先前那样虎头虎脑,而是显得刚毅有棱角了起来。更重要的是,他来我家时,坐在那里,说话都客客气气的,也不知道是生分了,还是长大变得懂事了。

直到这时,我们才知道,青禾这两年去了哪里。他去了少林寺。

当初,被打了的他,满脑子想的都是复仇,又不想唤了自家的兄弟们一起去,只是怪自己"武艺"不精。想想那《少林寺》里的觉远,想那登封少林寺也就在河南本地,自是不远。在家里憋着的那几天,他翻看了禾青的地理课图册,查了登封的方位以及如何去的路线。拿了钱,出门就扒了拖拉机赶到扶沟县城,坐扶沟到鄢陵的小火车。然后又是搭顺风车,又是步行,一路打听着,千辛万苦,终于来到了嵩山脚下。那时候,塔沟武校还没名气。青禾自己也是直接就冲着少林寺的武林高僧去的。自从《少林寺》上演后,慕名到少林寺想学得少林功夫真传的年轻人并不在少数,游客也是络绎不绝。无奈,真正的少林高僧是不会将真正的少林功夫传于外人的,更难得见。青禾没掏门票,混进少林寺山门,好不容易看到一个扫地的僧人,便思量那定是深藏不露的高僧,前后左右地厮跟着,好话说尽,无奈,人家就是不接这茬儿。青禾也想过,是不是也要学学那电影里演的那样,跪在山门外,不吃不喝,最后终于感动了寺里住持……但看那来往游客,到底没拉下面子。站在山门外,嵩山光秃秃、直棱棱的,虽已是立春,但春寒料峭,形单影只的青禾突然就不知道接下来要怎么办了。

民——间——技——艺·其——他

那几天，他就围着少林寺四周漫无目的地瞎转悠，口袋里的钱也不敢乱花，更不敢在这人生地不熟的地方轻易外露。终于，结识了一个看上去与他年龄相仿、也来少林学功夫的少年。少年跟他提到了塔沟武校，说自己在那里学了几星期，如今却是因为练基本功太枯燥、教练太严厉、训练太辛苦等诸多原因，要放弃了。那儿不是人待的地方，他奶奶的。少年骂着，对青禾说，不用去了，去了也是跟他一样，学不了几天就自己滚蛋了。

走投无路的青禾到底还是去了塔沟武校。学校初建，不成规模，条件真不是一般的差，学费却收到每年300。青禾怀里揣着花剩下的100多块钱，硬着头皮就去了。结果竟是，并没有费太大的周折，竟然被录收了。入学后许久，他才从别的教练口中得知，因为学费相差太多，学校原本是不收青禾的。但青禾的教练在初见了青禾之后，便在招生办公室执意要收这个学生，还说他"骨骼精奇"，是习武的好料子。也许是心存了感激，在那以后将近两年的学武生涯里，无论那教练要求多么苛刻甚至无理，青禾都咬牙坚持着。青禾说，人不犯我，我不犯人；人若敬我一尺，我必敬人一丈。

两年，青禾基本上算学有所成。教练得知他是离家出走来学武的，执意让他回家看看，也好让爹娘老子放心。青禾临走时，教练再三讲明，回去看看之后，还必须再回来，再继续学练上个一年半载，武艺上定然会有大突破。

两年的工夫，家里变化极大。他爹满堂好像突然老了许多，见他回来，还是骂，但骂过之后就哭了，哭得像个孩子似的。也怪不得满堂哭，因为满堂寄托了无数希望的青禾的哥哥禾青居然高考落榜了，本就性情偏弱、心绪太过细密的禾青，因了这高考落榜的打击，整个儿都有些精神失常了一般，而且身体越发不好，动不动就咯血。满堂将家里的麦子口粮差不多都卖尽了，凑了钱，带禾青去看病，转了一圈儿，回来依旧是那副模样。青良也已读高中，将近高考，如果考上，又要一大笔钱。没钱，禾青的病就耽误着吧。

这一次，青禾依旧没跟谁商量，在家待到没出正月十五，就跟着几个外出打工的乡亲南下了。20世纪90年代中后期，去广州、东莞等地打工的河南人越来越多，大都是像青禾这样20岁都不到的年轻小伙、小妮。据说，那边的钱很好挣，跟扎杨叶似的。

181

到了东莞的青禾也进了电子厂，安安稳稳地挣着工资，然后几乎全部寄回给满堂，让满堂给禾青看病。下班之后或是周末，青禾还想多赚几个钱，就跟着几个河南老乡到街上摆地摊儿。那时，城管很厉害，追得摆地摊儿的像过街老鼠。青禾也跑，他不想轻易动武，教练在他学武的那两年里，无数遍地告诉他，逞一时意气、冲动都不是真正的习武者的好品德。但有一次因为帮一个跑得慢的女孩，被紧追而来的城管一脚踹得几乎脸朝下摔倒地上。十八九岁的青禾到底还是年轻，血往上涌，几乎是眨眼之间，就冲到那城管跟前；又是眨眼之间，那城管已飞出丈许。后面原本还如狼似虎冲过来的城管，立时呆若木鸡，半天，才有人惊呼：是个练家子啊！五六个大汉，齐拥而上，竟近不了青禾的身……

　　青禾算是出了名了。那段时间，凡是受了欺负的河南人，都热热乎乎地叫着"老乡老乡"来找青禾。结果，没一年的工夫，在东莞，青禾又结了不少仇家，城管也是扬言，逮着机会要好好收拾他；最后，搞得那些当地的电子厂、鞋厂老板，看到青禾，都婉言拒绝，青禾连工作都保不住了。

　　青禾又去广州。在火车站当保安，同时，也在火车站找了份接货送货的活儿。倒是安稳了一年多，挣了些钱。家里，因了青禾的支撑，禾青的病虽没见好转，但总算可以多转几家医院；青良也顺利读上了大学。青良初读大学那年的春节，青禾好不容易挤上了火车，回来了一趟。来我家走亲戚时，我母亲对青禾说，你也20岁的人了，这要是在老家，可都是要定亲甚至成亲的了，禾青的病估计也就那样了，青良也考上了大学，你也要考虑下自己的终身大事了。青禾只是笑，最后说，娘，你不用替我发愁，我再好好挣几年钱，供青良读完大学再考虑这些也不迟。自从13岁没了自己的亲娘，青禾就执意没再像小时候那样，称我的母亲为"姑"，而是直接叫"娘"了。

重回了广州的青禾没过半年却又回来了。这一次，他闯了大祸。火车站接货送货的活儿，原本是有个工头的，工头出面同火车站货运部门周旋，让跟了他的青禾及其他货工，都有着做不尽的活儿、挣不尽的钱；工头人长得虽彪悍，但对跟了他的兄弟们，却是极仗义的。没承想，大抵是看到了火车站货运这一块有利可图，又有一拨势力想插足进来，开始时还温和地商议要半分江山；最后竟直接撕破脸皮，极尽威吓打骂等手段，企图把青禾他们这一股人直接赶走了事。双方争执不下，最后械斗，青禾自然也夹杂其中，混战中，对方有人应声倒地，最终竟然一命呜呼。出了人命，不管是不是青禾动的手，那工头也是大手一挥，给了兄弟们最后一笔钱，道一声，缘分已尽，各自跑路吧。

在"江湖"上厮混了近三年的青禾，回了河南老家。其时已是新世纪，中原大地的大多数农村里，凡是不读书上学的年轻人，几乎都下南方打工去了，满眼都是空巢的老人与留守儿童。青禾在家晃了一个多月，最后，选择了二进少林。塔沟武校已成气候，当年的教练也成了元老级人物。见青禾回来，那叫一个恨啊！恨归恨，但还是把自己的得意弟子青禾带到家里，让师娘做了顿好吃的。听青禾讲了这两三年的南漂经历，教练也是好生感叹：青禾啊，你倒是个有情有义的孩子；只是，你这有情有义如果用到我身上，你也不至于落到如今这个地步。怨归怨，教练还是再次收留了青禾。学校规模急速扩张，教练队伍严重不足。教练给青禾指明方向，以青禾的功夫底子，再稍加点拨、修炼，最起码做一个助教是绰绰有余的。

我读大学的时候，青禾已是名副其实的塔沟武校教练。我宿舍一兄弟，南方人，人精瘦，对少林功夫也是追崇至极。听说我有一哥在塔沟做武术教练，激情顿燃，万般催了我给青禾打电话。青禾听了我的介绍，问了我室友的情况，最后说，如果他真的要学，以他那体质与需求，我倒建议他去学一下太极。江湖各派都有联系，虽不熟稔，介绍个学生过去，应该还是不成问题的。

那室友倒也听话，等不及放暑假，寒假时节，就拿了陈家沟某太极武校的联系方式直接杀了过去。结果，没俩星期，我就接到了青禾的电话，劈头盖脸对我是一通大吼，你这介绍的是个什么玩意儿？那边你室友的教练几次三番给我打电话，说那孩子到了学校，先是对学校的简陋条件说三道四，又说学校收费漫天要价，为二百块钱的电费，跟学校撕扯了整整一星期还没结束；最后，竟然还在网上发帖子，把那学校宣传得简直就是人间地狱！习武之人，先要修练的基本功，不是站桩、扎马步，而是要修为胸怀、仁德……得得得，你跟你室友说，要学就把心放开，把心思用到技艺本身当中去；要不学，赶紧让他滚蛋！压根儿就瞧不上你们这代人，吃不得一点儿苦，还打不得骂不得，动他一指头，他就给你喊人权！嚷嚷着人肉你、曝光你！

我无语。我只比他小六岁而已，他方青禾就跟我说"你们这一代人"！是时光太匆匆，还是如今的江湖早已经不是青禾经历的那个江湖了？细思量，青禾的江湖的确是小他六岁的我无法经历的了，他的江湖还有真实的情与义，有忠诚与宽厚，有虽然同样马不停蹄的青春忧伤但却终是斗志昂扬不轻言放弃的燃烧激情。而我的江湖呢，究竟是一副什么模样？我还没有真正看清楚……

（河南省登封市"少林功夫"入选《第一批国家级非物质文化遗产名录》，编号Ⅵ—7）

# 敬启

在本书编辑过程中,我们经多方努力,未能找到一部分作者的联系方式。

我们尊重作者的权益,为此预留了稿酬。见书后请即与本丛书编委会联系。

联系方式:(QQ)2086670494(大中原文化读本)

电子信箱:dzywhdb@qq.com dzywhdb@126.com

另:编委会正在筹备"国风读库"系列丛书,欢迎多多赐稿。约稿详情及样文,请关注"文心出版社"微信公众号(wenxinchubanshe),详细了解。

(欢迎扫码关注)
"文心出版社"微信公众号